オーディションから逃げられない

桂 望実

Nozomi Katsura

幻冬舎

オーディションから逃げられない

装画
こやまこいこ／コルク
装丁
bookwall

人生はオーディションの連続だと思います。

本気でそう思っています。

オーディションというと、歌手やモデルになりたい人が受ける特別なものと思われがちですが、普通の人たちだって本人の意思に関係なく、オーディションに参加させられて、合格したり、不合格になったりしているんです。

オーディションを受けたくないと言ってもダメなんです。そもそも多くのことが、そういう仕組みになっているんですから。

ピンときませんか？

例えばですか？

そうですねぇ……それじゃ、わかり易いのを挙げましょう。

あなたにはどうしても通したい企画があって、部内の会議で必死で訴えたといった経験はありませんか？　これは正にオーディションですよね。あなたの企画が合否判定をされるわけですから。

仕事がらみだけでなく、プライベートの中にだってありますよ。今日は彼を自宅に招いて料理を振る舞わなくてはいけなくなった、なんてことありますよね。あなたは多分一生懸命準備をして、料理をするんじゃないでしょうか。彼の審査に合格したいから。これもオーディションです。

日常の中に潜んでいるケースもあります。病気療養で休暇していた同僚が久しぶりに出勤してきたので、あなたは声を掛けた。その言葉はちょっと相応《ふさわ》しくなかったのか、労《いた》わる気持ちが相手には伝わりにくかったのか、相手の反応はイマイチだった。これは、同僚のいい仲間かどうか判断するテストで、あなたは合格点を取れなかったということなんです。

こんなふうに人生にはたくさんのオーディションがあって、それにあなたは参加せざるを得ないんです。

えっ？　いつからそう思うようになったか、ですか？

いつからだったか……中学生の頃にはすでにちゃんとわかっていましたね。それに私は不合格になることが多いというのも自覚していました。

当時は不合格になることが多いのは自分のせいではなくて、運のせいだと思っていましたけれど。だから自分を『ついてない人』と認識していたんです。

実際自分の責任とは言えないことで合否を判断されるケースって、結構ありますしね。

そうなんです。世の中には理不尽なことが溢《あふ》れているんです。

それじゃ、私の中学校の入学式のお話をさせていただきますね。

1

一年A組の教室に入った。

十人ぐらいが席に着いている。まだ誰も座ってない席はその倍ぐらいある。黒板にはピンクのチョークで、杉咲《すぎさき》中学校ご入学おめでとうございますと書かれていた。その下には昭和五十八年四月七日と今日の日付があり、出席番号順に座るようにとも記されていた。それぞれの机の隅には番号が書かれた紙が貼られている。

私の名前は渡辺展子《わたなべのりこ》。

あいうえお順だろうから、多分一番後ろじゃないかな。

封筒に書いてある数字を覚えてから窓側に進む。そこから後ろへと歩く。一番後ろの机に自分の出席番号を見つけて、そこに座った。左端の一番後ろの席から教室を見回して、知った顔を探したけど一人もいない。補助鞄を机の左にあったフックに掛ける。封筒から紙を取り出して机に広げた。ふと顔を上げて辺りを見ると、誰もそんなことをしていない。急いで紙を封筒に仕舞った。それから窓越しに外を眺めた。

町立の杉咲中学校は海沿いに建っている。海が近くにあっても浜辺がないので、海水浴客はこの街には来ない。でも山の方にある温泉街には、一年中お客さんがやって来た。都心から電車だと一時間、車だと二時間のこの街は、身近な旅行先として人気があるらしい。

「おはよう」

はっとして顔を右に向けると、隣の席に座った女の子が私に笑顔を向けていた。物凄い美人だった。

「おはよう」と私が答えると、「渡辺久美《くみ》っていうの」と自己紹介してきた。

「私は渡辺展子」

目を輝かせる。「同じ渡辺ね。よろしく」

「こっちこそ、よろしく」

「渡辺だから絶対に出席番号最後だと思ってた。初めて。私より後の人がいるの」

「どこの小学校?」

「神尾《かみお》小。展子ちゃんは?」

「龍田《たつた》小」

「そうなんだ。誰が隣になるのかなって心配してたんだ。でも展子ちゃんで良かった」にっこりした。

「私も」

午前十時になって、担任の西川秀行《にしかわひでゆき》先生が教室に入って来た。西川先生から簡単な説明を受けた後で、入学式が行われる体育館へ向かうことになった。

私は久美の後ろに並んで廊下を歩き始める。階段を下りて給食室の隣のドアから外に出た。給食室を回り込むようにして進んだ先に、体育館の裏扉があった。

そこには他のクラスの新一年生たちが並んでいて、ざわざわしていた。先生たちが時々「シー」と言うけど、静かになるのは一瞬ですぐに元の騒がしさに戻る。

「展子」

声がした方に顔を向けると、小学校で一緒だった中村《なかむら》りのが手を振ってきた。手を振り返した私は、それからキョロキョロと頭を動かした。他に知った顔がいないか周りをチェックする。

その時、気付いた。

何人もの男子が久美をちらちらと見ている。

美人だからだ――。物凄い美人だから、男子たちは久美が気になってる。その久美と同じ渡辺で席が隣なんて……ついてない。私はいっつもそう。小さい頃からずっとついてないことばっかり。久美の性格が凄く悪かったら嫌いになれて、友達にならずに済むけど――まだ会ったばかりだからよくわからないけど、なんとなくいい子のような感じがする。それって最悪。美人で性格のいい子の隣にいる子になっちゃうよね、私。そういうのって哀しい。あの席は今学期ずっとなのかな。明日席替えをしてくれたりしたら、ちょっと嬉しいかも。

入学式は一時間ぐらいで終わった。教室に戻って教科書とプリントを受け取っていると、後ろのドアから親たちが入って来た。西川先生がもう一度自己紹介をして、明日の注意点を話して解散になった。

私は補助鞄に教科書とプリントを収めて、振り返る。パパを探すけど見つからない。補助鞄を両手で抱えて久美に「バイバイ。明日ね」と声を掛けた。

廊下に出るとパパがいた。壁の前にぽつんと立っていた。

一着だけ持っているグレーのスーツはちょっと窮屈そう。

「重そうだな」とパパは言って「持ってあげよう」と手を出してきたので、私は渡した。

パパが「帰るか？」と聞いて来たので、「うん」と答えた。

パパと階段を下りる。下駄箱の前で靴を履き替えて校舎を出た。

校門の横で写真を撮っている家族がいた。そこには大きな縦長の看板があって、入学式と筆で書かれた紙が貼ってある。その看板を挟むように、親子っぽい人たちが立っていた。看板の右には女の子と母親っぽい人が、左には父親っぽい人がいて、カメラに向かってじっとしている。

しゅっと強い風が吹いて、校門近くに立つ桜から花びらが舞った。

桜に祝福されている家族から私は目を逸《そ》らして、歩道に出た。横断歩道の手前で足を止める。パパと並んで真っ直ぐ前を見つめた。

ママは二年前に交通事故で死んだ。三十九歳だった。

ママは泳げなくて、だから海が怖いと知ったのは、その少し前だった。海沿いの中学校にいずれ展子は進学するだろうけれど、それがママは心配なのよと言った。ママは小さい頃海で溺《おぼ》れかかったことがあったらしい。パパとのお見合いの話が来た時、ママはまずその人が住んでいる場所を確認した。この街の名前を聞いた時、ママは温泉しか頭に浮かばなくて、だったら会ってみてもいいと思った。でもここへ向かう車窓から海が見えた瞬間、具合が悪くなったママは帰りたいとお祖母ちゃんに言ったけど、とんでもないと叱《しか》られた。パパと二人で駅の周辺や温泉街を歩いた時に海は見えなかったけど、早く帰りたいとずっと思っていた。高台に上って街を見下ろしたら海があって、思わず座り込んでしまった。心配したパパに海が怖いのだと告白した。街の一部は海と接しているが家は山の方にある。そこから海は見えないし、街の中心は山側だから海の近くに行く必要もなくて、海があることなんて皆忘れて暮らしてるから、全然問題ないと言ったらしい。ママはそれを信じた。騙《だま》されちゃったとママは楽しそうに笑った。山の方で暮らしていても、場所によっては海が目に入ってしまうけど、遠くにある遠くにあると自分に言い聞かせてきた。私が生まれた後で、町立の中学校が海沿いにあると知ったママは、パパにどうしようと相談した。授業参観に行きたいけど、行けないかもしれないとママが言うと、パパは徐々に海に慣れていく練習を一緒にしようと提案した。それから時々二人で散歩に行くようになって、そのコースは少しずつ海に近付いている。ママは言った。展子が中学に入るまでに、頑張って海への恐怖を克服するからねと。私が海を怖いと思わなくなったら、展子が海の近くの中学校に通うのも、心配じゃなくなると思うのと。そう言っていたママは——もう海に挑戦できない。

信号が変わったので歩き出す。国道を渡り緩い坂道を上る。平屋の家々の間をゆっくり進んだ。十分で駅の東側に辿《たど》り着いた。

坂の上から一台の原付きが下りてくる。運転手は袈裟《けさ》姿で白いヘルメットをしていた。その原付きが私たちの前で停まった。

運転手は楡野《にれの》寺の若住職、小谷晃京《こたにこうきょう》おじさんだった。パパの幼馴染だ。

晃京おじさんは「よっ」と片手を上げてから「入学式だな。おめでとう」と言った。

「有り難う」と私は答える。

晃京おじさんは今度はパパに向かって「おめでとう」と言ってから坂道を下って行った。

それから五分ほどで、私たちは温泉街の入り口に到着した。

Y字路の左に行けば旅館やホテルが並ぶ温泉街で、右には別荘や保養所が多い。ワタナベベーカリーは右に進んで約三十メートルのところにある。

パパと私は裏口から厨房に入った。

パパはすぐに店を覗《のぞ》いて、パートの松本《まつもと》かずえさんに「お疲れ様」と声を掛けた。

私も厨房から顔を出して「ただいま」とかずえさんに言う。

かずえさんが笑顔で「お帰りなさい」と答えて、すぐに「見せてちょうだい」と私の腕を引っ張った。

私の制服をしげしげと見てからかずえさんが頷《うなず》いた。「凄く似合ってる。もう今日から中学生なのね。なんだか昨日より顔つきがしっかりして見えるわ。やだわ、なんで涙が出ちゃうのかしら。洋介《ようすけ》さんも展子ちゃんの雰囲気がしっかりしたように見えません？」

パパは首を傾《かし》げて「どうかな？」と言った。

かずえさんはママと仲が良かった。昼前になると、かずえさんはパンを車に積んで本宮《もとみや》高校に運んだ。当時は本宮高校の中にある売店でも、うちのパンを売っていた。この担当がかずえさんだった。高校の昼休みが終わると、かずえさんはここに戻って来て、ママと交代して店番をした。ママは銀行に行ったり、家に戻って掃除をしたり、夕飯の下準備をしたりした。夕方また店に戻ってかずえさんと少しお喋《しゃべ》りをした。かずえさんが先に帰って、ママはレジのお金を計算して店を閉めた。ママがいなくなって、高校の売店でパンを売るのは止めた。今はこの店だけでパンを売っている。

カランコロン。

ドアに付けた鈴が鳴ってお客さんが入って来た。

かずえさんが「いらっしゃいませ」と言って、パパと私は厨房に引っ込んだ。

パパが冷蔵庫を開けて「お腹空いたろ」と言って、玉子サンドを出してきて私の前に置いた。

「展子のために取っておいたんだよ。店に出すと売れちゃうから」

「有り難う」一隅にある丸椅子に座った。

「失敗したカレーパンと丸パンもあるし、他のが良ければ店にあるの、なんでもいいから選びなさい」

「うん」玉子サンドの包装紙を剝《は》がす。

パパが牛乳をグラスに注ぐ。「今夜は寿司の出前を頼んであるからな」

「そうなの？」

「あぁ」

「パパは？　食べないの？」

「そうだな。失敗した丸パンを食べるよ」

「パパはパンの中でどれが一番好きなの？」

「自分が焼いたパンの中で？」

「そう」

「なにかな？」丸パンを齧《かじ》った。「全部かな。全部好きだな。順番は付けられない」

「ふうん」

「ダメかい？」

「ダメじゃないけど」私は牛乳を飲む。「ママも同じこと言ってた。ママに聞いたの。そうしたらパパが焼いたパン全部好きよって。順番は付けられないって」

「そうか」笑っているのに寂しそうな顔をした。

玉子サンドとシベリアを食べた私は、一人で厨房を出た。

店の前を歩き出すとすぐ「展子ちゃん」と声がした。

振り返るとかずえさんがいた。

エプロンのポケットからかずえさんが包みを出した。「これ。入学祝い。はい、どうぞ」

「いいの？　有り難う」

「どういたしまして。展子ちゃんの晴れ姿を、礼子《れいこ》さんも見たかったでしょうにね」自分の胸に手をあててから一つ息を吐く。「きっと見てるわね、天国から」

「…………」

「展子ちゃんは顔がどんどん礼子さんに似ていくわね。それでかしら。展子ちゃんと話してると、なんだか礼子さんのことを思い出してしまって……いやね、私ったらなに言ってるのかしら。楽しい中学校生活になるといいわね」

「うん」

かずえさんと別れて私は歩き出す。

前方から一台の自転車が近付いて来た。

乗っているのが安藤若菜《あんどうわかな》の弟の靖彦《やすひこ》だとわかった時、向こうも私に気が付いたみたいで、自転車を止めた。

そうして自転車を少し斜めにして、片足を地面に着けた。

靖彦は若菜の一つ下で、明日小学六年生になる。私と若菜は小学五年と六年で同じクラスだったけど、中学では別のクラスになった。

靖彦が言った。「日曜日のケーキ、アイスだって」

「えっ？」

「日曜の姉ちゃんのお誕生会。ケーキはアイスので、あと手巻き寿司だって」

「…………」

「アイスのケーキ、嫌い？」

「そうじゃなくて。私……呼ばれてないから」

目を丸くした。「そうなの？　どうして？」

「どうしてって……」

どうしてかな。去年は誘われてウサギのぬいぐるみをあげた。あのプレゼントが気に入らなかったのかな。ううん。違うな。プレゼントじゃない。若菜が好きなキャラクターのだったから、嬉しかったはずだもの。私は今年仲良くしたい人に選ばれなかった——。喧嘩とかしてないのに……。もういいやって思ったのかな。中学に行ったら他の子と仲良くするからって。去年お誕生会に誘われた子のうち、今年誘われなかったのは私だけなのかな。凄く嫌な気分。ちょっと傷付く。

「僕、言おうか？　姉ちゃんに」靖彦が声を上げる。

「言うって、なにを？」

「展子ちゃんが誘われてないって言ってるよって」

「止めてよ。まるで私が誘われたいみたいじゃない」

「違うの？」

「そういうことじゃないんだよ。あのね、若菜にはなにも言わないで」

「そうなの？」

「そうだよ。なんか靖彦君、余計なこと言いそうだからヤだな。今日ここで会ったこともなかったことにして。いい？　わかった？」

「わかった」

「今日私とは会ってないんだよ。だから話もしてないんだからね」

「わかった」頷いた。

私はざわざわした気持ちのまま靖彦の姿が見えなくなるまで、その場に立っていた。一つ息を吐いてから歩き始めた。自宅の門扉を開けて玄関ドアを引いた。靴を脱いですぐ右にある階段で二階に上がる。左の部屋の引き戸を横に滑らせた。ベッドに重い補助鞄を置く。窓を開けて風を入れた。

私の部屋はとても狭くて、そこにベッドと机と本棚と箪笥《たんす》が置いてあるので、歩ける場所はほとんどない。

狭くても自分の部屋を私が持っていることが、妹の華子《はなこ》は気に入らないみたいで、その下の妹の綾子《あやこ》と二人で部屋を使っているのが嫌だと、パパに訴えていた。

私は補助鞄からかずえさんに貰った包みを取り出した。包装紙を剝がして赤いケースを開ける。赤い二本のペンのうち、キャップ付きの方を持ち上げた。キャップを捻《ひね》って開けると万年筆だった。それをケースに戻して、もう一本のシャーペンを握ってみると、いつも使っているのより重かった。そのシャーペンも元に戻した。それから腕時計に目を向ける。

針は午後〇時半を指している。

この腕時計はパパからの入学祝いだった。

腕時計を外して机に置いた。それから机の引き出しを開けて、ママの写真を手に取った。その写真をじっと見つめる。それから鏡を右手に持ち、自分の顔と写真のママの顔を見比べた。

ママと似ているかどうかはわからなかった。

セーラー服から長袖のTシャツとジャージに着替えて、部屋を出る。

一階に下りて廊下を進みリビングの端に立った。

華子がソファに横になって漫画を読んでいて、綾子はテレビを見ていた。華子は明日から小学五年生に、綾子は三年生になる。

「ただいま」と私が言うと、二人は顔をこっちに向けた。

「お帰り」と綾子が答えて、「入学式どうだった？」と聞いてきた。

「フツーだった」と私は答える。

「フツーって？」と綾子が聞き返してきたので、「校長先生がおめでとうと言って、今日から皆さんは中学生ですって話をして、生徒の代表がこれから頑張りますっていう作文を読んで終わり」と説明した。

「担任はいい先生っぽい？」

「わからない」私は首を左右に振る。「男の先生だった。ね、お昼食べたんだよね？」

「食べたよ。パパが作っておいてくれたお握り」

「そう。今夜はお寿司の出前を取るって」

「やったー」両手を真っ直ぐ上げる。「展子姉ちゃんのお祝いだからだね」

すると華子が「いっつも展子姉ちゃんばっかり」と不満そうな声を上げた。

私は「華子が中学に入学する日も同じにするでしょ、きっと」と言った。「嫌なら、華子は今夜お寿司を食べなければいいよ」

「…………」華子はぷいっと顔をそむけて漫画に目を戻した。

「お風呂の掃除は終わったの？」私は聞いた。

華子が答えた。「これから」

「今みたいな時にやっちゃえばいいのに。そうやって華子がお風呂掃除を後回しにするから、皆迷惑するのよ。華子の掃除が終わるのを待たされて、いっつもお風呂に入るのが遅くなっちゃうんだから」

「いつもじゃない」華子が否定する。

「いつもよ」

「お風呂掃除は大変なの。私が一番大変なのをさせられてるんだもん」

「だったら私と代わる？　毎朝学校へ行く前に洗濯機を回して、洗濯物を干す？　いいよ、代わっても。毎日ちゃんと早起きしてね」

華子が怒った顔をする。「他の子は家で担当なんてないもん」

「他の子にはママがいるんだよ。でもうちにはママがいないんだから、皆でやるしかないでしょ。他の子と比べるの止めて。文句言わないで」

「展子姉ちゃんはいっつも威張ってる」

「威張ってない。華子が我儘《わがまま》ばっかり言うから注意してるの」

「ママでもないのに注意しないで」

「注意はママだけがするもんじゃない。誰がしたっていいの」

「ママだけよ」強い口調で華子が言う。

「パパは？」

「…………」

「パパに言うよ」

「すぐパパに言いつけるんだから。展子姉ちゃんなんて嫌い」

華子は漫画を床に放り投げると、ドンドンと足音をさせてリビングを出て行った。

いつもこんなふうになる。私は正しいことを言っているだけなのに、相手は何故か怒り出したり、白けた感じになったりする。そんな時にはいつも寂しくなった。

綾子はリモコンでテレビを消すと立ち上がり「トイレの掃除するね」と明るく言った。

それからリビングの斜め横にあるトイレまで歩くと、ドアノブを両手で回して開ける。

私は網戸を開けて庭に出た。バスタオルの端に手を伸ばして乾き具合を確かめた。


美術室を出た。廊下に男子生徒が一人立っているのが見えた。そのまま真っ直ぐ廊下を進む。男子生徒を通り過ぎて数秒後に、「あの」と声を掛けられた。振り返ると、顔を真っ赤にした男子生徒がもじもじしていた。

その子の上履きの先端は黄色なので、今月入学したばかりの中学一年生だった。私たち二年生の上履きの先端は緑色で、三年生は青色と学年色が決まっている。

「あの」頬にたくさんにきびのある一年生は言った。「二年A組の渡辺さんですよね？」

「うん」

「あの……えっと……手紙を書いて……えっと……それで……」息をすうっと吐き出した。

私は次の言葉を待つ。

でも一年生は口を閉じてしまって、なにも言ってこない。

痺《しび》れを切らした私は言った。「渡辺久美に手紙を渡して欲しいんだよね？　私が久美の友達だから、私から久美に渡して欲しいんだよね？　いいよ。でも明日になるよ。もう今日は会わないから」

「は、はい。それは全然」

「言っとくけど、毎月十通ぐらい手紙を預かるのね。それ以外にも下駄箱に届くのもあるから、手紙は結構な量なの。返事はとか、久美がなんと言っていたかとか、私に聞かないで。知りたかったら自分で直接聞いて。私は久美に渡すだけ。量が多いの。だから君のことも覚えておけないから。いい？」

「あ……はい」

私は右手を伸ばした。

一年生は両手で手紙の端をしっかり摑《つか》んで、それを差し出してきた。

私は受け取り鞄の中に入れて歩き出す。廊下を進んで階段を下りた。下駄箱の中の革靴に履き替えて校舎を出る。校門を出て横断歩道を渡ろうとした時、向こうの通りのバス停に久美を見つけた。私は手を左右に大きく振った。

すぐに久美が気付いて同じように手を左右に振る。

私は横断歩道を渡ってバス停に近付いた。

ごめんと謝りたくなるほど完璧な美女がいた。私と同じセーラー服で、同じ鞄と同じソックスを履いているのに、別の星の生き物みたいに私とは全然違う。顔が小さくて白くて目がぱっちりと大きい。唇がとても薄くて、その形は小さい頃にした塗り絵にあった、お姫様のに似ていた。

「美術部終わったの？」と久美が聞いてきた。

「うん。放送部も終わり？　今日は早かったんだね」

「三人しか集まらなくて発声練習だけで終わったから。ね、アイス食べない？」

「苺ミルク？　いいよ」

雑貨屋目指して国道を並んで歩く。

午後四時を過ぎた国道には、私たち以外に歩く人はいなかった。片側二車線の道路にはたくさんの車が走っていく。一つ目の信号の横に雑貨屋はある。

苺ミルクのアイスキャンデーを買って、店の前の赤いベンチに座った。

「あ、そうだ」私は鞄の中に手を入れた。「手紙を預かってたんだ。はい」

「有り難う」

「どれくらいになった？」

「なにが？」

「数。中学に入って何通貰ったか数えてる？」

久美は首を左右に振る。「数えてないよ」

「またそれも読まずに箱に入れるの？」

「うん」

「おじさんとおばさんは数えてるかな？」

「わからない」と哀しそうな顔をした。

私はアイスキャンデーを銜《くわ》えて舌で溶かす。強烈な甘さを感じながら久美の横顔を見つめた。

久美は貰った手紙を読まずに、キッチンにある箱に入れるという。久美のパパとママが時々中身を検めて、危険なものがないか確認するらしい。たくさんのラブレターを貰うことを久美は自慢しない。どっちかというと哀しそうな顔をした。手紙を書いてくる人たちに同情しているみたいだった。

私は尋ねた。「昨夜もラジオの深夜放送を聞いたの？」

「うん。最後までじゃないけど」

「よく眠くないね」

「眠いよ。授業中ずっと眠かった」

「久美はラジオのアナウンサーになりたいの？」

「えっ？」

「だってほら、ラジオ好きだし、放送部だし」

「んーとね、ラジオ番組を作る人になりたい」

「作る人？　話す人じゃなくて？」

「作る人」久美が一つ頷く。「放送部に入ったら、そういうことできるかなって思ったんだけど、うちの部は全然そういうのやってなくて、ちょっと残念だなって思ってる」

「テレビは？　テレビ番組じゃなくてラジオ番組がいいの？」

「ラジオがいい」ピンク色の唇でピンク色のアイスキャンデーを齧った。「顔が見えない方がいい。パーソナリティの顔もリスナーの顔もわからないと、余分な情報がないから心と心が触れ合えるように思えて……ラジオが好きなんだよね」

「そうなんだ」

「展子は？　昨夜は絵を描いたの？」

「ちょっとだけ」

「絵を描く時にラジオは？」

「ダメなの。音があると全然描けなくて。だから無音」

「無音かぁ」

「下の妹に描いてるところを見られた時、怖いって言われた」

「怖い？」久美が首を傾げた。

「なんか凄く怖い顔をして描いてたらしいんだよね」

「無音で？」

「無音で」

突然私たちは笑い合った。

アイスキャンデーを食べ終えるとバス停まで戻った。やって来たバスに乗り込む久美に手を振って、私は坂を上り始める。駅の西側に出て湯中《ゆなか》通りを進んだ。

「展子ちゃん」と声が聞こえて振り返ると、山本徹《やまもととおる》君が立っていた。

私は自分の前髪を指で直す。

自転車を押しながら徹君が近付いて来る。

私は学生鞄を持つ手にぐっと力を入れた。

徹君は本宮高校の制服を着ている。詰め襟《えり》の学生服で白いスニーカーを履いている。

二つ上の徹君のパパは旅館で板前をしていて、ママは近所の子どもたちに絵を教えている。

小学五年生まで私はそこに通っていて、徹君と知り合った。当時徹君も私たちと一緒に絵を習っていた。

「遅いんだね」と徹君が言った。

「部活だったの」

「美術部だっけ？」

「うん。よく覚えてたね」

「覚えてるよ」

嬉しくて微笑《ほほえ》みそうになる顔を隠すため、私は前髪をいじるふりをして俯《うつむ》いた。

自転車を間に挟んで徹君と私は歩き出す。

どうしよう。こんなにいいチャンスが巡ってくるなんて……。何回も練習してきた。どういうふうに言ったら自然に聞こえるかって。それを言うなら今しかない。でも……胸がドキドキする。どうしよう。やだよって言われたら。ううん、そんなふうに徹君は言わないと思う。あ、やっぱり言うかも。あー、もうヤダ。一気に昨日まで巻き戻して欲しい。二十四時間あったら、またこの瞬間がやって来るまで何度も練習できるのに。でも巻き戻せないんだから言わなきゃ。付き合ってくださいと言うんじゃないんだから、できるよ、私にだって。言わなきゃ、こんなふうにどこかで偶然に会って少し話して、じゃあねだけで次の偶然を待つだけになる。それは辛《つら》い。だから言わなきゃ。なるべく自然に。今思い付いたって感じで。

こっそり息を吐き出してから私は口を開いた。「今思い付いたんだけど……そういえばって感じなんだけどさ、六月一日までに絵を一枚描かなくちゃいけないのね。男の人を描こうかなって。肖像画。でさ、モデルになってくれないかな？」

「僕？」

「うん」

「いいよ」

「えっ？」驚いて私は確認する。「本当に？」

「うん。絵を描かなくちゃいけないんでしょ？　いいよ、協力するよ。文化祭に出すとか？」

「えっと、出すかも。まだわからないけど」

「いいよ」

「有り難う。本当に有り難う。良かった。断られたらどうしようかと思っちゃった」ほっとして涙が出そうになる。

「その代わりって言ったらなんだけど」徹君が言い出した。「一つお願いがあるんだよね」

「なに？」

「僕、映画研究会に入っててさ、文化祭でショートムービーを発表するんだ。脚本はできてるんだけど、ぴったりな人がうちの学校にはいないんだよね。でさ、杉咲中のプリンセスに出て貰えないかなと思って。渡辺久美さんだよ。展子ちゃんからさ、渡辺久美さんに話して貰えないかな。あれだよ、勿論内容については僕らが話をするから、展子ちゃんは僕らと会う段取りをしてくれるだけでいいんだ。会って貰えたら一生懸命僕らで説得するから。渡辺久美さんの役はね、遠い星の女王なんだ。地球がどんな星か調査をするために、女王は身分を隠して人間たちの中に紛れて生活してるんだ。でも美しいから男たちはどんどん家来になっていって、地球も女王のモノになるっていう話」

「……………」

「渡辺久美さんが嫌なシーンがあったら、変えてもいいんだよね。渡辺久美さんが出てくれたら、それだけでもう凄い作品になるんだしさ」

私は精いっぱい無表情になろうと努力する。「久美は美人だからね。やっぱりあれかな、徹君も久美のことが好きなのかな？」

「えー」照れたような顔になった。「渡辺久美さんを好きじゃない男っているんですかって、聞きたいでしょ、やっぱ。綺麗だよね。美しいといった方がいいのかな。一度でいいからデートしたいと思うよ、やっぱ。一度じゃなくて何度でもいいけどさ。もしだよ、もし、渡辺久美さんと付き合うなんてことになったら、僕は多分頭がおかしくなるな。幸せ過ぎてだよ。あのさ、んーと、聞きたいんだけど聞きたくない気もする。んー、でも聞くわ。渡辺久美さんにカレっているのかな？」

急激に体温が下がっていく。自分の全身が小刻みに震えているように感じた。涙が零《こぼ》れないよう必死で顔を上げる。

ベビーブルー色で塗られたような空だった。雲は一つもなく誰かが描いた絵のようで、なんだか偽物みたいだった。

私はゆっくり視線を動かして徹君に向く。「久美にカレはいない。久美は優しくて凄く性格もいい子なんだよ。徹君、頑張ってみたら？　徹君と久美ならお似合いだし。あ、今気付いた。二人お似合いだよ」

「そっかなぁ」恥ずかしそうに嬉しがった。「だといいけどさぁ」

私は歩く。歩いている感覚はないけど、足は勝手にいつも通りに動いている。ちらっと徹君を覗き見た。

徹君はにやにやしていて幸せそうな顔をしている。

私は視線を前方に真っ直ぐ向けた。俯くな、哀しい顔をするなと自分に言い聞かせながら、とにかく歩く。

Y字路の前で足を止めた。

私は右に、徹君は左方向に家がある。

「じゃあね」私は言って右に進む。

「なぁ」

振り返った。「なに?」

「ショートムービーのこと、聞いてな」

「うん」

「渡辺久美さんがショートムービーに出たくないって言っても、絵のモデルはやるよ」

「うん」私は後ろ向きで少し歩いてから「じゃ」と言って身体を回した。

駆け出したい気持ちを抑えて早足で進む。ワタナベベーカリーの前も急いで通り過ぎた。自宅の門扉の掛け金がなかなか外れなくて、苛々しながら何度もトライする。玄関ドアを開けると階段を駆け上った。部屋の戸を閉めて、そこに背中を当てた時、涙がどわっと出てきた。私はベッドに飛び込み、枕に顔を埋めて泣き声を押し殺す。

それからずっと泣き続けた。

しばらくして下から声がすることに気が付いて、枕から顔を上げる。

いつの間にか差し込む陽がなくなっていて、部屋はすっかり暗かった。

耳を澄ますと「信じられない。やめてよー」と華子が言っていた。そして綾子が好きなテレビアニメのオープニング曲が流れている。

絶対に泣いたことがわからないようにしなくちゃと、私は思った。


初恋は見事に砕け散りました。

私は選んで貰えなかったんです。不合格でした。

へこみましたよ。幼気《いたいけ》な中学生でしたしね。

他の誰が私の親友を好きでも構わないんです。でも私の好きな人が思っているのは、私の親友というのは正直辛かったです。

私ね、当時つくづく思いました。

親友のように私も美人だったらなあって。まぁ、そこまで美人じゃなくても、大きく分けた時に、きれいな方に入れて貰えるような顔をしていたらよかったのにと思いました。

顔の良しあしはその人の人生に大きな影響を与えますでしょ。美人と美人じゃない女では、なにをするにせよスタート地点が違いますからね。

そうですね。

前回は呼ばれたお誕生会に、今回は呼ばれなかった理由がわからなかったので、もやもやしましたね。展子ちゃんを誘っていないから、展子ちゃんの前ではお誕生会のことを言わないでね、なんて話し合っていたのだろうかと考えて、遣る瀬なくなりました。哀しいだけじゃなく怒りもありましたけれど。

そりゃそうですよ、なんでよってむかつきましたよ。

気持ちって一つだけが心にあるわけじゃないですよね。同時にいくつもの気持ちが、胸の中で混ざり合っているものじゃないですか？ ですよね。

それからですか？

勿論オーディションは続きました。

高校生になると、それまでとは違うオーディションが待っていました。

2

雨だ。

私は急いでキャンバスを抱えて校舎の庇の下に向かう。キャンバスを校舎にもたせ掛けるとすぐに戻り、イーゼルや椅子を運んだ。絵の道具をすべて庇の下に避難させてから空を見上げると、不気味なほど黒ずんだ雲があった。私は折り畳み椅子を開いて、そこに座った。

トラックでは陸上部の生徒たちがスタートの練習を続けている。

夏休み中でも、北村《きたむら》高校の陸上部員は秋の大会に向けて毎日ここで練習をする。今年の四月にこの高校に入学した私は、まったく迷わず美術部に入部した。そして四階にある美術室で、他の部員たちと静物のデッサンをするようになった。その美術室の窓から、陸上部員たちの練習を眺めるのが好きだった。十月一日が締め切りのコンクールに出すための作品をなににしようか考えた時、真っ先に浮かんだのが陸上の男子部員たちだった。顧問の菅雄介《すがゆうすけ》先生からは難しい題材だが、トライしてみろと言われた。私は夏休み中毎日のように学校に通い、トラックと校舎の間にイーゼルを立てて絵を描いている。

午前十一時になった。

ピー。

笛が鳴って一人の男子部員が飛び出した。猛スピードで走る。でも五メートルぐらい走ると、急に身体がふにゃふにゃになって、スピードが落ちていく。そして止まった。

次の男子部員が笛の音と同時に飛び出す。

私が描いているのは、スターティング・ブロックから足が離れた瞬間の絵だった。スタートしたばかりの男子部員を左に大きく描き、右の後方には自分の番が終わった三人の男子部員たちが座っている構図。緊張と弛緩のバランスが上手く取れれば、いい作品になる可能性があるぞと、菅先生はその構図を褒めてくれた。

雨が激しくなってきた。

一人の男子部員が頭を激しく左右に振ると、辺りに水しぶきが飛んだ。

私は背中に下げていた麦わら帽子を外して、膝の上に載せる。

「展子」

顔を右に向けると、久美が「雨だね」と言いながら近付いて来るのが見えた。

「うん」と私は答える。

私の横で久美は校舎に背中を預けるようにして立った。「天気予報って当たらないね」

「今日は雨の予報じゃなかったの？」

「うん。違ったよ。今日は一日中晴れって言ってた」

「そうだったんだ」

久美は夏の制服の白いブラウスと紺色のプリーツスカートをはいている。半袖のブラウスは丸襟で、その襟元には赤く細いリボンが結ばれていた。

久美は私と同じ高校に通っていた。クラスは別になったけど親友であることは変わらない。だから高校生になった今も、毎日のように久美宛のラブレターを預かる。北村高校で渡辺といえば、綺麗な方が久美、そうじゃない方が展子という覚え方をされていた。

久美が言った。「絵の調子はどう？」

「難しいけど頑張ってる」

「なにが難しいの？」

「筋肉」

目を丸くする。「筋肉って描くの難しいの？」

「うん。運動している時の筋肉の立体感を描くのは難しい」

久美は私を通り越して絵の前に立つと、勢いよく屈んで膝を抱えた。「ここ？」と絵の中の男子部員を指差した。

「そう」

「なんか、男子の足とか腕とかじっと見たことなかったから不思議な感じ。こんなふうになってるんだね」

「陸上部員が走り出す時はね」

「そっか。スタートした直後なんだもんね。物凄く筋肉が動いているんだね」

「うん」

「なんか展子の絵、少し変わったね」

「そう？　どんなふうに？」

「うーん、なんて言ったらいいかわからない。ただ前とは違うって気がする」

私は描きかけの絵をじっと見つめた。

スターティング・ブロックから少しだけ離れている、右足の脹脛《ふくらはぎ》と太腿《ふともも》の筋肉は隆起している。でも描きかけの左足の方は、まだ筋肉が動いている感じが出ていなかった。

これまでは景色や静物を描いてきた。たまに人物画を描くことはあっても、じっとしている人だった。動きの中の一瞬を切り取った絵に挑戦するのは初めて。これまでと対象が違っているから、久美は私の絵が変わったと感じたんじゃないかな。

それから久美は放送部の部室に戻って行った。雨が更に激しくなって、陸上部の部員たちが練習を切り上げて片付けを始めたので、私も今日は帰ることにした。教室のロッカーにあった置き傘を開いて校舎を出る。

店の裏口に着いたのは午前十一時半だった。

厨房のパパに「ただいま」と声を掛けると、すぐに壁のエプロンに手を伸ばす。丁寧に手を洗ってから店に出た。

店内はお客さんたちで混んでいて、レジを待つ人も三人いた。

「いらっしゃいませ」と私は言って、かずえさんの隣に立つ。

かずえさんは私に向かって一つ頷くと、少し右にずれた。そしてレジのボタンを一つ押して、金額をお客さんに告げた。

お客さんが途切れたのは、手伝い始めて一時間が経った頃だった。

店の棚に残っているパンはかなり少なくなっている。

かずえさんが「それじゃ、いいかしら？」と言った。

「はい」私は頷いた。

かずえさんは昼の混雑が終わると一旦自分の家に帰る。昼食を食べて家の用事を片付けて、店に戻るのは一時間後だった。この間、店のドアには休憩中の札を掛ける。でも夏休みの間は私が店番をするので、この札は掛けずにずっと店を開けている。

私は棚の前に移動した。トレーに一つだけ残っていたあんぱんをトングで摘まんだ。それを隣の甘食のトレーに移す。値札の位置も隣にずらす。ふとガラス製のドア越しに外を見ると、明るい陽射しがアスファルトに当たっていた。

雨が上がっていた。

「展子、お昼を食べなさい」とパパが声を掛けてきた。

私は厨房に入ると店との仕切り壁のところに丸椅子を置いて、そこに腰かける。

ミキサーが動いていて中では生地が練られている。ボウルからペタンペタンと音がした。生地がボウルに当たる音だ。

パパからハンバーガーを受け取った私は言った。「もっと作ればいいのに」

「ん？　ハンバーガーかい？」

「全部。もっと欲しいのにっていうお客さんは多いんだよ。売り切ればっかりで、買うものがないってお客さんも」

「一人で作ってるからな。これ以上は作れないんだよ」

「人を雇えば？　一人雇ったら今の二倍作れて、今の二倍の売り上げになるでしょ」

「パパのパンじゃなくなってしまうよ」

私は驚いて聞く。「どうして？　パパのレシピ通りに作ればパパのパンでしょ」

「そうはならないんだよ。基本のレシピがあることにはあるが、その通りに毎日作ったら味はバラついてしまうんだ。不思議なんだがそうなんだよ。微妙な調整が必要でな、それは見た感じとか、触った感じで判断しなくてはいけない。パパの勘を他の人に伝える方法は残念ながらないからな。今の味を保つにはパパが作るしかないんだ」

「それじゃ今の売り上げのままだね」

「そうだな」

「それでいいの？」

「あぁ」小さく笑った。

カランコロン。店のドアに付けた鈴の音がした。

私はティッシュで口の周りのソースを拭って立ち上がる。厨房から店に出ると二人のお客さんが目に入った。「いらっしゃいませ」と私が声を掛けると、一人が顔をこちらに向けてきた。

高田《たかだ》詠子《えいこ》だった。クラスメートの詠子は美術部員でもあった。隣にいるのは詠子のママだ。

詠子は黒いノースリーブのロングワンピースを着ている。詠子のママは胸ぐらいまでの髪の下半分が金色だった。

詠子が言った。「丸パンは？」

私は棚へ目を向けて確認してから答える。「売り切れた」

「ほらー」と詠子は怒ったような声を上げた。「ママのせいだよ。売り切れちゃうから、先にパン屋に行こうって言ったのに。帰りがけでいいなんて言うから」

詠子のママが肩を竦《すく》める。「はいはい。ママのせいよ。悪うございました。夕方にはまた焼き上がるんでしょ？」と私に聞いてきた。

「はい。丸パンは午後五時にできます」

詠子のママは「丸パンだけ買いに、その時間に来るわ」と明るく言って、トレーとトングを手に取った。

詠子のママは棚の前に立ち、残っているパンをじっと見つめる。

詠子たち二人は坂の上の別荘が並ぶ一角に住んでいる。その家は別荘として使っていたのだけど、詠子のパパとママが離婚したので、詠子のママと詠子は、そこで暮らすことになったと言っていた。今年の三月に引っ越してきて、すぐにうちのパンのファンになったらしい。

詠子が近付いてきてレジカウンターの前に立った。「絵、描いてる？」

私は頷く。「うん。詠子は？」

「なんか、筆が止まっちゃって」詠子が暗い顔をする。「締め切りに間に合わない気がしてきてる」

「そうなの？　でも締め切りは十月だから、まだ焦《あせ》る必要はないんじゃない？」と私は言った。

「なんか違うかなって思っちゃったから」人差し指をカウンターに置いて、それを撫《な》でるようにすうっと動かした。「テーマを変えるかも。そうしたら全然時間足りない」

「テーマも変えるかもしれないんだったら、ちょっと大変だね」

「うん。なんか私の世界が変わっちゃったんだよね」

「世界？」私は聞き返した。

「そう。頭の中に私の世界があって、そこでのことを描いてたんだけど、突然そこが変わっちゃったの。それで描けなくなっちゃった」

「……そうなんだ」

人差し指がカウンターを離れてレジの上部を撫でる。「展子は陸上部の選手だっけ？」

「うん」

「展子は絵が上手いからきっと迫力のある絵になるよ」

「上手くないよ。動いている人を描くのは初めてだから、ちゃんと描けるか不安だよ」

詠子のママがカウンターにトレーを置いた。

私はそこに並んだパンを見ながらレジのボタンを押した。


「すみません」と声を掛けられて私は足を止めた。

女性の二人連れはどちらもガイドブックを持っている。

「銀というレストランを探しているんですけど、この道でいいんでしょうか？」と背の高い方の女性が聞いてきた。

「はい。この道を進んで十分ぐらいです。左側にあります」

「有り難うございました」と言って、二人は温泉街の坂道を上って行った。

今日は夏祭りの初日で、二時間後の午後八時から花火が上がる予定だった。ここら辺のお祭りは二月のお湯掛け祭りだけだったのだけど、去年から突然夏祭りが始まった。観光客が減る夏にお祭りをして盛り上げようと考えたみたい。隣駅にある温泉街は花火が有名で、たくさんの観光客が来るから、こっちでも花火をすることにしたと晃京おじさんが言っていた。駅に貼られたポスターで、去年始まったこの夏祭りを、水掛け祭りと呼ぶと知った。

私は坂道を上る。ゆっくり歩いている大勢の人とぶつからないよう注意して追い越す。浴衣《ゆかた》姿の女性三人組の横をすり抜ける時、ちらっと顔を覗いたけど知らない人たちだった。

去年は私も浴衣を着た。やはり浴衣を着た久美と並んで歩いていると、皆の視線が彼女に集まるのをひしひしと感じた。そういうことに慣れっこになっているつもりでいたけど、その時はなぜか気持ちがざらっとした。いつもと違う浴衣を着たせいかウキウキしていて、自分の役割を忘れてしまっていたのかも。私は美人の隣にいる子なのに。久美はいつも以上に綺麗で、いつも通りにいい子だった。久美はお祭りに一緒に行こうとたくさんの誘いを受けたけど、すべて断った。そして私と夜店の焼きそばを食べて花火を眺めた。今年は私にも祭りの誘いがあった。それを勘違いするほど私はバカじゃない。私を誘えば久美も来ると思っての誘いだ。だから全部断った。がっかりする男子たちを見る度いい気味だと思った。今年は浴衣を着ないと私が宣言すると、久美はどうしてと言った。下駄の鼻緒がきつくて親指と人差し指の間の皮がむけてしまって、痛かったからと私が答えると、あれは痛かったねと久美は顔を顰《しか》めた。そして私も今年は浴衣を着ないと久美は言った。その時胸に溢れたのは二つの気持ちだった。去年のように、私を通り越して久美を見る人たちの多さに心がざわつかなくて済むという、ほっとした気持ち。もう一つは、浴衣姿の綺麗な久美を見られないのは残念だと思う気持ちだった。

待ち合わせの美容室の前に久美がいた。

白いTシャツと水色のスカートをはいている。

「遅れてごめん」と私が言うと、「ううん」と久美が首を左右に振った。

神社に向かって歩き出すと、久美が「華子ちゃんたちは？」と聞いてきた。

「華子は友達と約束してるみたい。綾子はパパと花火を見に行くって言ってた。華子はさぁ、大変だったの」

「どうしたの？」

「浴衣を着たいと言ったから、私が去年着たのを貸してあげるって言ったのね。そうしたら、いっつも私は展子姉ちゃんのお下がりだってブーブー言ったんだけど、もったいないじゃない？　パパもいいじゃないか、お姉ちゃんのでって言って、私の浴衣を着ることになってたのよ。でも今日になったら、やっぱり展子姉ちゃんの浴衣は嫌だって言い出して。私はいっつも展子姉ちゃんのお古なのに、綾子は新しいものを買って貰うとか言っちゃって」

「そうなんだ。姉妹って面白いね」

「面白くないよ。一人がいいよ。面倒臭いことばっかり。一人っ子の久美が羨ましい」

「そんな。私は姉妹のいる展子が羨ましいけどな」

十五分ほどで神社に到着した。

お神輿《みこし》が表門をくぐろうとしていて、「せいやせいや」の掛け声が響いている。お神輿を大きなうちわで扇ぐように動かしているおじさんは、疲れた顔をしていた。

お神輿の後から私と久美は表門をくぐり、夜店を見て歩いた。お好み焼きとコーラを買って、西門の前にある石段に腰掛けた。

「展子ちゃん」

声がした方へ顔を向けると、徹君が石段の下に立っていた。

徹君は隣にいる男子になにか話してから、一人で石段を上ってきた。

私は真っ直ぐ徹君を見つめるだけでなにも言わない。

徹君は黒いTシャツに白いジーンズ姿だった。

徹君が聞いてきた。「なに食べてんの?」

「お好み焼き」と私は答える。

徹君は恥ずかしそうに久美を見て「どうも」と言った。

久美は首を少し傾げて、誰だっけって顔で私を見てきた。

私は「山本徹君。本宮高校の三年生。中学の時に久美に映画に出て欲しいと言ってきた」と説明する。

それでも久美は思い出せないようだったけど「今晩は」と挨拶した。

「今晩は」と徹君は返して、久美に向かって「花火やるよね。えっと、僕ら見に行くんだけど一緒に行かない?」と言った。

私は久美に顔を向けて彼女が答えるのを待つ。

久美が口を開く。「行かない」

徹君の顔が真っ赤になった。それから半笑いになって「そっか」と言って、後ろ向きで石段を下り始める。すると足を踏み外しそうになって「おっ」と声を上げた。たちまち徹君の顔がもっと赤くなった。

徹君たちが小走りで去っていくのを私は見送る。それから割り箸でお好み焼きをひと口分割《さ》いて、それを食べた。

甘じょっぱいソースがキャベツに滲《し》みていて美味しい。

「そんなに美味しい？」久美が聞いてきた。

「ん？」

「凄く嬉しそうな顔してる」

「えっ？　嬉しそう？　あぁ、お好み焼きじゃなくて徹君のことで。なんでって……なんでかな。久美が男子からの誘いを拒否するのを何度も見てるけど、なんとも思わないのね。でも今のはなんかすっとして、それでかな。昔ね、ずっと前好きだったんだ、徹君のこと」

「そうだったの？」目を大きくする。

「うん。でもね、全然胸が痛くないの。あんなに久美のことにしか興味ないっていうのを見ても、哀しくならなかった。徹君のこと、私の中でちゃんと終わりになってたみたい。久美にばっさり断られてショックを受けている徹君の顔を見たら、ちょっと楽しくなったもん。酷《ひど》いかな、私。酷いね。最低だね。でもいいや、最低で」

久美が少し心配そうな表情を浮かべて、じっと私を見つめてきた。


白玉粉に水を少し加える。ボウルの中に手を入れ白玉粉を混ぜる。全体がしっとりしてきたので一つにまとめた。そこから少しだけ取り両手で挟む。円を描くように手を動かして団子状に丸めた。真ん丸になった白玉の中央を親指でそっと押す。押したところだけちょっとへこんだ白玉を皿に置いた。

「ただいま」と言って綾子がキッチンに入って来た。

「お帰り」と私は答える。

「白玉？」

「そう。綾子の誕生日だからね、今日は。パパから作っておいてって言われたから」

「有り難う」

四月三十日の綾子の誕生日には、いつも好物の白玉を作る。ケーキが嫌いで、UFOは存在すると信じていて、黒い服しか着ない綾子は、今日で十四歳になった。小さい頃はピンクや赤い服も着ていたのだけど、小学五年生頃から黒い服しか着なくなった。当時クラスメートからは、未亡人というニックネームを付けられていた。

綾子が冷蔵庫からピッチャーを取り出して、グラスに麦茶を注いだ。

「展子姉ちゃんも飲む？」

「ううん、いらない」

　ピッチャーを冷蔵庫に戻し、その扉に寄り掛かるようにして背中を預けた。「進路どうすんの？」

「ん？」

「高校三年生になると、進路によって取る授業が違うんでしょ」

「六月からね」私は頷く。

「もうすぐじゃん。どうするの？」

「迷ってる」

「大学？」

「就職じゃなくて、進学したいと思ってるけど……どこを受験するのかまだ決めてない」

「美術の大学？」綾子が聞いてきた。

「大学へ行くとしたら、そうだね」

「それって東京へ行くってこと？」

「この近くにはないからね」

「東京で一人暮らしってこと？」綾子が大きな声を上げる。

「寮かも」

「あっ、そっか。でも寮より一人暮らしの方がいいよね？」

「お金かかるよ、きっと。ちゃんと調べたわけじゃないけど、東京で一人暮らしなんて凄くお金がかかりそう。寮があるんだったら、そっちの方が安いんじゃないかな。パパは金のことは心配するな、進みたい道へ行きなさいって言うんだけど、本当に大丈夫なのかなって思うんだよね。それに……絵は好きだけど、このまま絵の道に進んでいいのかなって不安もあるし。絵の勉強を大学でしたってさ、卒業したらどうするんだろうって」

「卒業したら画家になるんじゃないの？」

「そんな人ほとんどいないって。誰かが絵を買ってくれなきゃ食べていけないけど、大学で絵の勉強しましたってだけの人の絵なんて、誰も買わないでしょ」

綾子がグラスの麦茶をひと口飲んだ。「じゃあ卒業した人たちは皆どうしてるの？」

「学校の美術の先生になる人もいるし、普通の会社に就職する人もいるみたい」

「美術の先生いいじゃん」

「なんか想像できないんだよね。自分がどっかの学校で美術を教えてる姿なんて。何年も先のことを想像するのって凄く難しい」

私は火を強くして鍋の中を覗き込む。

綾子が言った。「将来を決めるのって難しいんだね。でも展子姉ちゃんは絵が上手っていうのがあるから、まだいい方だよ。そういう得意なことが全然ない人もいるよ、きっと。どっちかというとそういう人の方が多いんじゃない？　そうだよ、絶対」

「………」

「あれは？　コンクールはどうだったの？」

「まだ。結果の連絡は来週じゃないかな」

「そうなんだ。私ね、今度こそ展子姉ちゃんの絵が賞を取れると思う。これまでのも上手だったけど、今度のは凄く綺麗だったもん」

　高校生になってから年に二回のコンクールにいつも出品してきたけど、賞を取れたことはない。陸上部員の絵がダメだったので、風景を描いてみたり、建物に挑戦をしたりしてきた。でもどれも評価されなかった。どういうものを描いたらいいのかわからなくなってしまって、題材選びに困ってしまった。悩んだ末に今回は花瓶に活けた花にした。薄い水色の花瓶と、ポピーやガーベラなど十種類の花を三十輪描いた。自信はなかったけど、菅先生が凄くいいと褒めてくれた時はとても嬉しかった。美術部員たちからの評判も良くて、今回はいい結果が出てくれるんじゃないかと実は期待している。滅多に他の人の作品にコメントしない詠子までもが、いいねと言ってくれたし。どの花も力強くて、生き生きとしているのが好きだと詠子は感想を口にした。その詠子は二年生の秋のコンクールで奨励賞を貰っている。それは池の上で白い服を着た女性が浮遊している絵だった。仰向けに横たわる女性に月明りが当たっていて、周りの樹々や叢《くさむら》は暗くてシルエットははっきりしない。ただ不気味さと静けさのある絵だった。

　もし今回のコンクールで賞を貰えたら……美術系の大学への受験を決意できる。才能が少しはあるんじゃないかと思えるから。その先のことはまったく想像できなくても、本格的に絵の勉強をするべきだと自分を説得できる。迷いを消してくれるはず。

私は沸騰した湯の中に白玉を落とした。くっつかないよう離れた位置に次々と落としていく。湯の温度が下がって気泡が少なくなってしまったのを、私はじっと覗き込む。すぐに気泡が増えてきた。同時に白玉が鍋の底の方でくるくると回り始める。

私は棚の時計に目を向けてから言った。「華子は帰ってる？」

「まだ」

「昨日も遅かったよね。一昨日もだ。今日は綾子の誕生日なんだから早く帰って来て、パパが料理するのを手伝ってくれればいいのに」

「華子姉ちゃんは部活じゃないかな。バレーボール部に入ったって言ってたよ」

「そうなの？」私は目を丸くする。「全然知らなかった。バレーボールが好きだったなんて。運動部だったら相当練習がキツそうなのに、昨日も一昨日も疲れたとか、身体が痛いとか言ってなかったね」

「えっとね、華子姉ちゃんはマネージャー」

「えっ？」

「男子のバレーボール部のマネージャーになったんだって。だからキツい練習はしてないと思う」

思わず顔を顰める。「華子らしいね。男子部員をサポートするのが好きなんです、なんて言っちゃってるんだろうね。頑張ってる人の側にいれば、自分も頑張ってる気がするのかな」

「それはわからないけど男子部員からモテモテだね、きっと」綾子が少し羨ましそうに言った。

華子のそういうところ鼻につくんだよね。コートの側で憧れの先輩をじっとりと見つめて、頑張ってくださいと言ってタオルを渡したりする女子って、私はなんかダメ。自分もなにかに頑張っていたい。応援を頑張るっておかしいでしょ。華子は家にいる時と、男子が側にいる時じゃ、別人なんだよね。少しぐらい違ってもいいとは思うけど、華子の場合はその差が酷過ぎる。学校の廊下で男子と話をしているのを見かけた時、好かれたいってオーラがバリバリで、可哀想にさえ思った。華子がクラスメートだったら、絶対仲良くなってない。

私は口を開いた。「マネージャーって一人じゃないんだよ。何人もいるの。自分は頑張らないで、頑張ってる人を応援するのが好きな女子って多いんだよ。だから華子がモテるとは思えないな」

「そうなの？　なんか展子姉ちゃんは、いっつも華子姉ちゃんに対して厳しいよね」

「そんなことないよ」

私はしっかりと否定してから、穴の開いたお玉で白玉を掬《すく》い取った。

美術室に菅先生が入って来た。

菅先生の手には大きな茶封筒があった。

三十人の美術部員たちがざわつき始める。

美術室には二つの円陣ができていた。私がいる右の円陣の中央には上半身だけの石膏像があり、左にはテーブルに載った五種類の果物があった。

私は膝の上で鉛筆をぐっと握る。

菅先生が「皆ちょっといいかな？」と言った。

部室の皆を見回してから菅先生が封筒を高々と上げる。「春のコンクールの結果が届きました。なんと嬉しいことに、うちの部員が最優秀賞を受賞しました。凄いことです。五千点以上の応募作品の中からナンバーワンに選ばれました。元々才能がある生徒ですが、それだけじゃなく努力を重ねたことで、今回の素晴らしい結果に結びついたんだと思います。北村高校から最優秀賞受賞者が出たのは初めてです。県内の生徒が選ばれたのも初めてだそうです。まさに快挙です。校長先生も大変喜ばれて――というか興奮していらっしゃいました。私も誇らしいです」

私はゆっくり息を吸って吐いた。

部長の大西純君《おおにしじゅん》が声を上げる。「先生、焦《じ》らさないでくださいよ。それは誰なんですか？」

菅先生が笑って封筒をひらひらと動かした。「焦らすつもりはなかったんだ。悪かったな。最優秀賞を取ったのは――」

私は鉛筆を握る両手に更に力を入れた。

菅先生が一拍置いてから言った。「高田詠子さんだ」

あっ。

拍手が起きた。それから「すげー」とか「おめでとう」といった言葉があちこちから飛んだ。

菅先生に促されて詠子が立ち上がった。胸に手をあてて驚いた顔をしている。

菅先生が「高田さん、ひと言」と声を掛けた。

詠子が自分の前髪を押さえて、しばらく考えるようにしてから口を開いた。「びっくりしちゃって。本当に。どっちかというとこれまでで一番自信がなくて、出すのどうしようかって、最後まで迷ったぐらいだったから。出した後もやっぱりあそこはもう少し色を足したかったとか、変えたかったとか思っちゃって、戻って来たらすぐに直そうって。だから早く戻って来ないかなって思ってて。あれで……良かったんですかね？」

「最優秀賞だぞ」と菅先生が笑顔で言った。「良かったんだよ」

詠子が一つ頷く。「だったら良かったです」

一旦座りかけた詠子が立ち上がって「皆有り難う」と言ってから腰を下ろした。

菅先生がいつもより明るい声で「高田さんに続けるよう皆も頑張ろう」と呼び掛ける。「まずはデッサンだ。デッサンをしっかり身に付けておくのが大事だからな」

徐々にざわつきが収まっていった。やがて紙の上を擦《こす》る鉛筆の音だけの静かな美術室に戻った。

私は自分の手元に目を落とす。

鉛筆が真ん中でぽっきりと折れていた。

私のは？　私の絵はダメだったの？　どうして？　詠子のはいつも通りの不思議な絵だった。そういう不思議な絵じゃなきゃ賞を貰えないの？　私はあんな絵は好きじゃないし、描きたくないんだもの。今度こそって思ってたのに。菅先生だって褒めてくれてたから。これまでもそうだった。コンクールで受賞した作品を見ても、私のよりいいと思うのなんてなかった。どうしてって思った。私はついてないから？　ラッキーだったことが一度もない。私はいつも選ばれない。もうヤだ。ちゃんと努力したのに。それでもダメだったのは才能がないってことなの？　そうなの？　そんな……そんなの哀し過ぎる。絵を描くのが大好きで——私には絵しかない。でも詠子はピアノを習っていて、音大に行こうか迷っていると言っていた。そんな人なのに。

私は正面の詠子に目を向けた。

イーゼルとイーゼルの間から、詠子の身体の半分ほどが覗いている。真剣な表情で石膏像を見つめていた。

私の左隣でデッサンしていた二年生の篠原健一《しのはらけんいち》君が、小声で話し掛けてきた。「高田先輩、凄いですよね」

声の調子に注意しながら答える。「そうだね」

「高田先輩の世界観ってなんか独特っていうか、オリジナルですよね。女の人の身体にヘビが巻き付いてて、その周りにいろんな動物がいる絵でしたよね、今回の。女の人が苦しんでるんだか喜んでるんだかわからない表情してて、見た時、ちょっと怖かったですよ。才能がある人の頭の中ってどうなってるんですかね」

「どうだろうね」

「高田先輩ってよく指でいろんな物を触ってるじゃないですか。だから聞いたことあるんですよ。それはなにしてるんですかって。そうしたら形を理解するには触るのが一番わかり易いからって。すっげー天才って感じの答えですよね」

「そうだね」

私はデッサンにしか興味がないといったふりで、短くなった鉛筆を動かし続ける。

午後五時になった。

今日の部活は終了だと大西君が宣言した。

途端にお喋りと道具を片付ける音で、部屋が一気に賑やかになる。

私は誰ともお喋りせず、スケッチブックとペンケースをバッグに詰める。イーゼルを部屋の隅に運んで振り返った。

一年生たちが石膏像とテーブルを、部屋から出そうと運んでいた。

私は拳で自分の腿を一度叩《たた》く。それから詠子に近付いた。

「おめでとう」私は声を掛ける。

詠子がにっこり微笑んだ。「有り難う」

私は「じゃあね」と言って詠子に背中を向けた。

すぐに背後から詠子が言ってきた。「これからハマダ屋で私のお祝いをしてくれるって言うの。何人ぐらいかちょっとわからないんだけど、よかったら展子も来ない?」

「ごめん。店を手伝わないといけないから」

「そっか。わかった」

「じゃ」

二年生の女子部員たち三人が、飛び跳ねるような足取りでやって来た。

「詠子先輩、おめでとうございます」と声を揃えて言うのを聞きながら、私は身体を後ろに向けた。走っちゃダメだと自分に言い聞かせてゆっくり歩く。美術室から廊下に出た。私は一つ息を吐き出してから暗い廊下を進んだ。


「自己PRは以上ですか?」と女性面接官が言った。

私は「はい」と答えた。

「それでは作品の資料を渡してください」

立ち上がって、ファイルを女性面接官の前のテーブルに置いた。すぐにパイプ椅子に戻る。

女性面接官はファイルを隣の男性面接官に見えるように、二人の間に置いた。

そこには私がこれまでに描いた絵を撮影した写真が収まっている。

入試の面接室は高校の教室ぐらいの広さだった。

東京にあるデザインの専門学校を受験することに決めたのは、五月だった。プロダクトデザインを学べる専門学校に行きたいとパパに言って、六月には担任の松隈憲一《まつくまけんいち》先生にもそう告げた。松隈先生も一緒に専門学校を調べてくれた。大きな会社に就職している卒業生が多くて、授業料がデザイン系の専門学校の中では安い方に入る、八木《やぎ》デザイン専門学校を第一志望にした。そして今日、八木デザイン専門学校の入試日である十月一日を迎えた。試験は自分の作品を使って自己PRする面接だけだった。

「いろんなタイプの絵を描いてきたようだけど」男性面接官が言い出した。「それはどうしてかな？」

一瞬頭が真っ白になったけど、私はなんとか言葉を捻り出す。「勉強のためです。いろんな対象物を、いろんな方法で表現するのが勉強だと考えました」

「偉いね」男性面接官が感心したように言ったので、少しほっとする。

女性面接官が「絵が好きなら、絵の勉強ができる美術大学へ進学するべきではないんですか？」と言った。

「それは……それは、絵を描いているうちに一生懸命物を見るようになって、物の美しさとか、デザインの素晴らしさに気付いて、それでプロダクトデザインを勉強したいと考えました」と私は答えた。

私の回答に女性面接官はなにもコメントせずに、資料を捲《めく》る。

男性面接官の方はにこにこして一度頷いた。

今の答えで良かったのかな？　それとも失敗だった？　どうしたら入学を許可して貰えるんだろう。松隈先生は去年の倍率は一・〇八で、ほとんど合格できるから大丈夫だと言ったけど、そのほとんどっていうのが心配。私はついてないから。ほとんどに入れないいんじゃないかって、昨夜は全然眠れなかった。男性面接官の方は優しそうだから合格させてくれそうに思ったりもするけど、女性面接官の方がダメだって言いそうな気がする。冷たそうな顔してるし。それにさっきから女性面接官が私の資料を捲るスピードが、ちょっと速過ぎるように思う。じっくり見るほどの価値がないから、そんなに急いでページを捲るの？　何百回も練習した自己ＰＲだったけど、この部屋で喋ってみたら大した出来じゃなかった。声が少し震えていたからかもしれないけど、言い終わった時にあーダメだなって思っちゃった。他の受験生よりもこの学校に入りたい気持ちが強いって、わかって貰えたらいいのに。

「これは？」女性面接官がファイルを私に見せてきた。「これの制作意図は？」

「制作意図……」私はちょっと焦る。「意図は、えっと、美術室からトラックが見えるんです。そこで毎日陸上部員が練習していて、それを眺めるのが好きなんです。毎日頑張ってる彼らを描きたいと思って……運動している時の身体がとても美しいと思ったんです。短距離選手が何度もスタートの練習をしていて、その静から動へ移る瞬間が特に美しいと感じたので、それを描こうと思いました」

男性面接官が「躍動感があっていい絵ですね」と頷いて、女性面接官も「いい絵ですね」とコメントした。

私はびっくりしてしばらく面接官を見つめる。

それから慌てて「有り難うございます」と言った。

その後住んでいる街のことや、姉妹のことや、パン屋のことを聞かれた。

しばらくしてから女性面接官と男性面接官が顔を見合わせて、頷き合った。

そうしてから男性面接官が言った。「この資料は預かります。後日自宅に郵送で返却します。面接は以上になります。控え室に戻って、係の者から今後の説明を受けてください。渡辺さんからなにかありますか？」

私は首を左右に振る。「いえ、ありません」

「それではご苦労様でした」と男性面接官が言った。

私は立ち上がって二人に向かってお辞儀をした。「有り難うございました」

廊下の床は白く光っていた。左右の壁も白く、それがずっと続いている。

白い世界を歩きながら、もっと自分のことをアピールした方が良かったんじゃないかと面接を思い返す。最後になにかありますか？　と聞かれた時、ありませんじゃなくて、私はどうしてもこの学校に入学したいですと言うべきだったんじゃないかな。

受験生の控え室で説明を受けた後、鞄を持って保護者が待っている部屋に向かった。

パパの丸い背中を見つけた時、泣きそうになった。急いでパパに向かって歩く。私が近付いている途中でパパが急に振り返った。

パパは私を見てちょっと驚いた顔をした。

私はパパの隣に滑り込み、じっと机の一ヵ所を見つめる。

パパが小さな声で「どうした？」と聞いてきた。

「落ちたかも」と私も小声で答えた。

「どうしてそう思う？」

「面接官が私の資料を捲るのが速過ぎたし、なにかありますかって聞かれた時、ありませんって言っちゃったから」

「それだけじゃわからんだろう。それで半泣きなのか？」

「一年生の時に描いた絵を褒められた」

「褒められたんだったらいいことじゃないか」

私は口を尖《とが》らせる。「今頃そんなこと言うの酷いよ。コンクールに出したけどダメだった絵なんだよ。ダメだったから進路を決めたのに、褒められちゃったら、もしかしたら諦《あきら》めるの早かったのかなって思っちゃうじゃん。ズルいよ」

私の背中をぽんぽんと叩いた。「結果が出るのを待つだけだ。あれこれ考えて気を揉む必要はないさ」


受験は正にオーディションです。

選んで欲しいんです。入りたいんです、その学校に。

でも学校は希望者全員を受け入れることはできないので、選考試験をします。

学力テストだったらわかり易くていいのにと思いました。学力テストなら七十点だったら合格で、六十九点だったら不合格とか、わかり易いですから。

でも私が受験した専門学校では学力テストはありませんでした。過去の作品の資料を提出するのと面接だけでした。これじゃ、どうしたら合格できるのかわかりません。自分にそうした才能があるのかもわかりません。

そうです。絵のコンクールと一緒です。そもそも絵には点数を付けられませんからね。この絵は七十点、こっちは六十九点なんて。上手い下手の差だって指摘するのは難しいんじゃないでしょうか。受賞した絵の中には随分と下手なものもありましたから。

結局好きか嫌いかなんじゃないでしょうかね、絵の評価なんて。好きか嫌いかで選ばれたり選ばれなかったりするのは、不公平だと思いました。腹も立ちました。

子どもだったんです。自分だって好きか嫌いかでいろんなことを選別している癖に、選別されることは理不尽だと思っていたんですから。

受験の準備はとっても大変でした。資料をどうするか美術部の顧問の先生に相談しました。プロダクトデザインを勉強したいとアピールしなくてはいけないので、自動車や文房具の絵が必要だと言われて、一生懸命描きました。面接の練習も何度もしました。そうやって準備をしてもずっと不安でした。不合格になったらと考えると恐ろしくて。

受験の一ヵ月前からは、一日中緊張していたような感じでした。ピリピリしていたんです。

高校受験の経験はありましたが、それとは比較にならないほどの緊張感でした。

はい？　ええ、そうですね。無事合格できました。

とっても嬉しかったです。プロダクトデザインの勉強をしてもいいと許可されたことで、自分を認めて貰えた気がしましたから。

当時は大変な経験をしたと、受験を振り返ったりしていたんです。人生最大の試練ぐらいに捉えていました。

とんでもありませんでした。こんな程度のオーディション、全然大したことありませんでした。もっともっと厳しいオーディションが待っていましたから。

3

一つ息を吐いてからアパートの郵便受けを開けた。そっと覗く。それから思い切って手を突っ込んだ。チラシの間に薄茶色の封筒を見つける。指で厚みを確かめた。それを胸に抱き階段を上る。二階に上り切ったところで足を止めた。通路の天井にある蛍光灯に向けて封筒を翳《かざ》した。そして急ぎ足で突き当たりの部屋まで歩く。ドアを開けるとバッグをすぐさま床に落とした。玄関で靴を履いたまま封筒の端を指で切る。中に指を入れて紙を引き出した。

入社試験結果のご連絡というタイトルがあった。その下にある三行の文章の真ん中辺りに、誠に残念ながらの文字を発見する。

どうしてよ。なんで私を入れてくれないのよ。八月一日の会社訪問の解禁日から二十日以上経つっていうのに、一社からも内定を貰えてないのはなんでよ。私はついてないし、選んで貰えない理由があるのかなって、ずっと落ち込んでたけど違うよ、そういうことじゃない。私のせいじゃないって。絶対おかしいって。あぁ、もう腹が立つ。課題の提出もちゃんとやっていたし、成績だって良かったんだから。それなのに授業をしょっちゅうさぼっていた不真面目な子が、親のコネで私が行きたかった大手化粧品メーカーから内定を貰ったって、どういうことよ。親のコネでこれからの人生が決まるなら、専門学校で三年間頑張ってきたの無駄だったの？　大人とか社会とか、会社とか、大っ嫌い。これ以上私を否定しないで。あんたたちに私のなにがわかるのよ。もう本当にヤだ。

靴を脱ぎドカドカと部屋を進む。エアコンをつけて右の壁際にあるベッドに倒れ込んだ。すぐに明日もこの服を着なければいけないのだと気が付き、起き上がってスカートを脱いだ。ハンガーにジャケットとスカートを掛けている時、涙が出そうになった。

私の就職活動は散々だった。就職協定では八月一日が会社訪問の解禁日になってはいるけど、実際は六月から説明会という名目の入社試験がスタートしていた。私は授業で制作したプロダクトのデザイン画のコピーを用意して、いくつもの会社を回っているけど、どこからも内定を貰えていなかった。就職課の人は諦めずに頑張りましょうと言うだけで、どうしたらいいのかヒントはくれない。就職課の部屋にある求人票はどんどん減っていて、そこに行く度焦る気持ちは強くなった。

午後三時になっていた。

トイレのドアの横にある洗面台で、今日着ていたブラウスを洗い始める。

専門学校まで電車二駅の所にあるアパートは、三階建てだった。十二戸すべてが六畳の1Kだった。角部屋の私の部屋からは、駅まで続く遊歩道に立つ銀杏が見える。

パパと一緒に不動産屋回りをして選んだ部屋だった。トイレと浴室が別な点を私が気に入り、最寄り駅までの道が夜でも人通りがある点をパパが気に入った。

チャイムが鳴った。

配達員から受け取った小包は久美からの物だった。久美は県内の短大へ進学し、卒業後は県内のラジオ局に就職した。でも配属されたのは総務課で制作には携《たずさ》われていない。私とは違って、久美は説明会に参加したほぼすべての会社から内定を貰った。東京のラジオ局からも内定を貰って、久美はそっちへ行きたかったのだけど親に反対されてしまい、自宅から通える県内のラジオ局を選んだ。

包みを開けた。さらに二つの包みが出てきたので、小さい方のを開封する。

それは二つ折りになっている写真立てだった。右には私が大笑いしている写真が入っていた。背後に河原が写っているので、久美と一緒にキャンプに行った時のものだろう。左には『あなたは素晴らしい』と手書きされた紙が入っていた。その写真立てを裏返してみると、麻の毛糸で編んだ花のモチーフが付いている。編み物が好きな久美の手製のように見えた。もう一つの包みの中身は、毛糸で編まれた座布団カバーだった。円形のそれは花のデザインになっていて、花びらはライトグレーの毛糸で編まれている。花芯の部分は白くなっていて、そこに黒い細めの毛糸で面接官という文字が刺繍されていた。またそちらの包みには封筒が入っていて、中のカードには『展子の素晴らしさは必ずわかって貰える。頑張れ！』と書いてあった。

これは……面接官をお尻で踏みつけろってこと？

私はカーペットにその座布団カバーを置き、その上に座った。にやりとしてから立ち上がり勉強机に近付いた。回転椅子の座布団のカバーを外して、久美から送られてきたものを付ける。それを椅子に戻して、面接官の文字の上に再びお尻を乗せる。私は椅子をくるりと一回転させた。

綾子がやって来たのは午後五時だった。

東京でUFOの研究会があるそうで、それに出席したい綾子は、展子姉ちゃんのアパートに泊まるからとパパを説得して、許可を貰ったのだった。

二人でカレーライスを作るためキッチンに立った。

綾子が袋を洗濯機の蓋の上に置いた。「これ、丸パン。パパが持って行けって。たくさんある」

「わかった」

「どこ置く？」

「ん？　そこでいいよ」

「洗濯機の上でいいの?」

私は頷く。「置く場所ないから」

「この部屋のレイアウトってこれでいいの? 玄関入ってすぐ冷蔵庫だし、ガス台の隣が洗濯機っておかしくないの?」

「さぁ。とにかく狭い場所にぎゅっと詰め込んだって感じだからね。どこになにがあっても結局近いんだから、並び方が変でも関係ないよ」

「そっか」手を洗いながら聞いてきた。「就職活動はどう?」

「頑張ってるけどどこからも内定貰えてない」

「そうなんだ。大変なの?」

「大変。就職課の人の話だと、新卒採用の人数が去年より随分減ってるんだって。景気が悪くなってるから新卒採用をしないところもあって、今年の学生は大変だって。それでも内定を貰っている人はいるんだけどね、私はダメ」私は炊飯器の内釜に水を注いで研ぎ始める。

「やっぱりデザインの仕事ができるところを探してるの?」

「そう」

「そっかぁ。三年間勉強したんだもんね、デザインの仕事したいよね」

「綾子は? 高校卒業したらどうするの?」

「んー」綾子が真剣な表情を浮かべた。「まだ決めてないけど進学はしないと思う」

「就職するの?」

「多分。身体を動かすのが好きだから、事務職っていうの？　ずっと椅子に座ってるような仕事じゃないのがいい」

「例えばどういうの？」

「スポーツジムとか」

「あぁ、そういうのか」私は内釜の端に手を添えてそっと研ぎ汁を捨てた。「地元で？」

「うん」

「東京での一人暮らしに憧れてなかったっけ？」

「憧れてた」頷いた。「憧れてたんだけど、一から始めるのってちょっと面倒臭いかなって。ほら、こっちに出てきたら、新しい場所で新しい人たちと関係を作っていかなくちゃいけないでしょ。そういうの大変でしょ。こっちにしか学校がないとか、働き口がないとか、そういう理由があるんだったらいいけど、そういうのないんだったら地元でいいかなって」

「そうなんだ。なんか意外。綾子は要領がいいでしょ。どんな場所でも上手く立ち回れる子だから、新しい場所へ行くのを億劫《おっくう》がるなんて思わなかった」

綾子は小さく肩を竦めた。

私は炊飯器のタイマーをセットした。

綾子が言うように一から始めるのは大変だった。専門学校の初日の授業で味わった緊張感と孤独感は、今でもはっきり覚えている。教室にいる二十人ほどの全員が私より大人に見えたし、皆お洒落《しゃれ》で個性的だった。私は地方出身のダサいおどおどした女の子だった。話し掛けようと思うのだけど気後れしてできなかった。そして誰からも話し掛けられなかった。まるで私が見えないかのように振る舞われていると感じた。徐々にグループが作られていったけど、私はどこにも所属できなかった。学校で誰とも話さなかった日には、アパートで自分の名前を叫んだりした。それは入学して一週間後のパソコンを使っての授業中のことだった。隣席の女子学生が教科書を忘れたので見せてと言ってきた。髪の左半分を赤く染めている学生だった。私は二人の間に教科書を広げた。先生の指示通りパソコンでの作業を始めた。しばらくしてわからないところを確認しようと教科書に目を落とした時、「あっ」と声が出てしまった。前の席の学生たちが振り返ったので、私は自分の口に手を当て身体を縮めた。私はその教科書に落書きをしていた。先生の似顔絵のつもりだったけど、実際よりはかなりデフォルメしてあった。目と目の間は極端に離れていて、輪郭のギリギリぐらいの位置に描いてあるし、鼻は天狗ぐらいの大きさで垂れ下がるようにしてあった。そこに隣席の学生が身体を描き足していた。真ん丸な身体に膝までの短い丈の浴衣を着せていた。バカボンだった。右手にはぐるぐるキャンデーを持たすことまでしていた。隣席の学生に目を向けると、彼女は知らん顔でパソコンを操作している。私は噴き出してしまい慌ててもう一度口に手を当てた。パソコンに隠れるよう身体を縮めて、先生の注意を引かないようにして声を殺して笑い続けた。苦しくてちょっと涙が出た。やがて隣席の学生も笑い出した。笑いながらその学生は自分の口の前に人差し指を当て「シー」と言った。それが高嶋《たかしま》万里子《まりこ》だった。それをきっかけに私は万里子と親しくなり、彼女の二人の友達とも仲良くなった。それからはいつも四人で連れ立って行動するようになった。新しい場所で新しい人たちと関係を作っていくのは大変だけど、そのお蔭で知り合えて、その人が大切な人になる場合がある。

万里子は髪を黒一色に染めて就職活動に臨み、玩具メーカーから内定を貰った。仲良しグループの他の二人もすでに内定を獲得していて、私だけがどこからも貰えていなかった。

「えっ」綾子が大きな声を上げる。「玉ねぎ炒めないの？」

「面倒じゃん」

「いいの、それで？」

「味なんて一緒だよ。ほら、全部鍋に入れて」

「わかった」鍋に材料を入れた。


「こちらに座ってお待ちください」と男性社員が言った。

「はい」

私は指定された椅子に座る。

包装メーカーの最終試験は社長面接だった。茶色い顔をした社長は白髪を綺麗に撫でつけていた。この会社を希望した動機とか、学校でどういう勉強をしてきたかといったことを聞かれたので、用意していたセリフを口にした。九月が終わる今日までに、何十社もの入社試験を受けてきたので、これぐらいの質問になら即答できた。面接室を出ると男性社員に導かれこの控え室に来たのだった。

二十畳ぐらいの部屋の中央に楕円形のテーブルが一つ置かれていた。そこに男子学生が二人と私が座っている。男子学生の背後には窓があって、ブラインドの隙間から隣のビルが見える。真っ直ぐ向けた視線の先には、そのビルの看板に書かれた『配送センター』の『ン』の文字があった。

腕時計でこっそり時間を確認すると午後三時半だった。

十分ほどして、もう一人男子学生と先程とは違う男性社員が部屋にやって来た。

男性社員は学生を私の隣に座らせるとテーブルの端に立つ。「今日はご苦労様でした。本日社長面接が終了しまして、ここにいる四名は合格されました。皆さんと一緒に仕事ができるのを楽しみにしています。正式な書類と今後のスケジュールなどは後日郵送させていただきます」

えっ。今……合格って言った？　合格したの、私？　私は選ばれたの？　私と一緒に仕事をしてもいいって？　それって……もう入社試験を受けなくていいってこと？

私は正面の学生に目を向けた。

私と同じように戸惑っているような表情を浮かべている。それから一瞬感極まったといった顔をした後で、ほっとしたような面差しに変化した。

私は膝の上の左手を右手で思いっきりつねってみた。ちゃんと痛かった。

男性社員が言う。「今日は以上ですがなにか質問はありますか？」

私はおずおずと手を挙げた。

「はい、なんでしょう?」と男性社員が聞いてきた。

「はい、あの、私は……私の名前は渡辺展子と言いますが、本当に私は合格でしょうか? 誰か他の人と間違えているということはないでしょうか?」

にっこりとした。「渡辺展子さん。デザイナー志望の渡辺さんですね。合格ですよ。人間違いはしていないので安心してください」

「はい。有り難うございます」元気よく礼を言った。

本社ビルを出ると三段のコンクリート製の階段があった。その先には片側二車線の道路が見えた。

門扉を抜けて左に進路を取る。

男子学生三人が横に並んで歩道を歩く。

その後ろを私は少し離れてゆっくり進んだ。

熱があるのか全身が少し火照《ほて》ったような感じがした。ちゃんと足を動かせているようだけど、靴がアスファルトに当たっている感覚がないのが不思議。

ふと顔を正面に向けた。

歩道の少し先で学生三人が立ち止まっていて、私を見ている。

私が彼らに近付くと右端の学生が言う。「デザイナー志望の渡辺展子さん」

「はい」私は返事をした。

その学生から「皆でお茶してかない？」と誘われた私は「あぁ、うん」と答えた。

私たちはビールジョッキをぶつけ合った。

私は両手でジョッキを持ちぐびぐびと飲む。それからドンと音をさせてテーブルに戻した。

最高に美味しい。

中村一輝《なかむらかずき》が言う。「おめでとう。良かったね、本当に」

「うん。良かったよ、本当に」私は笑顔で繰り返した。

やっと就職先が決まったので、一輝がお祝いをしてくれることになった。男性社員から合格だ安心してと言われても、百パーセント信じ切れなかった。私はついていないから、予想外の悲劇に見舞われるのではないかとの恐怖を消し去れなかった。でも昨日包装メーカーから郵送されてきた合格の書類を見て、ようやく自分が手にした幸せを信じられた。パパに電話をして、久美と万里子たちにも連絡をした。それから一輝にも電話をした。一輝が二人で祝賀会をしようと言ったので、よく利用している立ち呑み居酒屋に来た。

まだ午後六時を少し過ぎたところだったけど、すでにたくさんのお客さんで賑わっている。

今日の一輝が着ているジャンパーは、身頃が紺色で両袖が白だった。八木デザイン専門学校でファッションデザイン専攻の三年生の一輝は、ちょっと奇抜な服を着ていることが多いので、今日のような地味な格好は珍しい。

一輝がタバコに火を点ける。そして天井に向けてゆっくり煙を吐き出した。

私は言った。「あまりにたくさんの会社から落とされたから、私は生きてる価値がないのかなって思ったりもしちゃったけど、なんとか雇ってくれるところがあったから本当に良かったよ」

「おめでとう」

「有り難う」

タバコの端を親指で弾くようにして灰を灰皿に落とす。「実はさ、展子が大変そうだったから言ってなかったんだけど、俺の方も色々あったんだよね」

「なに？」

「DARIYA社から内定貰ってたんじゃんか、俺。それがさ、突然手紙が来てさ、内定取り消しだって」

私はびっくりする。「えっ、なにそれ？」

「なにそれなんだよ。景気が悪くなったから新卒採用は急遽《きゅうきょ》止めることになったって書いてあってさ。貴殿の今後のご活躍をお祈りしてますとかなんとか書いてあったよ。そんな言葉で酷い話をまとめんなってな」

「そんなこと……それでどうしたの？」

「どうもこうもないよ。もうアパレル関係の会社の入社試験なんてどこも終わってるからさ」

「そうなの？」

「そうだよ。もう無理」一輝がゆっくりタバコを吸った。

「………」

「だからさ、北海道に帰ることにした」

「えっ？」

「俺の実家、生地のメーカーやってるからさ。小っちゃい会社だけど、そこで働くわ。親父はそうかとしか言わなかったけど、お袋は喜んでたよ」

「……なんて言ったらいいか……なんか混乱しちゃって……そんなことになってたの全然知らなかったから、びっくりしちゃって」

「だよな。俺もびっくりだったよ」一輝が苦笑した。「ま、ほら、展子は頑張ってたからさ、こっちのごたごたを話してもって思ってさ」

「そんな……話してくれればよかったのに」

「話したって展子が解決してくれるわけじゃないだろ。内定取り消しをひっくり返すことはできないんだから」

「そうだけど……そうだけど、そういうの聞きたかったよ」

「そう？　ま、いいじゃん。今話したんだから」タバコを左手で持ったまま、右手でジョッキを持ち上げてビールを飲んだ。

すでに一輝の大きな目は真っ赤になっている。元々白目に血管が浮き出る時があるのだけど、お酒を飲むと目全体が赤くなって、その色も濃くなる。

一輝はこれまでも一人で決めてしまって、私に相談をしないことがあった。一輝は人生初のカレシなので、男性にはそういう傾向があるのか、それとも彼の性格のせいなのかが今一つわからないでいた。私も姉妹たちも、久美や万里子も迷っている途中から口にする。だから側にいれば決断までの過程がわかる。でも一輝は結論しか口にしない。

一輝がタバコの煙を吐き出してから言う。「付き合って二年ぐらいだっけ？」

「えっ？　私たち？　そう」

「この二年間楽しかったよ。あと半年で卒業だからそれまでよろしくね。その間にいろんな所に行こうよ。思い出になるようにさ」

「思い出……」

「そう。俺は遠距離って無理だから。北海道と東京って無理でしょ、普通に考えて」

「……それって……別れるってこと？」私は恐る恐る尋ねる。

「そうだね」

「…………」呆然として一輝を見つめた。

一輝はジョッキを傾けた。ビールを飲むとジョッキを戻して、自分の口元に付いた泡を指で取る。

男性店員が私たちのテーブルに、ほっけの塩焼きとフライドポテトを置いた。代わりに番号が書かれた札を持ち去った。

一輝は割り箸で器用にほっけの骨を取り始める。

私はじっとその手の動きを見つめる。

やがてふつふつと怒りが湧き上がって来た。なんなのよ。そうだねって、なによそれ。一方的に別れの宣言してんじゃないわよ。それをするために今日私を呼び出したの？ 私の祝賀会って言った癖に。どうしてそんな酷いことを言えるのよ。なんで一人で勝手に答えを出しちゃってんのよ。私の気持ちはどうなるのよ。遠距離になってダメになっちゃうかもしれないけど、まずは頑張ってみようと思ってよ。卒業までよろしくってなによ。他の同級生たちと違って、いつも冷静なところが格好いいと思ってたけど違う。あなたは冷たいのよ。いつも私は選ばれなかったから……付き合ってくれない？ と一輝に言われた時、どんなに嬉しかったか。初めてだったから。私を選んでくれた一輝に感謝してた。いつも有り難うって思ってた。でも一輝にとって私は、「じゃ」のひと言で別れられるような相手だった——。哀しいよ。だってそんなの哀しいよ。

皿の隅にほっけの身が山盛りになっている。

いつものようにほっけの骨と身を分けた一輝は、大根おろしに醬油をかけた。

そして「はい、できたよ。食べて」と一輝が言った。

私は尋ねる。「もし私が別れたくないと言ったら？」

「えっ、なにそれ。だって無理だもん。北海道と東京だよ。しょうがないじゃん」

「……そっか。そうだね」ジョッキを両手で摑む。「仕方ないもんね」ジョッキを持ち上げてごくごくとたっぷり飲んだ。「今日で終わりにしよう」

「えっ。今日?」

「そう。変だもん。別れると決まってるのに半年間仲良くするなんてさ。だから今日で終わりにしよう。楽しかったよね、この二年間」

「それでいいの?」不思議そうな顔で一輝が聞いてきた。

「いいのって、なにが?」

「いや別に……」

「この居酒屋に何回来たかね。結構来たよね。いっつも一輝はほっけの塩焼きを頼んだよね。最後だから言っておくけど、私はあんまり好きじゃないのね、ほっけ。一輝がほっけ頼むだろって当たり前のように言うから、そうだねって答えてきたけど実は好きじゃなかったから。あ、フライドポテトは好きだよ。ここのは大きくてホクホクしてるから。ただ、ケチャップが入っている容器が小さ過ぎて、お代りしなくちゃいけないっていうのは、なんとかして欲しかったな。ケチャップのお代りを頼むの私だけじゃないと思うんだけど、改善されないまま二年だもん。どういうことよって話だよね」

どうしてこんなに必死にどうでもいいことを喋りまくっているのか、わからなかった。


「パパはどう思う?」と私は尋ねた。

「よくできてるじゃないか。こっちのは化粧品かい? 凄く綺麗じゃないか。これはドライヤーだね。これがあったらパパは買ってるよ、きっと」

「そう？　有り難う」

パパは熱心な様子で私のデザイン画を見つめている。

その隣の華子は私の作品ではなく、室内をきょろきょろと見渡している。

綾子が首を左に少し傾けて眺めているのは、私のではなく隣にある同級生の模型作品だった。

今日から学校で卒業展が始まった。二月十五日までの十日間、三年生の作品が校舎の中と中庭で展示される。パパが皆で行くよと電話で言っていたけど、本当に華子と綾子まで来るとは思っていなかった。

ここは百平米あり校舎の三階で一番広い部屋だった。そこにデザイン画や模型や、学生が作った家具などが置いてある。部屋の最奥は弧を描いたようになっていて、そこにある窓ガラスも曲線だった。その窓からは中庭に置かれた大型の作品が見下ろせる。壁も床も白く、そこに窓から淡い冬の陽射しが差し込んでいる。ハレーションを起こし掛けている世界で、学生たちの個性的な作品が弾けていた。

華子がコートの上から自分の腕を擦る。

「寒いなら温かいものでも飲む？」と私は言って、三人を引き連れて廊下に出た。

エレベーターホールの端に長テーブルがあり、そこで一杯五十円でお汁粉とコーヒーが売られていた。いつもは学食の厨房で働いている人たちが、今日は校内のあちこちに散らばった売店で、ドリンクや軽食を販売している。パパがコーヒーを頼み、私たち姉妹はお汁粉を注文した。

お汁粉の入った紙コップは熱くて、最上部を親指と人差し指だけで持たなくてはならなかった。私はすぐ近くの教室のドアを横に滑らせる。

誰もいなかったけど灯りがついていた。二十個ほどの白いデスクがホワイトボードに向かうように並んでいる。窓は閉じられていて白いカーテンがその両端に垂れ下がっていた。

綾子が「ここ入っていいの？」と言ったので、「鍵が掛かっていない部屋は入っていいって言われてるから大丈夫」と私は答えた。

「どこも真っ白だね」と綾子が喋りながら窓側の隅のデスクに向かう。

華子はなにも言わずに綾子の後に続いた。

パパが歩きながら聞いてきた。「ここはなんの教室なんだい？」

私は説明をする。「ここではね、色とか素材の勉強をした。一年生の時にね。色彩心理の授業が面白かったな。えっとね、色が与える効果のこと。青だと冷静さとかクールっていうイメージを持つんだって。赤だと活動的な印象を受けるとか、そういうの。商品とか、そのパッケージとかって、いろんなことを考えて作られてるんだって知ったのね。そうしたら面白いなぁって思って、その瞬間真っ直ぐ目の前に道ができた感じがしたの。ここを進んでいけばいいんだってわかったっていうか。パパには怒られちゃうかもしれないんだけど、卒業した後のことってはっきりは想像できてなかったんだよね。でもその授業で、私がやりたいことはこの先にあるとわかったの。だから凄く記憶に残しておきたい教室」

パパはにこにことして「そうか」と言った。

「そういうのは」華子が口を挟んできた。「入学する前に、というか受験する前にわかっているもんじゃないの？　わからなかったのに東京で一人暮らしをし始めたなんて、無謀過ぎるよ。展子姉ちゃんの向こう見ずな行動には、物凄いお金が掛かってるってわかってるの？　展子姉ちゃんは長女だから、なんでもさせて貰えると思ってるんでしょ」

私は「華子も東京の学校に行きたかったの？」と尋ねた。

「私はなるべくお金が掛からないようにって考えて、地元の学校の中から進学先を選んだんだから」自慢するように華子が言った。

「そうだったの？　でも行きたい東京の学校があって、それを私のせいで諦めたってわけじゃないんでしょ？」私は確認する。

「……そういうわけじゃないけど」むすっとした顔で答えた。

「だったらいいじゃない。私が勉強したかったデザインの学校は地元にはなかったんだから」

「通えない距離じゃなかったでしょ」

「片道二時間、往復四時間を通える距離と思うかどうかは人それぞれだけど、私には無理だった。課題が多かったし、学校近くのアパート暮らしじゃなかったら卒業できなかったと思う。お金が掛かっちゃったからパパには感謝してるわ。パパにはね」

パパが「無事に卒業してくれそうだから、パパはそれで満足だよ」と話すと、華子は頬を膨らませた。

お汁粉とコーヒーを飲み終えると、華子が正午から始まるファッションショーを見たいと言った。皆で多目的ホールに移動すると、すでに大勢の人が着席していた。

ランウエーの周りに椅子が二百脚程度置かれていて、空席を探すのが難しいぐらい人で埋まっている。二十センチほどの高さのランウエーの周囲には電球がついていた。最奥の黒いパーテーションには『平成三年度ファッションデザイン専攻科卒業生　ファッションショー』と書かれた紙が貼られている。

私たちは後ろの方で前後に二つずつの空席を見つけた。

前に私と綾子が、後ろにパパと華子が座るとすぐにホールの灯りが消えた。同時にノリのいい音楽が流れてくる。

ファッションデザイン科の三年生の男女が司会を始めた。そしてすぐに一人目の女子学生がパーテーションの隙間から出てきた。司会者がそのデザインをした学生の名前と、服の特徴を説明する。モデル役の女子学生はランウエーの上で立ち止まり、腰に手を当ててポーズをした。

その女子学生が引っ込むと一輝が出てきた。堂々とランウエーを歩き客席を醒めた目で見下ろす。

綾子が私に身体を寄せて囁《ささや》いてくる。「あれ、一輝君じゃない？」

「そうだね」

「そうだねって。カレが出演してるのにそんな態度？」

「別れたの」

「えっ、そうなの？」綾子が驚いたような声を上げる。「全然知らなかった」

「妹に報告するようなことじゃないからね」

「いつ？」

「去年の十月」

「そっか、結構時間が経ってるから、そんなに平気な顔で元カレの姿を見ていられるんだね」

意外なことを言われて驚いた私は確認する。「平気そうに見える？」

「うん」

「なら良かった」何故かちょっと嬉しくなった。

「なんで？」

「子どもは黙って」

「なによ、それ。子どもじゃないもん」綾子が不満そうな声を上げた。

「パパには内緒よ。心配するから」

「うん」素直に頷いた。

「華子にも内緒だからね」

「そうなの？　いいよ、わかった」

こちらに背を向けた一輝の紫色のジャケットには、天使のような羽が付いていた。そしてセンターベントの隙間からは、先端が尖ったしっぽが出ていて、まるでおとぎ話の悪魔のような後ろ姿だった。

彼のオーディションで私は落とされてしまいました。

そうですね。

遠距離というのは、彼にとっても予想外のことだったでしょうね。でも、そういう物理的なものを超えようと努力して欲しかったです。

せめて努力するフリでもね。

途中で落とされる危険もあるのだと知って、恋愛が怖くなりました。一瞬たりとも気が抜けないのだと思い知りました。

当時はそんなことさえわからないほど、子どもだったんです。

就職活動は辛かったです。なかなか決まらなくて、自分は必要とされていない人間なのかと思ったりもしました。毎日不安で焦って。

就職試験は正にオーディションですよね。試験を受けて、面接を受けて、合格を目指すわけですから。

ええ、思いましたよ。一般事務の仕事にしようかというのは考えました。そっちの方が倍率が低くて、合格できるかもしれないならと。

でもデザイナーにどうしてもなりたかったんです。それを諦めてしまったら、専門学校の三年間と、中高の美術部での六年間はなんだったんだろうってことになりますしね。

ただ……もし包装メーカーに決まっていなかったら、あとどれくらい頑張れたのか。精神的にギリギリでしたから、一週間とか、そんな程度で一般職に方向転換していたかもしれません。振り返れば、そんなふうにあともう少しこうだったら、今とは全然違う人生になっていたんじゃないかって思うような分岐点がたくさんありました。

就職に関していえば時代によって全然違いますよね。氷河期にあたってしまった不運な学生もいるし、売り手市場の時期にあたって、簡単に複数の企業から内定を貰えた学生もいますでしょ。

生まれた時期によって、運不運が大きく分かれてしまうんですから、遣る瀬ないですよね。

はいっ？

次の恋愛ですか？

それもねぇ……なんて言ったらいいか。

話をした方がいいんでしょうか？

そうですか。

わかりました。お話ししましょう。

4

西島貴之《にしじまたかゆき》は楽しそうに言った。「ここのちくわぶは最高なんだよ。ちくわぶだぞ。ちくわじゃないからな。ここのちくわぶをジュンコに食べさせたかったんだよ」

「ジュンコって？」と私は静かに尋ねた。

「えっ？　俺、今なんて言った？」

「ジュンコって言った。私の名前は展子です」

「わっ。俺ってサイテーだな。申し訳ない。名前を言い間違うなんてあってはならないことだよな。すまんすまん。展子ちゃんにこのちくわぶを食べて欲しかったっていうのは、間違ってないぞ。食べてくれ、旨いから」

　私は自分の前のちくわぶに箸を伸ばした。それを口に入れて咀嚼《そしやく》する。

　味がしっかり滲みていてとても美味しい。

「美味しい」と私が言うと、「だろ」と貴之は満足そうな顔をした。

　このサイテーの男は、関東で二十軒の飲食店を経営する会社の社長だった。その全店で使用する印刷物のデザインを担当したのが縁で知り合った。それは入社二年目で初めて一人で担当することになった仕事だった。十五歳年上の貴之は我が儘で自分勝手な人だけど、魅力的だった。バツイチで十歳の娘がいると知ったのは、初デートの日だった。他にも三人の女性と付き合っているが、君とも付き合いたいと言われたのもこの日だった。一人の女性だけじゃ満足できない性質でさ、と軽々と言ってのけた。そんな男と付き合うことにしたのは何故なのか、自分でもよくわからないでいる。貴之の四人いる彼女のうちの一人になってから、一年が経っていた。

おでん屋のドアが開かれ男性客が一人入って来た。その瞬間ひゅうっと冷たい外気が店内に流れ込む。

十一月は比較的暖かかったけど、十二月に入った今日は朝からとても寒かった。

今シーズン初めて着たロングコートは、後ろの壁にあるフックに掛けてある。カウンターだけの狭い店で、その壁にはお客さんたちのコートが並んでいる。

私は大根を箸でカットして摘まみ上げると、それにフーフーと息を吹きかけた。それから口に入れた。ちょっと熱くて手で口元を隠して上下の唇を少し離した。外気を取り入れながら舌で大根を転がすように動かす。そうして少し冷ましてから嚙《か》み下した。

隣席の貴之が大きな口を開けて蒟蒻《こんにゃく》を齧る。それから思いっきり幸せそうな顔になって「旨いなぁ」と呟《つぶや》いた。それは思わずつられてこちらも笑顔になってしまうような、天真爛漫な表情だった。

私はお猪口《ちょこ》に手を伸ばし日本酒を飲んだ。

貴之が言った。「展子ちゃんは日本酒があまり得意じゃなかったよね。二軒目はバーにしよう。片瀬《かたせ》に話題のバーがあるって情報を仕入れたから、行きたいんだ」

「片瀬？」

「そう」

「遠くない？」

「タクシーで移動すればすぐだよ」

貴之は行きたい店に行く。遠ければタクシーで向かう。バブルが弾けて数年が経つけど貴之の会社は順調なのか、ゆとりのある暮らしをしているように見えた。普段乗っている車も身に着けている物も高そうだったし、デートの時はすべて貴之が支払いをした。私の誕生日にはエルメスのスカーフをくれた。

貴之が玉子を箸で半分に割る。それぞれの切り口を下に向けて黄身がつゆに浸かるようにした。それから一方の玉子を箸で挟み、円を描くように回してからひっくり返した。つゆでしっとりとした黄身の上に芥子を付ける。そして口に運びぱくっと食べた。楽しくて堪らないといった表情を浮かべた。

「おでんの主役は玉子だよな。あっ、違うか」貴之が目を見開く。「大根を忘れてた。玉子が主役なんて言ったら大根に失礼だな」と言って笑った。

私は笑みを返してまた大根に箸を伸ばした。

貴之が「そういえば」と言い出した。「展子ちゃんの会社、ボーナス出ないんだって？」

「どうしてそれを？」

「ま、ちょっと噂を耳にしてさ。やっぱり本当だったのか」

「先週突然社員が集められて、副社長が冬のボーナスを出せなくなりました、業績が回復するまで辛抱してくださいって言ったの。皆びっくりし過ぎたんだと思うけど、しーんとしちゃってた。会社が厳しいことは体感してたのね、私みたいな下っ端でも。でも正直そこまでとは思ってなくてショックだった。クレジットカードのボーナス払いにしていたものがあったから、どうしようって慌てたけど、計算したらまぁなんとかなりそうだから、それはほっとした。家のローンを組んでる社員たちは青ざめてた。ボーナス時期に支払い額を大きくするようなローンにしてるから、どうしようって。その日を境にね、会社の中が荒《すさ》んじゃったの。それが寂しくて」

「寂しいの？」

「うん。なんていうか……空気が凄く悪いの。危機なわけでしょ、今うちの会社。それなのによし頑張ろうぜとはならないの。真面目に仕事なんてやってられないって、そんな雰囲気なの。うちの会社、それまで嫌なこともたくさんあったけど、潰れて欲しくないって私は思うのね。仕事がなくなるのは困るしお金のこともあるけど、それだけじゃなくて会社に対しての愛着みたいなのがあるの。だから持ち直して欲しいと思うし、私にできることならやりたいなって。でもそんなふうに考えてる人は少ないみたいで。それが寂しいなって思うの」

「展子ちゃんらしいな、それ。なにそれって、そうやって真面目に頑張ろうとするところがだよ。そういうの展子ちゃんの素晴らしいところだよ。それに自分とは違う思いの人たちに対して、不満を持つんじゃなくて、寂しいと感じるところも展子ちゃんの素敵なところだ。優しいし大人なんだよ、展子ちゃんは」

返事に困って私がもじもじしていると、貴之は「そういう照れちゃうところも魅力の一つだよ」と言って微笑んだ。

おでん屋を出たのは午後九時だった。

バーに行くためタクシーに乗り込んだ。

運転手に行き先を告げた貴之が私の手を握る。

楽しそうな表情の貴之の横顔をじっと見つめた。

どうしてこんな人を好きになっちゃったんだろう。会っている時は楽しいけど、その何倍も哀しい目に遭わされてるのに。話を聞いてくれて褒めてくれるからなのかな。自分の気持ちがよくわからない。こうやって私をいろんな店に連れて行くのは、リサーチしたいからよね。一人じゃなんだから、ツレがいた方がいいといったぐらいの気持ちなんでしょ。断ってやりたいと思う。でも私が断れば他の人と行くのがわかっているから……それは嫌だから私は待ち合わせ場所に行ってしまう。そんな自分が嫌い。自宅には決して私を招いてくれないのよね、あなたは。このまま付き合いを続けても私は幸せに近付けず、むしろ幸せから遠ざかっているとわかっているのに、貴之の笑顔を見てしまうと今日だけはと思ってしまう。今年のクリスマスイブをあなたは誰と過ごすの？　私は選ばれる？　去年のようにごめんと言われるのが怖くて、聞けずにいるのよ。なにやってんだろう、私。

信号が黄色に変わりタクシーが加速した。

男性スタッフが口を開く。「あの、お客様、失礼ですが北村高校の渡辺さんじゃないですか？」

「え……はい」私は頷く。

笑顔になった。「やっぱり。あの、僕、北村高校で渡辺さんより一つ下の学年だった、伊藤《いとう》太一《たいち》です。っていってもわからないですよね、僕のことなんて。渡辺さんは学校で目立ってたけど僕は全然だったから」

「……思い出せなくてすみません」

「いえ、そんな。いやぁこんな偶然あるんですね、嬉しいです」

「……はぁ」

万里子に誘われて参加したパーティーのビンゴ大会で、私は旅行券を獲得した。それが使えるという旅行代理店は、初めて聞く名前の会社だった。どういったツアーがあるのか調べるため、私は先週一度ここに来てチラシを入手した。そして万里子と相談し、申し込むツアーを決めた。一人再訪した旅行代理店は新宿の雑居ビルの三階にある。

伊藤は紺色のスーツを着ていて、紺地にカーキ色の水玉柄のネクタイをしていた。ジャケットの胸のポケットには名札を付けていて、真ん丸で穏やかな顔に笑みを浮かべている。

「美術部でしたよね？」伊藤が言ってきた。

「……はい」

「文化祭の時に渡辺さんの絵に感動したのを覚えてますよ。確か花の絵でしたよね」

「よくそんなの覚えてますね」

「覚えてますよ。渡辺さんは僕の憧れでしたから」

「あぁ、記憶がこんがらかってますね。渡辺違いです。皆の憧れの的の渡辺は久美です。その渡辺久美と仲が良かったのが私。同じ渡辺でも美人じゃない方の渡辺です」

「間違ってません」伊藤がきっぱりと否定する。「僕が憧れてたのはあなたの方です。渡辺展子さん」

「あなたどうかしてるんじゃないですか？」

「えっ、僕は変ですか？　一年生の時に高校の売店で、小銭をばらまいてしまったことがあったんです。僕は鈍臭かったから。あ、それは今もなんですけど。周りの生徒たちは大笑いしてるだけだったんです。その時、渡辺さんがたまたま通りかかって——あなたです。展子さんが一緒に小銭を拾ってくれたんです。それで拾い集めた小銭を僕に渡してくれて、これで全部？って聞いてくれたんです。いくら落としたのかわからなかったんですけど、僕は取り敢えずはいって答えました。そうしたら展子さんはあっ、て言って、ちょっと離れたところにあったコインを見つけて、それを僕の財布の中に入れてくれたんです。それから展子さんは僕の中で大きな存在になったんです」

「えっ……そんなことで？」

「はい。そんなことで」しっかりと頷いた。

私は伊藤の濃い顔をじっと見つめる。

なんとなく……こんな太い眉をした男子生徒がいたような。そういえば一つ下の学年に、沖縄から引っ越してきた男子生徒がいて、その子がこんな濃い顔をしていたような――。確かなんくるないさーという口癖から『なんくる』とニックネームを付けられていた。あっ。たちまち記憶が蘇《よみがえ》ってきた。高校三年の文化祭に私は描き下ろし作品ではなく、コンクールで落選した花の絵を出展した。専門学校の受験があったので、その入試に必要なデザイン画を描くことに追われていて、文化祭用の絵を描く時間を取れなかったから。それにもうその頃には、鑑賞作品としての絵を描くことへの情熱を消すのに、成功していたせいもある。第一希望の専門学校に合格した後は、美術部員としての活動に熱心ではなくなった。だから出展する作品はなんでもよくて、一番最近描いたものにした。美術部の展示部屋ではペンと紙と箱が用意してあって、感想を投函できた。文化祭が終わった後でその箱を開けて、感想はそれぞれの作者に渡された。私が受け取った感想の中に、凄くいいと思いましたと繰り返し書かれたものがあった。どこをいいと思ったのかも、どういいのかも書いてなかった。下手な字で綴られた感想の最後には、なんくると書いてあった――。あの時、私はなにがいいのよと思った。いたずらだとは思わなかったけど嬉しくもなかった。あっそ。そんな程度の受け止め方だった。

私は尋ねた。「もしかしてなんくる?」

ぱっと顔を輝かせる。「はい。なんくるです」

「なんとなく覚えてますよ」

「本当ですか？」目をキラキラさせた。「だったら嬉しいです」

「東京にはいつ？」私は尋ねる。

「就職してこっちに。旅行関係の専門学校は県内だったんで、家から通えたんですけど、社会人になったら勤務先がここになったもんで、こっちに出てきました。社宅のアパートで独り暮らしです。展子さんは？」

「専門学校が東京だったんでその時から。今の職場もこっちなので」

「東京にいる北村高の卒業生たちで、たまに集まったりするんですよ。よかったら今度飲み会に参加しませんか？」

「……卒業生たちで集まるんですか？」

「はい。たまにですけど。年齢は結構ばらけてるんですよ。でも先生とか、体育館とか、共通の思い出があったりしますから楽しいですよ。是非参加してください。参加というか、展子さんの都合のいい日に会を開くようにしますんで、いつがいいですか？」伊藤が引き出しから黒い手帳を取り出した。

「えっと、まずはあの、ツアーの申し込みに来たのでそっちを」

「あっ、そうですよね。すみません。つい気持ちが先走ってしまいました」

伊藤が手帳を閉じた。

私はチラシをカウンターの向こうにいる伊藤に向けて滑らせた。

大きなため息を吐いた。それから車のエンジンを切り、ヘッドレストに頭をもたせ掛ける。

昨日の二十八日で仕事納めになり、今日から年末休暇がスタートした。実家で久しぶりに綾子が作ってくれた昼食を食べて、パパから頼まれていた買い出しに一人で行くため、車の運転席に座った。運転免許を取ったのは高校卒業間近の頃。東京で暮らすようになってからは、まったく運転をしていなかったけど、昔の勘がすぐに戻るだろうと高を括っていた。ところが勘はまったく戻らなかった。恐怖でパニックを起こしそうになりながら、なんとか目的地の駐車場まで辿り着いた。実家から南に十五キロほどのこの街には漁港があり、一般の人も買える大きな市場が併設されていて、そこには近隣の農家から運ばれた新鮮な野菜も売られているので、地元では人気だった。駐車場の空きを見つけるためぐるりと一周してやっと見つけたのは、市場の出入り口から遠く離れた敷地の端だった。

運転席からは通りの向かいにある餃子専門店の派手な看板が見える。

私はもう一度ゆっくり息を吐き出してから、シートベルトを外した。トートバッグを摑みドアを開けようと窓外へ目を向けた時、駐車場の右隣にある公園の前に華子を見つけた。

華子は薄いピンク色のロングコートを着ていて、首元には水色のマフラーを巻いている。

華子の向かいに立つ男性は、黒いショート丈のダウンを纏っていた。

こんな所で華子はなにをしているのだろう。

華子が男性に近付き、その腕を摑んだ。

男性はなにか言いながらその手を振り払い、華子に背中を向けた。

華子は男性に向かってしばらくなにか話していたけど、やがて自分のバッグに手を入れた。財布からお札を何枚か取り出すと男性の前に回り込む。そしてそのお金を男性に差し出した。

すると男性はそのお金を指で繰って枚数を確認してから、ダウンのポケットに入れた。突然歩き出すと華子の横を通り抜けようとした。

華子はぱっと男性の腕を再び摑み、必死の形相で何事かを話し掛ける。

男性は足を止めたもののつまらなさそうな表情を浮かべた。

華子が短大生の時に付き合っていたのはどこかの劇団員だった。彼はお金がなかったためデート費用を華子がもったり、代わりに家賃を払ったりしているようだと、綾子から聞いたことがある。当時の華子は短大のチアリーディング部に入っていた。いつだったか応援している最中の、こっちが恥ずかしくなるような格好の華子の写真を見せられた時があった。その時、華子は応援するのが好きなんだねと私は言った。すると華子は険しい顔をして、それのなにが悪いのと返してきた。私は応援するのが悪いなんて思っていなかったので、そう口にした後で「いい奥さんになるね、きっと」と続けた。褒めたつもりだったのだけど、華子はそうは受け取らなかったみたいで怒り出した。「展子姉ちゃんは私を馬鹿にしている」とかなんとか言って騒ぎ始めた。どうして華子とはいっつもこんなふうになっちゃうのだろうと不思議に思った。その後で「それでいいの？」と私は聞いた気もする。華子は当たり前だといった顔で顎を上げて「勿論」と答えたのを覚えている。「華子と彼は対等なの？」と更に尋ねた時、綾子に「いいじゃない、もうその話は」と収められたので華子の答えは聞いていない。当時の私にはわからなかったのだ。男女間には対等じゃない関係があるということに。今じゃすっかりわかっているし、華子の恋愛についてとやかく言えない状況にいるのも自覚している。

劇団員の彼とは別れたと聞いていたので、ダウンの男性は今の彼なのか？　今度の人もまたお金に困っているのだろうか。

男性は華子の手を再び払うと歩き出した。やや俯き加減で足早に進む。

華子は追い掛けず呆然とした様子で男性を見送る。男性が右に曲がって姿が見えなくなってもまだ、華子はその方向に顔を向けたままじっとしていた。

私は車を降りて駐車場を囲む金網まで足を進める。その腰ほどの高さの金網の最上部に手を置いて「華子」と声を掛けた。

華子がゆっくりと顔をこっちに向けた。私を認めると驚いた表情を浮かべた。

近付いて来る気配がないので私は大きな声を上げる。「パパから買い出しを頼まれたの。手伝ってよ」

華子は無言で細い通りを横切ってきた。

それから警戒するような顔で言った。「いつから？」

「えっ？」

「いつからそこにいたの？」

「それは華子が男性にお金を渡しているのを見たかって、聞いてるの？」

華子が不快そうに顔を歪《ゆが》める。「なにが言いたいの？」

「華子の交際相手について言いたいことは別にない。パパから買い出しを頼まれて車で来てるのよ。だから手伝ってくれないかと思って声を掛けたのよ。買い物もだけど、帰りの車の運転を頼めないかと思って」

「私は幸せだから」

「だから華子の交際相手については——」

私の言葉を遮って華子が大きな声で言った。「彼のお母さんが病気なの。それで彼が大変そうだったから。彼から頼まれたんじゃないの。私からいくらか用立てるって言ったら、彼は断ったの。でも私がどうしてもって言って、だからなの」

そんな嘘を信じることにしたなんて……。私は華子と似ているところが一つもなくて、本当に姉妹なのかなって何度も思ったことがあったけど……その不器用さは私に似てる。そんなところが似てるなんてね。嘘を吐かれると哀しいよね。どうせなら質の高い嘘にしてくれって、華子も思う？　華子も嘘を聞かされる度、必死でそのほつれを自分で繕《つくろ》って、ストーリーの完成度を上げようとしちゃう？　そういうの、切ないよね。私は時々自分が可哀想になる。華子もなのかな。

華子が冷ややかな声で言った。「そうやって私を馬鹿にした顔で見ないでよ」

「馬鹿になんてしてない」強く否定した。「華子は自分でもよくない恋愛をしてるってわかってるんでしょ。だから私はなにも言ってないのに、彼は悪くないって弁解をしてる。自分が彼にとって一番大切な人じゃないとわかってても、好きなんでしょ。しょうがないわよね。しょうがないけど……好きなだけなのに、その何倍も哀しい思いをさせられてるのよ。それわかってる？　これから先もずっと耐えられる？　彼が本気になってくれるとか、変わってくれるとか思ってる？　残念だけど変わらないよ。どんなに尽くしたってね。今日は凄く楽しい時間を過ごせたから、彼の中の自分の存在が大きくなったんじゃないかって、期待したりする？　でも次に会った時には、彼はそのことを覚えていなかったりしない？　期待してがっかりしての繰り返しなんじゃない？　期待しちゃダメなんだよ。彼は変わらないんだから。現実をちゃんと見た方がいいと思う」

「わかったような口利かないで」

「私は……私と華子はずっと仲が悪くて——でも今私が色々言ったのは憎いからじゃない。華子が痛々しくて、見てられない気持ちになったから」私は正直に言った。

「展子姉ちゃんはいっつも偉そうなのよ。私のことは放っといて」

「……わかった、そうするわ」

華子に背を向けて歩き始めると、冷たい風が正面から吹き付けてきた。

私はコートの前を合わせて身を縮めた。

太一はごはんと散歩が好きだと言った後で、犬みたいでしょと笑った。二人で映画を観た後で街をぶらぶらすることになった。

下町の住宅はひしめくように建っている。その間の狭い道にはバイクや大きな植木鉢が置かれていて、さらに歩ける場所は狭まっている。住宅の二階には洗濯物が並んでいた。開いた窓からはテレビの音が聞こえてくる。

行き止まりにぶつかり私たちは足を止めた。

右からすっと猫が歩いてきて、私たちにメンチを切りながら左方向へ進んだ。

「戻ろう」と太一は言って身体を回した。「こういう生活臭がいっぱいの所を歩くの好きなんだ。展子ちゃんは？」

首を捻る。「こういう所を歩くの初めてで。散歩でってことだけど。好きかどうかは……わからない。でも嫌いではないと思う。今嫌じゃないから」

「良かった。展子ちゃんはなにをしている時が好きなの？」

「うーん、なにかな。映画を観るのが好きかな。旅行も好き。そんなには行けないけど。そういえば今日日曜日でしょ、旅行代理店って日曜日は忙しいんじゃないの？」

「うん、そうなんだ。シフト制なんだけど土日は全員出勤で、それ以外の日を休みにするように組まれてる」

「それじゃ今日は？」

太一がにやっとした。「昨日から準備してたんだ。具合が悪いって演技してさ。皆の前で風邪薬を飲んだりもしたよ。で、今朝体調が悪いんで休ませてくれって電話した」

「えっ、そうだったの？　仮病を使ったなんて……大丈夫なの？」

「大丈夫大丈夫。僕が一人いなくたって職場の誰も困らないんだから。なんたって今日は展子ちゃんとの二度目のデートという、大事な日だからね。仕事より優先させないとさ」

「…………」

なんて言ったらいいのかわからない。ちょっと嬉しいけど。これからもデートの度に会社を休む気なのって、笑って言ってみる？　なに言ってんだろう、これからもなんて。でも多分私がノーと言わなければ、このままデートを重ねていくんじゃないかな。いいのかな、それで。こうして歩いていても、話していても太一と貴之を比べちゃってるけど。酷いよね、私って。太一は私を好きだって思いをアピールしてきて、それは二百パーセントぐらいの力強さ。でも貴之の場合は仕事が第一なので、気持ちの五十パーセントはそっちに向けられる。残りの五十パーセントを四人の女たちでシェアしているから、私は貴之にとって十二・五パーセント。それぐらいの興味の対象でしかない。どっちと付き合ったら私が幸せになれるかっていったら、太一の方に決まってる。それなのにどっちが好きかっていったら、断然貴之なのが残念。

大通りに出たところで見つけた蕎麦屋に入った。

午後一時を過ぎているせいか、店内には私たちの他にお客さんはいなかった。

私は注文するものを決めると、メニューを閉じてテーブルに置いた。

太一は真剣そうに、でも楽しそうにメニューを見つめている。

少ししてから私にちらっと視線を向けてきて「迷っちゃって」と言い訳した。

「ゆっくり選んで」

「うん」

のんびり屋の太一はメニュー選びに時間が掛かる。周りが早くしろと急かしても焦ったりしない。メニュー選びだけでなく他のこともマイペースだった。同窓で集まった飲み会の時も前回のデートも今日も、太一は約束の時間に遅れて現れた。それは毎度十分程度の遅れだった。ごめんごめんと謝るのだけど、深く反省しているようには見えなかった。

それからしばらくして太一がメニューをパタンと閉じた。笑みを浮かべて「決まった」と言った。

注文を済ませると太一が身体をもぞもぞと動かした。「あのさ、あの、今日は記念すべき二回目のデートでありまして、その、僕としてはちゃんと言っておいた方がいいかなと思うんだよね。だから言います。結婚を前提に僕と付き合ってください」

「…………」

「無言なんだ……」

「あっ」我に返った私は慌てて弁解する。「えっと、ちょっと驚いちゃって」

「えっ？　驚いた？　僕の気持ち全然伝わってなかった？」

「それは伝わって来てるよ、はっきりと。そうじゃなくて、結婚を前提に付き合ってくださいなんて言われたことなくて。そういうのドラマの中だけかと思ってたから」

「ドラマの中だけじゃないよ。大事なことだし確認しておきたいもんだろ？　これからのことをどう考えているのかってことは。えっと、展子ちゃんの返事を聞かせてくれる？」

私は太一から目を逸らした。

少しの間テーブルの一点を見つめてから顔を上げる。「私は幸せになりたいと思います。だからよろしくお願いします」

ぱっと顔を輝かせた。「こちらこそよろしくお願いします」

お辞儀をしあっているところに、たぬき蕎麦と山菜蕎麦が運ばれて来た。


エステティシャンの一人が甲高い声で言った。「お二人ともご結婚を控えていらっしゃるんですね。それはおめでとうございます」

私と久美は「有り難うございます」と答えた。

エステティシャンは「お顔に乳液を浸透させますので、このまましばらくお待ちくださいね」と説明すると二人とも部屋を出て行った。

私と久美はエステルームに二人で残された。五十センチほど空けて並べられたベッドに、私たちは仰向けになっている。顔の上にはパックシートが載っかっていた。

私は五ヵ月後の十月に、久美は来年の三月に結婚式を挙げる。二人とも二十八歳で花嫁になる。独身時代の最後の二人旅をしようと、高原のリゾート地にあるホテルにやって来た。この宿を薦めてくれた太一がここのエステが人気なんだと言うので、それの予約も頼んだ。

久美の声がした。「結婚おめでとう」

「有り難う。結婚おめでとう」

「有り難う。こんなふうに二人で旅行なんてもうできないのかな？」少し寂しそうな声で言った。

「そんなことないよ。行こうと思えばいつだって行けるよ。あっ、もしかして黒瀬《くろせ》さんはそういうのダメっていう人なの？」

「わからない。そうじゃないといいけど」

「わからないんだ。あのさ、正直久美が黒瀬さんを選んだの、意外だったんだよね。前の木村《きむら》さんとは全然違うタイプじゃない？　なにが決め手だったの？」

「なにかなぁ」少しの間をおいて久美が話し始める。「親が乗り気になってしまっててどうしようと思っている頃——二人で歩いてたのね。その時、私たちの前を白い杖を突いて歩いている人がいたの。駅前に違法駐輪している自転車が並んでてね、その人は自転車の間を上手く通り抜けられなくて困っているようだったの。そうしたら黒瀬さんがすたすたってその人の所に行って声を掛けて、自分の腕に摑まるようにって。それからね、側でくすくす笑っている男子高校生たちがいたんだけど、その子たちに君たち笑うなんて失礼だろ。困っている人がいたら、手を差し出せる人間になりなさいって言ったの」

「へぇ。格好いいね」

「ちゃんと怒ったり、注意したり、優しくしたり、そういうことができる人なんだって思って」

「それが決め手？」

「かな。あ、あと私は車を運転するのが好きでしょ。私が運転するって言うと嫌がったり、恐縮したりする人が多かったんだけど、黒瀬さんはそう、じゃお願いするよってすぐに助手席に座ったの。運転は男がとか、そういう考えはない人なんだなって。それとね、ドライブしてる時に黒瀬さんは黙ってても平気みたいなの。それまで割と必死で喋ろうとする人が多いように感じてたんだけど、黒瀬さんは違ったの。そういうの楽でいいなって。それとね、ラジオを聞いてて同じところで笑うことが多いの」

「なんかいいなぁ。羨ましい」思わず私の口から本音が零れた。

「そんな。展子は？　太一君にしようと思ったのはなにが決め手だったの？」

「なにかなぁ。嫌いなところはたくさんあるんだよね。時間にルーズでさ、いっつも十分とか十五分とか遅れるの。もうちょっとだけ頑張れば遅れないのに、そのちょっとをしない人なんだよね。私と会う時だけじゃないの。仕事でもそうなの。ツアーの添乗員してた時も集合時間に毎回遅れたんだって。添乗員がだよ。お客さんからクレームがきて窓口担当に異動させられてたの。のんびり屋と呼べる範囲を超えてるんだよね。絶対に出世しないわ。ん？　嫌いなところを挙げてたね、私。決め手はね、太一にとって私が一番なんだなって思ったから。私は選ばれたい時にいっつも選ばれなくて、一番になれなかったの。自分はその程度の人間なんだからしょうがないって思える時もあるんだけど……やっぱり哀しくて。でも太一にとって私は一番みたいなの。そういう人と結婚したら私は幸せになれると思ったから」

「そうなんだ」

「うん。それにね、いつだったか、お蕎麦屋さんで太一がなににするかすっごく迷った時があったの。そうやって長い長い時間を掛けてようやく決めた注文が、山菜蕎麦だったの。その時に悩んで悩んで山菜蕎麦を選ぶ人は、いい人に違いないって思ったんだよね。それだけ時間を掛けて悩んだら天ざるとか、お蕎麦と親子丼のセットとか、そういう注文にするのかと思うじゃない。それが山菜蕎麦だよ。しかも単品で。いい人でしょ？」

久美が笑い声を上げる。「よくわからないけど多分いい人だね」

「二人で沖縄に行った時にね、私がお土産屋でチョコレートを買おうとしたの。会社の人に配ろうと思って六、七個だったかな、棚に並んでたシーサーの形をしたチョコレートが入った箱を買い物籠に入れて歩き出して、ふと隣を見たら太一がいないのよ。振り返ったら、私が買ったチョコレートが置いてあった棚の前に立ってたの。私が買ったせいでスペースが空いたでしょ。その後ろの方にあった箱を手前に引き出して、品出しをしていたんだよね」

「絶対にいい人だ」と久美が断言してからまた笑った。

エステルームを出たのは午後四時だった。

ホテルの周辺を歩いてみることにした。

しばらくしてふと隣の久美に視線を送った。

エステで磨いたせいでいつも以上にツルツルの肌は輝いている。白い長袖のTシャツの上に黒いカーディガンを羽織っていて、下はジーンズだった。

久美は大抵そんなごく普通の格好をしている。派手な色や柄物を着ているのを見たことがない。

歩道にオルゴール博物館まで二百メートルと書かれた看板が立っている。少し先に教会の屋根と十字架が見えた。

久美が口を開いた。「結婚式の準備はどう？」

「凄く大変。結婚式までの間って、もっと幸せな気持ちに浸ってればいい時期なのかと思ってたんだよね。でも違った。とにかく決めなきゃいけないことが多くてさ、太一にどうしたいって聞くでしょ。そうするとどっちでもいいよって言うのよ。もう全然役に立たないの。しょうがないから私が色々と決めてるのよ。それなのに太一の親戚が結婚式で歌を歌いたいと言ってきたりするの。そんなのダメに決まってるでしょ。即刻断りなさいよっていうのに、太一ったら教室に歌を習いに行ってるらしくて、練習の成果を披露したいんだってさなんて言ってくるんだよ。そんなもん自分の家でペットにでも披露してなさいよって話でしょ。私の結婚式でそんなこと絶対にさせないって言ったら、本当に？　なんて太一が残念そうな声を上げたから、引っぱたこうかと思った」

「それは大変だね」

「久美の方は？　来年の三月だったら、細かいことを決めるのはまだ先かな？」

「まだ細かい話は出てないけど」久美が少しの間自分のつま先を見つめてから顔を上げた。「黒瀬さんのお父さんとお母さんが、仕切ることになるんじゃないかな。仕事関係の人をたくさん呼びたいみたいなこと言ってたから。式場を決めたのも向こうだったし」

「そうなんだ。そっか、そうだよね。偉い人がたくさん来るんだろうから、久美たちの場合は普通の結婚式とは意味合いがちょっと違ってるんだろうね」

久美が結婚する黒瀬さんの父親は、私たちの地元の市長を何年もやっている人だった。修業中の黒瀬さんは、その父親の秘書をしている。

久美がカーディガンを脱いで自分の左腕に引っ掛けた。

久美が静かな調子で言ってきた。「貴之さんのことを思い出したりする？」

「えっ？」驚いて聞き返す。「貴之って、西島貴之のこと？　全然。今名前を言われて久しぶりに思い出したって感じ。そういえば、そんな名前の人と付き合っていた頃があったなってぐらいだな。いつからかわからないけど、いつの間にか過去の人っていうフォルダーに入ってた。どうして突然そんなことを？　もしかして木村さんのことを思い出したりしてるの？」

「たまに」

「そうなの？　黒瀬さんとの結婚を迷ってるの？」

「それは迷ってない。ただ時々木村さんは今どうしてるのかなって思うの」

「そうなんだ」私は言葉を探す。「あれじゃないかな、まだ時間が足りてないんじゃない？　私だって太一と付き合い始めた頃は、いろんなことで貴之と比べてたもん。それに私が抜けた後に、誰か新しく加わったのかななんて考えたりもしたな。でも少しずつそういうの減っていくんだよね。それで忘れる。久美の場合はその途中なんじゃないかな。木村さんと別れて一年ぐらいだっけ？」

「うん」

「だからだよ。安心して。そのうちにきれいさっぱり忘れられるから」

「そっか」

「そうだよ」私はしっかり頷いた。


背後から原付きバイクの音がした。

私は足を止めて振り返った。

晃京おじさんが運転する原付きバイクが、私の横で停まった。

晃京おじさんが言った。「明日結婚式だってな。おめでとう」

「有り難う」

顎で店の方を指す。「今日から臨時休業だって聞いてたが、いつものいい匂いがしてるよな？」

「引き出物をパンにしたの。それで店は休みにして作っている最中なの」

「引き出物をパンに？　そりゃいいな。パン屋の娘の結婚式だもんな。なんだかなぁ。ついこの間までランドセルを背負ってたと思ったのに、花嫁さんだっていうんだからびっくりしちゃうよ」

それから晃京おじさんは「幸せになるんだぞ」と言うと走り去った。

ふと私は空を仰ぐ。

薄い雲が空全体を覆っていた。

今朝見たテレビの天気予報では、今日の夕方は雨が降るけど明日は晴れると言っていた。

裏口のドアを開ける。

厨房のパパと華子と綾子が一斉にこっちに顔を向けた。

「おはよう」と私が言うと、綾子が「もうそんな時間?」と慌てたような声を上げる。

パパが「どうだ、そっちの準備は。問題なしか?」と聞いてきたので、「うん。こっちは?」と尋ねた。

「大丈夫だ。予定通りに進んでる。二人が手伝ってくれてるからな」とパパが答えた。

引き出物のカタログを見ていた太一が、ワタナベベーカリーのパンにしたらどうかな? と言い出した時には、予想外の提案だったのですぐには反応できなかった。パパ一人でそんなに大量のパンを作れないと思うと私は言ったけど、太一は聞いてみなくちゃわからないよと珍しく引かなかった。太一がパパに相談すると「せいぜい気張って作らないとな」と快諾した。その時のパパはとても嬉しそうだった。

パパはドゥコンディショナーという温度管理ができる機械の前に立ち、一番上の庫室を覗いた。それから最上部に並ぶパネルに指で触れて設定をする。

華子は厨房の中央にある作業台で、不貞腐れた表情で生地を畳んでいる。不満そうな顔をしているものの、掌で生地を持ち上げるようにしてなまこ形にまとめるその手際は良かった。その隣にいる綾子は真面目な表情でボウルの中で生地を捏《こ》ねているけど、明らかに不慣れな様子だった。

「手伝う？」と私は声を掛けた。

即座にパパが「なに言ってるんだ」と声を上げる。「花嫁さんがパンを焼くことはない。花嫁さんの準備があるんだろ？　そっちをやりなさい。綾子、あとはパパがやるから展子と行きなさい。どれ、見てみよう。いい感じじゃないか」ボウルに手を入れた。

それはナッツ・ショコラの生地で、ブラックココアを練り込んである。ヘーゼルナッツが入った店で人気のパンだった。引き出物はこれと華子が作っているカンパーニュと、丸パンの三種類にすることになっている。パパと太一が楽しそうに相談した結果決めたパンだった。

綾子が事務室で白い上着を脱ぐ。それを籠の中に入れた後で、頭に被っていた使い捨てキャップをゴミ箱に放った。いつもの全身真っ黒な格好になった綾子が、壁の鏡に向かって髪を直す。

私はその鏡の隣に画鋲で留めてある写真の前に立った。

色褪せてしまったその写真の中で、ママははにかんだような顔をしている。

「お待たせ」と言った綾子が私の視線の先を辿った。「展子姉ちゃんはこの写真のママに似てるよね」

「嘘」

「本当だよ。自分ではそう思わないの？　他の写真はそれほどじゃないんだよね。でもこの写真のママを見る度に、展子姉ちゃんにそっくりだなって思う」

「そうかな？」

「そうだよ。こういう表情するよ、展子姉ちゃんは。なんかね、いいことがあった時とかにね、こんなふうにちょっと困ったような照れたような顔をする」

「………」

綾子が私の腕を引っ張って鏡の前に立たせると「やってみて、ママみたいな顔」と背後から覗き込んできた。

そしてすぐに「ほら、今の顔」と大きな声で言った。

私は鏡の中の戸惑った顔をした自分を見つめる。それから写真のママへ目を移した。

似ているだろうか？　綾子が言うほど似ているようには思えなかった。

綾子が鏡越しに言ってきた。「明日パパ泣くかな？」

「え、どうして？」

「どうしてって。花嫁の父親って泣くんじゃないの？　違った？」

「そういえば、友達の結婚式で新婦のお父さんが泣いてたことあったな」

「ほら、やっぱり。パパはどうかな？」

「どうかな。そもそもさ、なんで泣くの？　娘の幸せを喜んで嬉し泣き？」

「さぁ」綾子が首を傾げる。「こんな男に取られたって悔し泣きかもよ」

「パパはきっと泣かないよ。にこにこして私たちを祝福してくれると思う」

「そうかな」

「綾子の時は泣くかもよ。最後だから」

「私が最後じゃないかもよ」

「えっ？」私は驚いて尋ねる。「予定でもあるの？」

「ないよ。ないって。ないけど、結婚の順番は年の順とは限らないってこと。だから予定なんてないって」小声になった。「ただ華子姉ちゃんの彼っていつも結構面倒な人だから、すんなり結婚までいくように思えないだけ」

「あぁ……そうかもね」

「私ね、一生独身でいいやと思ってたんだ。気楽でしょ一人の方が。でも展子姉ちゃんを見てたら考えが変わった。結婚が決まってからの展子姉ちゃん、凄く幸せそうだから。自信に溢れてるって感じだし、これまでで一番輝いてるんだもん。私も経験してみたいなって思うようになった」

私は今一度自分の顔をしっかりと見つめる。それから鏡を通して綾子に「行こうか」と声を掛けた。

これから式場のあるホテルで、私は全身エステをして貰うことになっている。遠方から来る太一の親戚の中には、今日からホテルに宿泊する人たちもいて、挨拶をする予定もあった。そうしたいろんなことをサポートするよう綾子には頼んであった。

厨房に戻って私は声を掛けた。「それじゃ、行くわ。引き出物を作ってくれて有り難う。きっと皆喜ぶと思う。大変な思いをさせてしまってごめんなさい」

パパが軽く左手を上げた。

華子が仏頂面で「どうして家族がこんな大変な目に遭わなきゃいけないのよ」と言った。

パパが「それは」と説明しかけると、「パパが作りたかったんだって言うんでしょ」と華子が遮った。

「冗談じゃないわよ」華子が憤慨しているといった口調で続ける。「展子姉ちゃんの時はいつでも全員参加になるんだから」

「華子の時には私がパン作りを手伝うわ」と私は宣言したけど華子は険しい顔のままだった。

私はパパに向かって肩を竦める。

パパは笑顔で何度か頷いた。

私はパパに手を振ってから厨房を出た。


結婚もオーディションなのかって？

勿論そうです。

人生のパートナーとして選ばれるかどうか――正にオーディションです。

一方で人生のパートナーを選ぶ側でもあります。

当時の私ですか？　さぁ、どうだったかしら。妹からは輝いていると言われましたが、どうだったんでしょう。

ただやっぱり……人生のパートナーというのは、生涯でたった一人でしょ、一応。世界中でたった一人の人生のパートナーに選ばれたというのは、嬉しかったですね。その人のナンバーワンになれたんですから。

彼のテストに私は合格したんです。その結果として妻という立場を手にしました。

えっ？　元カレ？

あぁ……そのことですか。

あなたには経験ないですか？

付き合い始めの時に前の人と色々と比べてしまう経験。これについては前の人の方が良かったとか、これについては今度の人の方がいいとか。そういうくだらないことをしちゃうもんじゃないでしょうか。

ほら、服を買う時だってそうですよね。これの色はいいんだけれど値段が高い。こっちのは値段は予算内だけれど、色が理想より少し暗い。さぁ、どうしようと考えますよね。

比べるのはよくないと言う人はいますね。その通りです。よくないと思います。

よくないけれど、やってしまうものなんです。人のことだって、服のことだって、すべてのことをね。

その時になにを第一にするかで、結論は大きく変わりますよね。

今の服の例でいうと好きを第一に考えたら、値段が高い服を選ぶでしょう。それから先の遣り繰りを第一に考えたら、予算内の方を買うでしょう。

好きを第一に考えるのか、それから先の人生を第一に考えるのか。難しい選択です。どっちの方が幸せかはわかりませんから。

それからですか?

穏やかに落ち着いた生活を――とはいきませんでした。

人生って色々あるんですよ。思ってもいなかった出来事が降って来るんです。

5

「先に食べてて」と私は二人の後輩に声を掛けて席を立った。

定食屋を出ると携帯電話を耳に当てた。

「もしもし」と私は太一に声を掛ける。「店を出たから大丈夫よ。なに？」

「ごめんね、昼休み中に。あのさ、びっくりなんだけどさ、会社が倒産した」

「は？」

「は、だよね。僕もは？　だったよ。出社したら店の入り口に紙が貼ってあったんだ。破産手続きを行いますって書いてあって、破産管財人が手続きを終えるまでは、中のものは一切持ち出しできませんとなってたんだよ。それから手分けしていろんなところに連絡を取ってみたんだよ。本社とか、他の支店とか組合の幹部とか。どこも同じように入り口にA４サイズの紙が一枚貼ってあるようで、内容は同じらしいんだ。破産管財人にようやく連絡がついたんで聞いてみたら、会社が倒産したのは本当だった。ドッキリじゃなかったんだよ。今近くにある三つの支店の従業員たちとファミレスにいるんだ。組合の仲間がこっちに来て、今わかってることを話しに来てくれるっていうから、待ってるところ。家に帰ってから話そうと思ったんだけど、なんかどんどん不安になってきちゃってさ。展子ちゃんに電話しちゃった」と少し興奮気味に語った。

「……倒産……仕事を失ったということは、今月の給料日に給料は振り込まれないの？」私は尋ねた。

「そうだね、多分」

「……とんでもないことになったわね」

「うん」

「倒産するなんて……そういう気配まったくなかったの？」

「ここ何年かは売り上げが減っているのはわかってた。店長が毎月のように目標金額をクリアできなかった理由を書いて提出していたのも知ってたけど、倒産しそうなほど酷い状態だったとは思ってもいなかったな。それは僕だけじゃなくてさ、皆もそうみたいだよ。皆びっくりしてる」

なるべく早く帰るようにすると告げて私は電話を切った。

失業保険はすぐに貰えるものなのかしら。就職して八年、三十歳の私の給料は安いし貯金は大した額ではない。ボーナスが出なかったのは一度だけで済んだとはいえ、会社が苦しいのはこっちも一緒。ヨシカワだって倒産するかもしれない。早く太一の次の働き口が決まればいいけど、景気が悪い今は再就職も難しいと聞く。今月のクレジットカードの引き落とし額はいくらだろう。

私はため息を吐いた。それから定食屋のドアを開けた。

二人の後輩はすでに食事を始めていた。

浅田由貴子《あさだゆきこ》が「お先にいただいてます」と言った。「旦那さんからですか？」

「そう」私は頷いてお味噌汁の椀に手を伸ばす。

「どうかしたんですか？」山下彩《やましたあや》が聞いてきた。

「ん？　なんで？」と私が聞き返すと、「元気なさそうだから」と彩が理由を説明した。

「なんでもないわよ。お腹が空いてるだけ」と私は太一の会社の倒産を隠した。

うちはこれからどうなっちゃうんだろう。あー、やっぱり私はついてない。ダンナが失業なんて……。そういう星の下に生まれちゃったってことなのかな。どこかにお祓いとかに行った方がいいのだろうか。私はただフツーに暮らしたいだけなのに。大金持ちになりたいとか、有名になりたいとか、そんなことこれっぽっちも思ってなくて、ただ毎日平和な生活を安心して送りたいだけなのに、それさえも叶わないのは、なんでなの？　誰を呪えばいいの？　ホント嫌になる。

私はお味噌汁を飲み刺身が載った皿の端に醤油を落とす。それからふと壁に目を向けた。刺身定食が千円と書かれた紙が貼られていて、その隣には煮魚定食が八百円と記されている。安い煮魚定食の方にすればよかった。これからは千円の刺身定食は注文しないようにしなくては。いっそ手作りのお弁当にするべきかも。

昼食を食べ終えると会社に戻った。

四階の自分のデスクに着いたのは午後〇時四十五分だった。

電気代の節約のため、午後一時になるまで灯りを点けてはいけないルールがあり、部屋は薄暗い。私がいるデザイン部はそれぞれのデスクが薄いグレーのパーテーションで囲まれていて、更に暗かった。私以外の五人はまだ昼休憩から戻って来ていない。部屋の奥には海外事業部の四人のスタッフがデスクを並べる場所があり、田中《たなか》係長が自前の懐中電灯を当てながら本を読んでいる。

私はバッグから財布を取り出した。ファスナーを開けて中を覗く。現金を数えてからレシートを取り出した。中身を確認しながら一枚ずつ横に置いていく。すべてを積み上げるとデスクに肘を突いて吐息をもらす。

太一はすぐに再就職できるだろうか。まったく別の業界に行くのも難しいかもしれないけど、同じ旅行業界を狙うことだって難しいと思う。太一は資格を持っていないから。だからあれほど、資格を取っておいた方がいいんじゃないのと忠告したのに。総合旅行業務取扱管理者という国家資格があって、旅行業者は営業所ごとにこの資格保有者が一人いなければいけない決まりだった。このためこの資格がある人を旅行会社は欲しがるし、社員に取得を勧めてもいた。太一はこれに何度も挑戦しているけど未だに取れていない。年に一度だし合格率は十パーセント台だから、そう簡単に取れるものではないことはわかっていたけど、太一の場合は努力している気配がまったくなかった。去年の十一月に不合格がわかった時、いつものように全然平気そうな顔をしていたので、ちゃんと勉強して資格を取っておいた方がいいんじゃないのと私は言った。すると太一は、会社が必ず受験しろと言うから仕方なく受けているだけだからと答えた。そして引っ掛け問題が多くて、つい引っ掛かっちゃうんだよなと笑った。私は本棚の参考書と問題集をパラパラと捲り、一年間勉強したにしては綺麗過ぎるんじゃないのと指摘した。すると「やべっ」と楽しそうに言って「見つかっちゃった」と舌を出した。怠け者だとは思わないし不真面目といったふうでもないのに、太一はほんのちょっとの努力を惜しむよねと私が言うと、こくりと頷いて「必死になるよりさ、毎日楽しくビールが飲めたら、それが幸せだと思うんだよね」と自説を披露した。なんでもほどほどでいいと思っている人なのだ、太一は。

そんな調子だから資格は取れず、そのせいでビールを飲めなくなるかもしれない事態が迫っている。

デザイン部の福島政明《ふくしままさあき》部長と山本哲夫《やまもとてつお》先輩が戻って来て、それぞれの席に座った。

私はレシートの束を財布に戻した。


「もう少しでできるから待ってて」太一がキッチンのカウンター越しに声を掛けてくる。

私はダイニングテーブルに着き、夕食の支度をする太一を眺める。

茶色のエプロンをした太一はコンロの上の鍋をかき混ぜる。

太一の会社が倒産してから二ヵ月。太一は未だに再就職できず、こうして私の帰宅時間に合わせて夕食を作る日が続いていた。

私は「今日はどうだったの？」と尋ねた。

「ダメだった」

「ダメだったというのは問い合わせをしたけど断られたの？　それとも求人情報がなかったの？　どっち？」

「求人情報がなかった」

「どこにも？」

「どこにも。本当だよ。職安に行ったけどなくて、図書館に行って新聞も見たけどなくて、本屋で就職雑誌を立ち読みしたけどなかった。本当だって。どうしてそんな疑うような顔をしてるのさ。あと一ヵ月しかないけど年内にはなんとか決めたいと思ってるんだよ、僕だって。でもないいんだよ、旅行会社の求人は」

私はなにも言わずテーブルの端に置かれた籠に手を伸ばした。その中にある今日届いた郵便物に目を落とす。一つを開けて電話料金の請求額を確認した途端、胃にキリッと痛みが走った。

テーブルに太一の手作りの料理が並んだ。ハンバーグとサラダとスープだった。

透明のスープにはニンジンやジャガイモなどの野菜がごろっと入っている。どれもひと口では食べられないぐらいのサイズだった。

私はスプーンでスープを掬い口に運ぶ。

ほとんど味はしなかった。

「どう？」と太一が味を聞いてきたので、「美味しい」と嘘を吐いた。

嬉しそうな顔をした太一が「良かった」と言った。

「あのさ」

「なに？」

「妊娠した」

「えっ」目を丸くした。「赤ちゃんができた？」

「そう」

みるみる太一の顔に喜びが広がっていく。「やったぁ。赤ちゃんが……僕がパパになるんだな。よっしゃ。有り難う。すっごく嬉しい。最高だよ。あ、男？　女？」

「まだわからない」

「そうなんだ。ま、どっちでもいいよな。なんか……じわじわくるな、幸せの実感って。あー、最高だ。僕がパパで展子ちゃんがママだ。なんか幸せ過ぎて照れるな」

「あのさ、そういうわけだから不安なのね」

「産むのが？」

「そうじゃなくて、えっと、それもだけどこれからのことが不安なの。家族が増えるからお金が必要なのよ。なのに父親が無職なわけでしょ。これからのことを考えると不安でしょうがないの。私の給料は家族三人分を養えるような額じゃないからね」

「僕、頑張るよ。早く再就職できるようにこれまで以上に頑張るから。展子ちゃんが安心して出産に臨めるようにね。パパ、頑張って正社員になるから。今自分のことをパパって言っちゃった」太一がおどけたような表情を浮かべた。

「あのさ、正社員が難しいんだったら、契約社員でもいいんじゃないの？　旅行会社が希望なんでしょ。旅行会社の契約社員の求人だったらあるんだよね？　この際選り好みしてる場合じゃないと思うんだよね。子どもができるんだから」

「子どもができるんだから契約じゃダメだよ。正社員じゃなきゃ。子どもが大人になるまで何年も掛かるんだから。契約じゃ不安定過ぎるよ」

「私だって正社員の方がいいと思ってるよ。正社員が第一希望だけど、それが難しいんだったらひとまず契約社員で収入を得ておいて、働きながら正社員の仕事を探すとか、そういう手もあるんじゃないかって話。ま、でもあれだよね、結果発表は来週だもんね。それで状況が大きく変わるかもしれないんだけどさ」

「結果発表って？」太一が尋ねてきた。

「総合旅行業務取扱管理者の合格発表。来週でしょ？　その資格があったら全然変わってくるでしょ、就職活動が。合格してるといいわね。合格してたらすぐに正社員になれるよ、きっと。会社側はその資格を持ってる人が必要なんだから」

「あぁ……多分というか、絶対というか、落ちてるわ」

「そうなの？」

「専門学校のサイトで今年の問題と模範解答が出てたから、答え合わせしてみたんだよね。そうしたら結構ミスしちゃってたことがわかって。倒産してからの一ヵ月で頑張って勉強したんだけどさ、やっぱ時間が足りなかった。もっと前から勉強しておけばよかったよ」

思わず私はスプーンを置き自分の顔を両手で覆った。座っているのに身体がふらつくような感じがして、目を閉じる。揺れのようなものが治まってからゆっくりと顔を上げた。

太一が心配そうな表情を浮かべていた。

この人はどうしようもなくダメな人。がっかりの気持ちが大き過ぎて怒りは湧いてこない。もっと努力すればいいのに、それをしない人。頑張って頑張って、それでダメだったら残念だったねと労《ねぎら》える。でも太一の場合はそうじゃない。倒産したんで今回は真面目に試験勉強をしているようではあったけど、それだって死ぬ気でといったレベルじゃなかった。のんびり屋で困った事態になってもなんとかなるさと言う。なんとかなる根拠を一つだって挙げられない癖に。そういうおっとりした人となら、人生を穏やかに過ごせると思って結婚したけど……緊急時においてはその性格は邪魔。なんだっていいじゃない。どんな会社だって。資格を取れるほどの知識はない癖に、旅行業界に執着する意味がわからない。まったく別の業界で一から勉強したって同じじゃない。よりによってこんな時に妊娠するなんて……やっぱり私はついてない。ダンナが頼りにならないから、母になる喜びが薄まってしまっているじゃないの。それがどんなに哀しいことか、思い知ってよね。

「具合が悪いなら」太一が口を開く。「横になるか？」

私は首を左右に振った。

「救急車呼ぶ？」真剣な顔で太一が尋ねてくる。

「体調が悪いんじゃない。心配なの。ちゃんと子どもを育てられるのかって。子どもには人並みの暮らしをさせたいけど、どうなるかわからないから」そっと自分のお腹に手を当てた。

「大丈夫だよ。失業保険はまだ四ヵ月は出るんだし。その間に決めるよ、仕事。頑張るから」

「……そうね、頑張って」

「うん」

空のベッドを見つめた。

隣のベッドの男性が声を掛けてきた。「渡辺さんの娘さんでしたよね」

「はい」私は頷いた。

「お父さんなら非常階段だと思いますよ」

「非常階段ですか？」

「そう。廊下を真っ直ぐ行って」手を前方に伸ばす。「突き当たりに非常扉がありますから。そこを開けると非常階段です。恐らくそこでしょう」

「……そうですか。有り難うございます」会釈をして病室を出た。

パパが手術を受けたのは一週間前の一月十日だった。自宅近くで自転車に乗っていてカーブを曲がり切れずに転倒し、左手と左足を骨折したのだ。パパの病室を訪れる回数も滞在時間も、働いている娘たちより無職の太一の方が多くなっている。今日も午前中からこっちに来ているはずだった。私は午後半休を取って職場から病院に向かった。到着したのは午後三時過ぎだった。

非常扉を開ける。

パパが踊り場に座り込みステンレス製の岡持をテーブル代わりにして、ラーメンを食べていた。そして太一は階段に腰掛けていて、その左手にはラーメンの器があり、右手には割り箸を握っていた。

「なにしてるの？」と固まっている二人に私は尋ねた。

パパとしばし見つめ合った後で太一が答える。「ラーメンを食べてる」

「それは見ればわかる」私は言った。「どうしてこんなところで？」

パパが少し顔を顰める。「ここの食事は酷いんだよ。量も少ないしな。腹が空いてしまったんでラーメンを食べたいと太一君に言ったら、持って来てくれたんだ。病室には食事制限している人もいるからな。悪いじゃないか、ズズズッとやるのはさ。だからここでこっそり食べてたんだよ」

「寒くないの？」私は言った。「こんな所でラーメンなんて」

「なに、屋台と一緒だよ。着込んでいれば平気さ。ここで食べるのも乙なもんだよ」とパパが答えた。

私は太一の隣で二人が食べ終わるのを待とうとしたけど、お腹の子に風邪を引かせたら大変だからと強く言われて、一人病室に戻った。

パパのベッドは六人部屋の窓側の左にある。三階の窓からは冬のどんよりとした空が見えた。病院の前のU字を描く急カーブの道路には車が走っている。車道を挟んで向かいに建つビルの屋上には、ピアノ・エレクトーン教室と書かれた看板があった。その水色の文字は長年の風雨によってすっかり色褪せている。

十分ほどして、パパを乗せた車椅子を押しながら太一が病室に入って来た。

二人とも満足したような顔をしていた。

ベッドに腰掛けてパパが言った。「身体の具合はどうだ？」

私はお腹に手を当てる。「検診では順調だって。先週ぐらいからつわりも落ち着いてきた」

「そうか。大事にしないとな」パパがゆっくりと足を持ち上げて掛け布団の中に収めた。

私は尋ねる。「パパの具合はどうなの？」

「なに、色々と不便だが慣れてきたよ。来週には退院できるだろうって、先生が」

「そうなの？　それは……いいことなのかな。ここにいれば色々と面倒を見て貰えるけど、家に戻ったら今よりよっぽど大変なんじゃない？」

「なに、大丈夫だ。利き腕の右手は使えるんだし」

「でも家ではパパ一人だし」

「そうなんだよ」太一が口を挟んできた。「僕も心配でさ。それで色々考えたんだけど、僕たち、お義父さんの家に引っ越さないか？」

「えっ？」私は驚いて太一を見つめる。

太一が勢い込んで喋り出した。「華子ちゃんも綾子ちゃんも割と近くにいるとはいっても、結婚してるし仕事もしているわけだから、毎日お義父さんの手伝いをするのは難しいと思うんだよ。ちょうど僕は今自由な身だからさ、手伝えるんだよ。ただ往復するってのは大変だからさ、この際引っ越して、展子ちゃんはこっちで出産するっていうのはどうかな。それでさ、これもなにかの思し召しと考えて、お義父さんのパンを待っている人のために僕らで店を開けようよ」

「はぁ？」私は大きな声を上げる。

「勿論お義父さんからパン作りを教えて貰ってからだよ。すぐには無理だろうけどなんとかなるさ。毎日練習して一日も早くワタナベベーカリーを再開しようよ。僕らで一緒にパンを作って売って食べて貰うんだ」

呆気に取られて言葉が出てこない。

しばらくしてフリーズしていた脳味噌が動き出すと、私は口を開いた。「私に今の仕事を辞めろと言ってるの？　どうしてそんな酷いことを……私は精いっぱいデザイナーの仕事を頑張ってるのよ。デザイナーになりたくて勉強して、夢を叶えて働いてるのよ。どうしてそれを奪おうとするの？　大した仕事をしてないと思ってるんでしょ。だからそんな簡単に言えるのよ。無職の太一と私は違うのよ」

太一が驚いた顔をする。「展子ちゃんは会社が嫌なのかと思ってたよ。給料が安いとか部長が使えないとか言ってたろ。それに妊娠を会社に報告したら、休みのことで先輩から嫌味を言われたって。しょっちゅう愚痴ってたから、てっきりヨシカワ包装で働くのが嫌なのかと思ってた」

「愚痴は愚痴。愚痴はね、今日は寒いねぐらいの重さしかないの。挨拶程度の意味しかないのよ。愚痴を言ったからって、ヨシカワで働くことのすべてを否定しているわけじゃないんだからね」と私は説明した。

「……そうだったんだ」太一の声が小さくなった。

私はパパに向かって尋ねる。「さっきからパパが全然驚いてないんだけど、もしかして二人で話を進めてたとか？」

パパが右手を顔の前で左右に振った。「いやいや。進めてはいないよ」太一へ一瞬目を向ける。「太一君からパン作りを教えて貰えませんかと言われたから、大変だよと俺は忠告したんだ。長時間労働だし肉体労働だからな。だが本気でやりたいなら、教えるのは構わないと言ったんだ。それだけの話だ。二人でよく話し合ったらいい。ただし俺のことは考えるな。こっちは一人で大丈夫だから。手も足も折れただけなんだからそのうち治るんだ。治れば店は開けられる。ほんの少しの間不便というだけだ。俺を気遣って人生を変更するのだけは止めてくれ。いいね？」

病院を出たのは午後七時だった。特急電車に太一と並んで座り、コンビニで買ったお握りをミニテーブルに広げた。

私は窓外の流れていく景色を眺めた。

すでに外は暗い。ライトを点けて国道を走る車の列が滲《にじ》んで見える。目を凝らすと暗い中でもひと際黒いものがあった。鉄塔だった。鉄塔は点々と続いていた。


妊娠したことは嬉しかったんですよ。

私のところにやってきてくれた命を大切にしなきゃと思いました。

ただね、タイミングが最悪で。

妊娠の喜びをじっくり味わえないほど、不安が胸に溢れてしまって。

夫の再就職は決まらないし、父は入院するしで。

先が見えないというのは精神的なダメージが大きいです。

ええ。

夫の提案には驚きました。

夫は旅行会社の正社員になることに固執していると思っていましたから、いつから方針転換したのかとびっくりしました。

人生にはこんなふうに思いがけないことが起こるんです。

もう嫌になっちゃうぐらい次々にね。

そうです。大変です。

たくさんのオーディションにも臨まなくてはいけませんし。

たくさんですよ。しかも同時にね。

年を重ねていくにつれて、参加させられる数も種類も増えていきます。楽なものはありません。合格するのがどんどん難しくなっていくようにさえ思います。

まず会社員としてのオーディションが毎日たくさんあります。例えばクライアントに提出したアイデアが、OKを貰えるかどうかのオーディション。それに部下としてのオーディションもあります。上司への報告の仕方が悪くて、お小言を貰ってしまったなんて時。私は上司の、部下としてのテストで合格点を取れなかったんです。

同時に妻としてのオーディションも毎日たくさんあります。もし夫の作った料理が不味くても、美味しいとおだてて夫をいい気分にさせられたら、夫の、妻としてのテストで合格点を取れたと言っていいんじゃないでしょうか。

娘としてのオーディションもあります。ただまぁ、父の審査は甘いので、入院先に顔を見せに行っただけで合格するんですが。

これに母としてのオーディションが増えます。我が子にとってよき母となれるのか——我が子の審査基準は厳しそうで、そのすべてに合格できるのか不安でした。

それからですか？

私の人生は予想もしていなかった方向へ進んでいきました。それにオーディションはそれまで以上に厳しいものになりました。

6

私はゆっくりと丸椅子に腰かけた。壁に背中を預けて座り「ふうっ」と息を吐く。

「疲れたろ」と言ってパパが私の前に麦茶を置いた。

私はグラスを手に取り一気に飲み干す。それからまた「ふうっ」と息を吐き出した。

妊娠七ヵ月に入った私のお腹はかなりでかい。厨房はとても狭いので、お腹の大きな私と、まだ松葉杖のパパと太一の三人が揃う時には、すれ違うのも難しい状態になった。ヨシカワ包装を二月いっぱいで退職した私は、太一と実家で暮らしながらパン作りを習っている。まだ修業中でちゃんとしたパンを焼けないので、店は開けていない。ヨシカワ包装が早期希望退職者の募集をしたので、それに応募して退職金に少し上乗せをして貰ったのだ。いよいよ会社が危ないとの噂があったため、募集人数より応募人数の方が多かった。

今事務室には私とパパだけがいて、太一は厨房で居残りしてパンを作っている。

私は尋ねる。「パパはどうしてパン屋になったの？」

「どうして？」

「お祖父ちゃんに継いでくれって言われたの？」

「いや。そんなことは言われなかったな。ただ親父は俺が継ぐと思ってたろうな。俺も継ぐもんだと思ってた」

「他にやりたい仕事はなかったの？」

「なかったよ。昔は親が店をやっていたら、子どもが継ぐのが当たり前だったからな」

「それじゃパパは私たちの誰かが店を継ぐと思ってたの？」私は質問した。

「いや、思ってなかった。時代が違うからな。パパはパン屋だが、娘たちはそれぞれ好きなことをすればいいと思っていたよ。大変な仕事だしそれほど儲からないしな。お勧めの仕事ではないんだよ」苦笑いを浮かべた後で気遣わし気な表情に変わる。「デザイナーを辞めて後悔しているのか?」

「未練はない。って言いたいところだけど少しあるな。デザインの仕事、好きだったから。でもヨシカワは半分沈みかけてるって噂があったからね。太一の会社みたいにある朝ドアに紙が貼られて、なんてことになったらシャレにならないから。子どもが産まれるっていうのに、両親とも無職ですなんて。デザイナーとして転職できないかって求人情報を見てみたの。でも難しいなって思った。妊娠中の私を雇ってくれるところなんてないでしょ、やっぱり。大きな実績があるわけじゃないし。フリーランスなんて不安定な立場にはなれないし。だからこれで良かったんだって、一日に何度も自分に言い聞かせてる」

「……そうか」

私は厨房と接している壁に顔を向けた。「それにね、太一がパンを作って私がレジを担当してって思ってたんだけど……太一はパン作りが向いてないみたいだから、パパの手伝いでパンを焼くのは私になりそうで、なんか予想外の人生になってることに戸惑ってる」

「…………」

「パパはどう思う?　パンを作るの、太一と私とどっちがいいと思う?」

ちらっと壁に目をやった。「まだ始めて十日じゃないか。これからだよ」

ガチャンとなにかが床に落ちた音がした。すぐに「参ったな」と太一の嘆く声が聞こえてくる。

パパが「どれどれ」と言いながら事務室を出て行った。

パン作りにこれほど正確性が求められると、私は知らなかったのよね。パン屋の娘なのに——。もしそういうことがわかっていたら、太一にパン作りは向いていないと予想できた筈で、だとしたらワタナベベーカリーで夫婦で働くという考えにはならず、私は会社を辞めていなかったと思う。太一は詰めが甘い。だからパパのレシピ通りにできない。店を開けるようになったらたくさんのパンを焼かなくてはいけないので、段取り通りに進める必要があると思うけど、太一にはできそうもない。ま、いっかが多過ぎるのよね。常に温度には神経を配っておかないといけないとパパが言ってるのに、太一はそれを守れない。この生地の捏ね上げ温度は二十七度と言われていて、温度計を差してみて二十八度だったら、どうしましょうとパパに聞けばいいのよ。でも太一にとって二十八度はほぼ二十七度だから、オッケーってことになる。そんな緩い精度で仕上げたパンは全然美味しくない。夫じゃなかったらあなたには向いてませんと言ってクビにしてる。絶対に。

私は一人店を出るとスーパーで買い物をした。午後三時に自宅に戻ると華子が来ていた。

華子はリビングでテレビを見ている。

私は「パパなら店にいるわよ」と教えて冷蔵庫を開けた。中段に手羽元と大根の煮物が入ったタッパーを見つける。振り返って「手羽元サンキュー」と華子に声を掛けた。

華子はテレビに顔を向けたまま左手をひらっと上げて、すぐに下ろした。

私は買ってきたものを冷蔵庫に仕舞って庭に出る。思いっきり両手を上げて大欠伸《あくび》をした。それから腰に手をあて庭を眺める。

八畳ほどの庭には花や樹木はなく、雑草が所々生えているだけだった。そこに五本の物干し竿があり洗濯物がはためいている。どこからか醤油を焼いた匂いが運ばれて来た。

ふいに眠気に襲われた。

今朝はパン作りの練習をするため午前五時に起きた。それで眠いのだけど店を開けるようになったら、午前二時半には家を出ることになるとパパから言われている。前日に仕込んでおいた生地を成形して、午前十時の開店に焼き上げるようにするには、準備にそれだけの時間が必要だという。

ダイニングテーブルの上で私が洗濯物を畳み始めると、華子が斜め向かいの席に座った。洗濯物に手を伸ばしながら華子が言う。「赤ちゃんはどうなの？」

「お医者さんは順調だって言ってる」

「そう。修業の方はどうなの？　太一さんだけじゃなくて、展子姉ちゃんもパン作りを習ってるんだって？」

「大変な仕事だとは思ってたけど想像以上だった。超ハード。パパをこれまで以上に尊敬してる。生地をこう両手で引っ張って出来を確かめてる時のパパ、格好いいのよ」

「知ってるわよ、そんなこと」

本当かな。子どもの頃の私はパパを手品師のように思っていた。美味しいパンをぱっと作り出せる人だと。だから自慢のパパだった。でも中学生になって、パン屋の癖にご飯を食ってるなどとからかわれたりした時には、父親が会社員の子が羨ましくなった。思いがけず三十歳でパン作りを教わるようになって、パパの真剣さを目の当たりにして心打たれた。こんなに丁寧に生地を作り、いろんな点に気を配ってパンを作っていたのだと知って、パパは凄いのだとまた私は自慢したい気持ちだ。華子だって私と同じように過ごしてきたはず。本当にパパの凄さをわかっているのかな。全然そうは思えないんだけど。

華子がバスタオルを一旦広げてからその四隅を合わせた。

私は太一の靴下を左右合わせてくるっと巻く。

華子が「そういえば」と言い出した。「先週久美さんを見かけた。彼と買い物に行ったら、デパートの前で久美さんのご主人が演説をしてて、久美さんはその横でチラシを配ってた。その久美さんを見た彼がちょっと悲壮感漂ってるなって」

「悲壮感？」

「なんか無理してるのがわかるんだって。本当はこんなことしたくないのにやってますって感じがビンビン伝わってくるって、彼が。久美さんとは久しぶりだったから、声を掛けようと思って近づいたのね。そうしたらスタッフなのか偉い人なのかわからないけど、五十代ぐらいの男性が久美さんを注意してた。もっと笑顔で、もっと深くお辞儀をしなくちゃダメですって。それでなんか声を掛け辛くなっちゃって。結局話し掛けなかった」

「選挙が近いから頑張ってるのね」

「彼が言うにはあれじゃ逆効果だって。久美さんはとびっきりの美人でしょ。そういう人は反感を買ってしまう危険があるから、他の候補者の奥さんよりも腰を低くしなくちゃいけないし、どうかお願いしますって必死さも強く出さなくちゃいけないのに、それが全然できてないから、お高く留まってるように見られてしまうって。選挙の応援どころかご主人の足を引っ張っているって、彼が心配してたわ」

「華子のダンナがどんだけ選挙に詳しいのか知らないけど、大きなお世話よ。久美は精いっぱい頑張ってるわよ。人前に出るの凄く苦手だから、久美は結婚前に彼に何度も確かめたんだから。裏でのサポートだったらするけど、大勢の人の前でなにかさせようとしないで欲しい、それでもいいかって。彼はね、政治活動には君を一切関わらせない。君は家で僕の帰りを待っていてくれるだけでいいと言ったのよ。大嘘吐きの大馬鹿野郎なのよ、あいつは。凄く苦手なのに久美は一生懸命やってる。そういう子だから多少下手なところはあるかもしれないけど、そんなの長い目で見てあげなさいよ。華子のダンナからダメ出しを食らう筋合いはない」

「なんで怒ってんのよ」華子が不満そうな声を上げる。

「誰にだって得手不得手があるんだから——無理強いする方が——悪いのよ。周りがカバーすれば——万事治まるってこともあるんだから……」

「なに？」

「えっ、別に」太一のパジャマに手を伸ばした。

私は冷凍庫からクロワッサンの生地を出す。作業台に凍ったままの生地を置く。すでに三角形にカットしてある生地を持ち上げ、その二等辺三角形の上下をそっと伸ばす。生地が切れないよう、また均一に伸びるよう力加減を調整しながら倍以上に伸ばす。頂点を上にして台に置き、底辺の中央の位置に二センチほどの切れ目を入れた。そして手前からくるくると上に向かって巻いていく。それから左右の端を手前に少し折って、三日月の形にして天板に置いた。そうやって一枚の天板に九個の生地を並べると冷凍庫に戻した。

パパはミキサーの前で中を覗いている。

そのパパは二本の足で立っていて、以前のように白い長靴を履いていた。

私とパパは明日のための仕込みをしていた。午後三時からの一時間半ほどが翌日の仕込みタイムになる。店を開けた時と同じタイムスケジュールでのパンの試作を、昨日から始めたところだった。太一は恐らく家で掃除でもしているか、明後日の四月四日に店を再開することを知らせるチラシを配って歩いているはず。

私はワゴンの棚からトレーを引き出した。分割機を使って一個あたり三十五グラムずつに丸めておいた生地に、そっと指をあてる。棚に付けたタイマーは、目安の二十分を三分過ぎていることを知らせていた。

どうだろう。もう少し寝かせて生地を落ち着かせた方がいいような気がするけど、もう充分な気もする。成形は大分慣れてきたけど、生地の状態を見極めるのはとても難しくて、自分ではなかなか判断ができなかった。

「パパ」と私は声を掛けて生地を見て貰う。

パパは一瞬見ただけで「いいよ」と言った。

私は一つの生地を両手の間で挟んだ。くるくると力を加えながら回して生地を平らにしていく。掌と同じくらいのサイズまで伸ばしたら、その中央に冷やしておいた自家製のカレー種を載せた。生地を半分に折るようにしてカレー種を包み、揚げた時に爆発しないようしっかりと端同士をくっつける。

そうやって五十個のカレーパンの元を作った。

ブザーが鳴った。それはドゥコンディショナーからの音だった。設定した時間が来たという合図だ。

私はドゥコンディショナーに近付こうと作業台を回り込んだけど、パパの方が動きが早かった。

パパは扉の中央にはまっているガラス越しに庫内を覗き、すぐに最上部に並んでいるパネルに手を触れて調整をした。

私は元の位置に戻り、カレーパンの元を水を張ったボウルの中にくぐらせる。すぐに取り出して粗く挽《ひ》いたパン粉の上に置いた。そこにパン粉を振り掛けてから持ち上げた。そしてパン粉を全体に均一にまぶし天板に載せる。それから中央付近をそっと押して少しだけ潰した。

カレーパンの今日の作業はここまでで、この後は発酵器に一晩入れて最終発酵をさせる。

仕込みと厨房の片付けを終えたのは午後五時半だった。

私たちは裏口から外に出た。

風が冷たくて思わず私は身体を竦める。トートバッグからストールを取り出して上半身に巻き付けた。

パパがドアに鍵を掛ける。振り向いて私を見ると「お疲れさん」と言った。

並んで歩き出す。

私は口を開いた。「太一のことなんだけど」

「なんだい？」

「太一と話した？」

「なにについて？」

「パンのこととか、店のこととか、そういうこと」

「いや」パパが私の目を覗き込む。「展子はしてないのか、そういう話」

「なんか聞き辛くって……パパとはちゃんと話したのかと思った」

「いや。俺も……ちょっと聞き辛くてな」

「そうなんだ」ストールを羽織り直した。「どうする気なんだろう」

あれは二週間ぐらい前だった。午前五時に目覚まし時計が鳴ったので、私はベッドから身体を起こした。時計をそのままにして階下に下りた。毎朝太一を起こすのが面倒になっていた私は放っておくことにして、パパと二人で朝食を済ませると店に行った。太一は午前十時頃になって厨房に現れた。「すみません」とパパに謝ったけど、それほど反省しているようには見えなかった。優しいパパは注意したり叱ったりせず、中種を作るよう指示した。太一が小麦粉や生イーストを計測し始めた。私がパパからベーグルの成形を教わっていると、太一がミキサーのスイッチを入れた。すぐにパパは振り返り「音が違うな」と呟いて、ミキサーを覗き込んだ。パパは「レシピ通りの分量を入れた？」と尋ねた。太一は「はい」と頷いた。思わず私は声を掛けた。「太一には無理なのよ」と。私は言葉を重ねた。「正確に計測するだけのことがどうしてできないのか、私にもパパにもわからないけど、とにかく太一には無理なのよ。あと何十回やっても何百回やっても同じよ、きっと。生地作りじゃなくて成形を担当して貰った方がいいんじゃないかな」と。厨房は静まり返った。普段ならそのうちできるようになるさと言いそうなパパが黙っていた。それでパパも同じように考えていたのだとわかった。太一は「そうだね」と明るい声で言って、私の隣に立つと「どうやればいいの？」と聞いてきた。それから太一は成形の練習を始めたのだけど、不器用でどれも違った形になり、そのすべてが醜かった。慣れれば克服できるようには思えなかった。「なんだったらできるのかしらね」とぽろっと私の口から言葉が零れた。すぐにしまったと思った。なんて酷いことを言ってしまったのだろう。傷つける気持ちはなかったのにと。怖々太一の顔を覗くと、にっと笑って「なんだろねー」と言った。全然気にしてないといった様子だったので、私はほっとした。でも翌日から太一は厨房に現れなくなった。私はどうして厨房に来ないのと聞けずにいる。家に戻れば、家事を済ませて夕食の支度をしている太一がいた。夕食時には店やパンについて話題にするのはなんだか憚《はばか》られて、三人で芸能人のスキャンダルについて話をしたりする。

私は大きく欠伸をした。涙が滲んだので指で拭う。

パパが「眠いかい？」と聞いてきた。

「うん。まだ身体のリズムが早起きになってないみたい。午前二時に起きるなら、午後六時には寝ないと八時間の睡眠を取れないんだよね。でもパパはそんな時間に寝てなかったでしょ。だからそんなこともわかってなかったよ、私。パパはずっと寝不足だったんだね。それなのにこんな重労働をして、美味しいパンを作ってたんだね」

「なに、ちょっとした隙間に寝るようにしていたんだよ。事務室のソファは俺の二番目のベッドだ」と言って足を止めた。

私たちは自宅に到着した。

私は門扉に手を掛けふと顔を上げた。

一階のリビングの灯りが漏れている。下から一メートル五十センチほどのところに、四十センチ四方の窓があり、カーテンを閉じていても中の灯りが点いているのがわかる。

しばらくその灯りを見つめてから私は口を開く。「太一はいい人なの。凄くいい人なの。そういうところがいいと思って結婚したの。多分凄くいいパパになると思うの。ううん。多分じゃなくて絶対いいパパになると思う。でも……パン作りが全然上達しなくって、それなのに必死にならない太一に腹が立つの。誰にだって得手不得手があるんだからって、自分を宥《なだ》めようとするんだけど、太一へのイライラは治まらないの」

「……そうか」

「昨日パソコンで開店を知らせるチラシを私が作ってたら、センスがあるねって太一が褒めてくれたの。それはちょっと嬉しかったの。でも同時に太一にはなんのセンスだったらあるんだろうと思って、哀しくなった」

「………」

パパが困ったような顔で窓へと目を向ける。零れてくる灯りをしばらく見つめた後で顔を戻した。それからポンポンと私の背中を叩いた。

ダイニングテーブルには料理が並んでいた。

「ただいま」とパパが言うと、キッチンから太一が「お帰りなさい」と答える。

太一が勢いよくキッチンから出て来て、そのままリビングに走った。そして「ジャジャーン」と言って、ソファに並んでいる物を両手で指し示した。

そこには赤ちゃんの服やオモチャがあった。

太一が明るい声で言った。「店の人が商売上手でさ、つい買い過ぎちゃったよ。でもまぁ、足りなくて困るよりいいだろ」

屈託のない笑顔を浮かべる太一を私は見つめた。


パパがオーブンの二段目の庫内をガラス窓越しに覗く。軍手をはめるとオーブンの扉を開けた。すぐ下に収まっている鉄板を引き出してから、オーブンの中に両手を入れた。型を次々に取り出すと、その鉄板の上に載せる。すべてを出し終えると今度はその型を背後の作業台に移した。それから型を持ち上げてトンと作業台に当ててから横にした。中から食パンがするりと落ちた。

三ヵ月ほど休業していた店は一時間後に再オープンする。

厨房にはパパと私がいて、店の方から太一とかずえさんの話し声が流れてくる。

私は両手でゆで卵を摑むと、全体にひびが入るよう作業台に何度も当てた。転がしながら満遍なくひびを入れる。そうやってから殻の一部を爪で摘まむようにすると、するりと一気に剝けた。

オーブンのブザーが鳴った。次のパンが焼き上がった合図だった。

買いに来てくれる人はいるのだろうか。三ヵ月近くも店を休んでいたのは初めてだったから、またお客さんが買いに来てくれるようになるかはわからない。スーパーではうちより安いパンがたくさん売られているし、最近のコンビニのパンは美味しい。ライバルが多い中、約三ヵ月の休業がどんな結果になるのか読めなかった。

私は壁時計で開店十五分前と確認してから、ラッピングを終えたサンドイッチの載ったトレーを持ち上げる。厨房を出て、レジカウンターの前にいた太一にトレーを渡した。それからふと店の入り口へ顔を向けた。

窓ガラス越しに店の前に人がいるのが見えた。

「あれはなに？」私は尋ねた。

太一が「開店を待ってるお客さんだよ」と言った。

「……嘘。本当に？」

「どうして嘘を吐くんだよ。来てよ」と太一が歩き出した。

私は太一の後に続いて事務室に入った。

太一が小さな窓の前に立ち、指で外を見ろと合図を送って来る。

カーテンの端を摘まんで作った隙間から外を覗いた。

三十人ほどが列を作っていた。

思わず私は丸椅子に腰かけて「良かった」と呟いた。

「どうしたんだよ、そんなほっとした顔して。まさかお客さんが来ないかもしれないと思ってた？　僕はたくさん来てくれると思ってたよ。チラシを配ってる時、やっと再開するのねって、喜んでくれた人が多かったからね。他の店のは今一つなのよって言う人も多かったしさ。ワタナベベーカリーのパンを待っていた人はたくさんいたんだよ」

「良かった、本当に」繰り返した。

「佐田《さだ》駅や浅井《あさい》駅の辺りじゃ、ワタナベという美味しいパン屋があるらしいと言われててね、僕がチラシを渡すと、あの評判のお店？　って聞いてくる人が結構いたんだよ」

「佐田駅や浅井駅ってそんな所でチラシを配ったの？」私は驚いて言う。「うちからじゃ遠過ぎるわよ。パンは近所で買うものよ。車や電車に乗って買いに行くものじゃないんだから」

「そんなことわからないよ。お義父さんと展子ちゃんが一生懸命作ったパンだからね。たくさんの人に食べて欲しいんだよ。チラシは橋本《はしもと》駅から美波《みなみ》駅の間一帯で配ってあるから」

「そんなに広範囲に？」

「うん」当たり前だといった顔で頷いた。

私は壁に手を突いて立ち上がり、今一度カーテンの隙間から外を見た。更に列が長くなっていて、そこに久美を発見した。私は自分の胸に手を当てる。それからゆっくり呼吸をした。

私は厨房に戻りパン作りを再開する。私の次の作業はカレーパンの種をフライヤーで揚げることだった。カレーパンの種の成形は昨日のうちに済ませてあり、上火を二百四十度、下火を百七十度に設定したオーブンでの七分間の下焼きも、今朝早くに終えてあった。

フライヤーは厨房の隅にあった。その上部では小さな換気扇が回っている。

カレーパンの種をフライヤーの油の中にそっと落とした。

ジュッと音がした。すぐにパチパチという音に変わる。三十秒ほどで音が落ち着いてきたのでトングで裏返すと、また油の跳ねる音が強くなった。

カランコロン。店のドアに付けた鈴の音が聞こえてきた。

午前十時だった。

揚げ終えたカレーパンを二つのトレーに二十五個ずつ置く。それを両手に一つずつ持って厨房を出た。

店の中はお客さんでいっぱいだった。入店制限したようで、店の前には入れずに待っている人の列があった。かずえさんがレジを打ち太一はパンを袋に詰めている。

太一がお客さんに話し掛ける。「お待たせしてしまってすみませんでした。今日からまたどんどん焼きますんで。また来てください」

「本当にどんどん焼くの？」四十代ぐらいの女性客が言う。「お宅、すぐ売り切れちゃうでしょ」

「こだわって丁寧に作ってますから、大量には作れないんですよ」太一が袋の上部を折り畳みテープで閉じた。「これまでよりはたくさん焼ける体制になってますから、またよろしくお願いします。有り難うございました」

お客さんに愛想良くパンを渡す太一を、私はじっと見つめた。

「それ、カレーパン？」

声がした方に顔を向けると、女性客が私が両手に持っているトレーを指差していて「カレーパン？」と重ねて聞いてきた。

「はい」と私が答えるとトングがぐっと伸びてきたので、そのお客さんに向けて左のトレーを差し出した。

すると左右から別のトングが伸びてきた。そして右のトレーにもたくさんのトングが伸びてきて、カレーパンを取っていく。

トレーを平行に保つのが難しくなって、私は落とさないよう少し後退った。

するとトングを持ったお客さんたちがぐっと迫って来る。

私はもう一歩後退した。

お客さんたちが一歩また近付いて来る。

もう一歩私が後退ると背中が壁に当たった。

その時だった。太一が横からトレーを支え持ってくれた。

そして「皆さんどうぞ落ち着いてください」と太一が声を掛けた。「並んでくださいと言いたいところですが、もうそういう状態じゃないので僕が分けますから。何個いりますか？　四個。はい。そちらのトレーに載せますよ。はい、そちらは何個？　二個。はい。一、二、と。そちらは？　六個ですね。六人家族なんですか？　三人？　それじゃ一人二個ですね。えっ？　息子さんが六個全部食べるって？　水泳部だから？　なるほど。はい、六個。そちらは何個？」

そうして五十個のカレーパンはあっという間になくなった。

買えなかったお客さんたちからは不満の声が漏れた。

太一がお客さんたちに向かって頭を下げる。「カレーパンを欲しかったですよね、申し訳ありません」振り返って私に「カレーパンは今日は終わり？」と聞いてきた。

私が頷くと、太一は顔を戻してお客さんたちに言った。「今日カレーパンと出合えなかったお客さん、明日またいらしてください。明日うちのカレーパンと出合ってください。明日まで待てない？　困りましたねぇ。そうしたらピザパンかハムカツサンドイッチはどうですかね。右の棚にありますから。今日はそれで勘弁してください」

それから太一は私に空になったトレーを手渡すと「お待たせしてすみませんね」と言いなが

ら、かずえさんの隣に戻った。

私は厨房に戻りトレーをシンクに置いた。

ピピピとワゴンに取り付けてあるアラームが鳴った。

パパがワゴンに向かって歩きながら話し掛けてきた。「どうした？」

「物凄く混雑してる」

「そうか。有り難いことだな」

「それでね」

「なんだ？」

「太一が水を得た魚のようなの。張り切って接客してる」

「そりゃ良かった」

パパは笑顔でワゴンから天板を引き出した。

7

涙がぽろぽろと零れた。私は腕の中の我が子を見つめる。

ごめんね。ダメなママで。あなたが産まれてから謝ってばっかりね。こんなに謝り続けることになるなんて思ってもいなかった。このまま母乳が出なかったらどうしよう。粉ミルクをずっと飲んでくれる？　ごめんね。抱っこも下手でごめんね。看護婦さんに抱っこされている時はご機嫌なのに、私にかわった途端ぐずられると、哀しくて哀しくて堪らない。凄く幸せなのよ。幸せなのに不安もいっぱい。ちゃんとあなたを育てていけるのかって、心配になっちゃう。大切なものがこんなにも小さいから。心細くて涙が止まらないの。でもそんなこと言ってちゃダメよね。ママなんだから。私、頑張る。頑張るからね。強いママになるから。あなたが楽しそうにしていたらそれだけでママは頑張れる。大好きよ。変ね。涙が止まらない。変なママね。

隣に誰かが座った。

助産婦の植松郁子《うえまついくこ》だった。

植松が私の腕の中を覗いて「ママはどうしたのかしらねぇ」と話し掛けてから私を見つめてきた。「どうかした？」

「あの……母乳が出なくて。抱っこも下手で……」

「出産は昨日だったわね。問題ありませんよ。母乳はね、出産後すぐに出ると思ってる人が多いんだけど違うの。大体出産後三日目で出るようになる人が多いの。だから今出なくても問題ないのよ」

「あの、でも同じ病室で昨日出産した方がいるんですけど、その方はもう母乳が出てるって」

「その方はそうなのかもしれないけど、それが基準ではありません。その方が標準より早いだけ。新米のママに私からアドバイスしてもいいかしら？」

「はい」私は頷く。

「較べないこと。子どもの成長もママとしての役割も他の人と較べない。成長具合はその子によって違うものなの。育て方も他の人と違っていいの。較べていいことなんて一つもないのよ。他の子はもうオムツが取れたとか、他の子はもう喋ったとか気にするママが多いの。でもね、較べ始めたら育児が大変になるだけ。他の子のことなんか放っときなさい。このたった一人の赤ちゃんの成長を楽しめばいいの。わかった？」

「はい。有り難うございます」

「あらあら、また泣いちゃって」赤ちゃんに向かって「泣き虫のママですねぇ」と言った。

それから私の背中を強い調子で撫でてくれた。

私は何度も頷いて植松の励ましに応えようとしたけど、涙は止まってくれない。

その時だった。赤ちゃんが笑った。

私はその頬っぺたを指でそっと撫でる。

それから赤ちゃんを植松に渡して授乳室を出た。

授乳室の隣は新生児室になっていて、廊下から窓ガラス越しに中の様子が見えるようになっている。その新生児室の赤ちゃんたちは一列に並んだベッドに寝かされていた。

植松が私の赤ちゃんを左端のベッドに寝かせた。

赤ちゃんが欠伸をした。

思わず私の頬が緩む。

「ここにいたのか」と声がしたので、顔を向けると太一が廊下に立っていた。

私の隣に来ると「体調はどう？」と聞いてきた。

「どうかな。疲れているんだけど興奮が続いているようで、眠い気もするけど元気のような気もする」

「難しいな」

「そうだね」

「赤ちゃんの体調はどう？」太一が窓ガラスを指でコツコツと叩いた。「パパが来ましたよ」

「助産婦さんの話だと元気だって」

「良かった。早く名前を決めないとな」

「そうだね。話し掛ける時に名前がないから困ってるよ」

「そうだな」

「恵《めぐみ》は？」と私は提案してみた。

「恵がいいの？」

「三つの候補があるでしょ。抱っこしてる時に、その三つの名前を言ってみたの。恵って声を掛けた時がなんか一番しっくりきたんだよね」

「そうなの？」赤ちゃんに顔を向ける。「恵ちゃん。パパですよ。あっ。なんかいいかもな」

「でしょ」

背後から足音がした。それは太一の父、典之《のりゆき》だった。

五十六歳の義父は紳士服のオーダーメイドのチェーン店で、縫製スタッフとして働いている。

仕事柄なのかいつもお洒落で素敵な服を着ていた。一昨日の見舞いの時も、麻のシャツと黒いジーンズ姿が決まっていた。義父の口癖は「微調整すればいい」というものだった。安い既製服でも袖や丈を詰めたり出したりして、自分にぴったり合うように微調整すれば、お洒落に見えると言う。人生も同じで上手くいかなかったら、微調整すれば心地良くなると自説をしばしば披露した。

義父が言った。「孫はどこかな?」

「一番可愛い子だよ」と太一が答えた。

太一がガラス越しに赤ちゃんを指差すと、義父がその先を辿った。

義父が目を細めて赤ちゃんを見つめる。

「お父さんったら」と怒ったような声がした。声の主は太一の母、仁子《よしこ》だった。

専業主婦の義母は五十四歳になる。割とズケズケと物を言う人で、元気があり余っているような印象があった。テレビで見たとか、知り合いから聞いたと言っては、トマトや下着やオモチャなどを送ってきた。義母が赤ちゃんのためにいいと信じたそうしたものが、続々と届いた。最初の頃はお礼の電話をしていたのだけど、あまりに頻繁で面倒になってしまい、今ではそういう連絡は太一に頼んであった。

義母が言う。「待っててくださいねって言ったのに。トイレから出るのを待っててくれないなんて、酷いじゃないですか。私を置いて先に孫に会ってるなんて本当にもう」私と目が合うと「酷いでしょ」と同意を促してきた。

私は無言でやり過ごす。

義母が「体調はどう？」と聞いてきたので、「大丈夫です」と私は答える。

そして義母が「私の孫はどこかしら？」と尋ねた。

すると義父が「一番可愛い子だよ」と言って、ガラス越しに赤ちゃんを指差した。

義母は義父の隣に立ち「お祖母ちゃんですよ」と声を掛けた。

「寝顔が可愛い」「鼻は太一に似てる」「絶対に器量良しになる」「嫁にはやらない」

それぞれがあれこれと言う。

それを私は笑顔で聞いていた。


私は渋めに淹《い》れた緑茶をパパの方へ滑らせる。「ごめん。夜泣きで起きちゃったでしょ」

「なに、うちはパン屋で朝が早いから、夜泣きじゃなくて朝泣きだ。大丈夫だよ」

「それじゃなくても睡眠時間が少ないのに、いつもより一時間も前に起こされちゃったわよね。ごめん」

「子どもは泣くもんだ。展子だってよく泣いたんだぞ。三人いたから俺はたくさん経験してるよ」レンゲで粥《かゆ》を掬った。「今は寝てるのか？」

「うん」

パパは一つ頷いてから粥を口に運んだ。

暖房が入ってはいるものの、十二月一日の午前二時のダイニングは冷えていて、寒さが足元から這い上がってくる。とても静かで、食器を動かす度に立てる音がやけに大きく感じられた。カーテンを閉め切った部屋を、天井のライトが煌々《こうこう》と照らしていて少し眩しい。

店に行くパパのために毎日朝食を作るようになってから半年。子育てで店を手伝えなくなったので、せめてもの気持ちで始めた。太一は接客しかできないから、今はパパ一人で厨房に立っている。生後六ヵ月になった恵は今日午前一時に泣き出した。母乳を与えたら大人しくなったので、寝かせようとしたのだけど横にした途端泣いた。しょうがないので抱っこして子ども部屋の中を、ぐるぐると歩き回った。そうして五十分ほど経ってようやく眠ってくれた。

隣室で恵がどれほど大声で泣いても、太一が眠り続けられるのはどうしてなのだろう。本当は起きているけど、あやしてくれと言われるのが嫌で寝たふりをしているのか。それとも睡眠中は音を遮断できる能力でも備えているのだろうか。

パパが食事を終えて湯呑みを両手で持ち上げた。ゆっくりお茶を飲み、ことりと音をさせてテーブルに戻した。

私は言った。「あと少しで復帰するから。そうしたらパパの負担も少しは減らせると思うの。だからもうちょっと待ってて」

「無理するな。今は恵の子育てに専念すればいい。店のことは心配するな。なに、これまでだって俺一人でやって来たんだから大丈夫なんだ。子育てが一段落したら、時々店を手伝ってくれりゃあいいと言ってるだろ」

「そんなの間違ってるもの。私と恵と、その上太一までもがパパの働きに頼るなんて、おかしいから。ちゃんと働く。そんな困ったような顔をしないで。働きたいの。本当よ。パンを作るの楽しかったの。大変だよね。予想以上に大変だった。ちょっとサボると仕上がりが違っちゃうでしょ。本気でやっているかパンに試されてる気がした。その分上手にできた時は嬉しかったの。お客さんが食べてるところは見られないけど、今日はあったって喜んで買っていく姿は見られるでしょ。それは嬉しいよ。私が手伝えたら今の倍のパンを作れる。そうしたら売り上げも倍になる。そうしたいよ。そうするから。離乳食の回数が増えるようになれば恵は預けられるから」

「保育園に入れるのか？」

「まだわからない。ここら辺は家族経営の旅館や店が多いけど、保育園には預けずにお母さんが働いているケースもあるようだから、どうするか考えてる最中なの」

太一がもっと育児を手伝ってくれたらいいのに。太一本人はしっかり育児に参加してるつもりでいるんだろうなって思うから、余計苛々する。太一は育児の大変なところには手を出さない。楽でおいしいところしかやってくれない。恵をお風呂には入れてくれるけど、オムツ交換はやらないんだから。「ママー、オムツー」と私を呼ぶ。だからなにって話。何度やり方を教えても「難しいなぁ」って、どういうことよ。やりたくないから、難しくてできないってことにしてるのよね。まったくもう。

パパは午前二時半に家を出て行った。いつもならベッドに戻って眠るのだけど眠気を感じなかった。ダイニングテーブルにノートパソコンを広げて、昨日の続きをすることにした。パンを入れる袋や包み紙のデザインを、モダンなものにしたくてデザインを考えている。恵が寝ている間の気晴らしのつもりで始めた作業だった。今店で使っているのは、すべて業務用として売られている既製品だった。パンを持ち帰るために入れる袋は薄茶色の無地で、内側はラミネート加工がされていて、油分や水分への耐久性がある紙製だった。サンドイッチは透明のポリプロピレン製の包装紙で包み、製造日のハンコを押したシールで留める。食パンはやはりポリプロピレン製の透明の袋に入れて、金色のリボンタイで閉じる。このリボンタイの中にはワイヤーが入っていて、捻るだけで袋を閉じることができた。こうした既製品をそのまま使用していて、店名はどこにも入っていなかった。そもそもロゴがはっきりしていない。三十年以上前に塗り直したという店の看板は庇の下にあって、それは白地に赤いゴシック文字で『ワタナベベーカリー』とあるけど、レシートに入っている店名の文字は同じゴシック系ではあっても、違う書体を使っている。

どんなロゴがいいだろう。お祖父ちゃんの代から赤い文字であったらしいから、やっぱりそこは変えずにおくべきなのかな。でも赤でカタカナだと高級感を出すのは難しい。可愛い感じにだったらできるかもしれないけど、温泉街で昔ながらのパンを売っている店とはイメージが合わない。

頭を捻っていると会社員時代の記憶が蘇ってきた。締め切りが迫るなか、必死でデザインを考えたものだった。ファッションブランドのハイドランジアの時には随分梃摺《てこず》った。デザイン案をいくつか携えて、営業の道端英之《みちばたひでゆき》とハイドランジアを経営する会社に向かった。個性的なファッションに身を包んだ、十人ぐらいの女性デザイナーたちを前に、私はデザイン画を見せて説明をした。チーフの土井《どい》はるみは黒いマニキュアを塗った指を、デザイン画の端に置いた。そして私の方へ押し戻してきた。そうやってすべてのデザイン画を一つひとつ押し戻してから「説明しなくちゃ説得できないアイデアなんて、そもそも大したことがないのよ」と言った。

私は遣り直してくるので、どういうところがダメだったのか教えて欲しいと頼んだ。すると「なってない。そのひと言よ」と言って会議室を出て行ってしまった。私は呆然とした。でもすぐにむくむくと悔しさが募って来て、必ずあんたに素晴らしい案だと言わせてやると心に誓った。ハイドランジアの店の向かいにある喫茶店で、来店客の服装や年齢をチェックした。それからライバルと思われる他のブランド店を回り、商品の傾向や包装紙類を調べた。ハイドランジアにはとんがっている服もあったけど、コンサバな人が着られるような服もあった。組み合わせ方でトレンド感を出せたり、無難に着こなせたりできるのが特徴だった。価格帯は中ぐらいでＯＬがなんとか手を出せるといったものだった。親近感より高級感を打ち出した包装がいいとの結論に辿り着いたけど、それはすでにわかっていて、そうした点を考慮してデザインしたアイデアは却下されている。アイデアは浮かばないのに、道端は一週間後にアポを取ってしまった。なんでも土井が海外出張へ行く前に、なんとか時間を取って貰ったのだと言う。そして土井の前でプレゼンさせて貰えるようになるまで二年掛かったのだから、それを台無しにしないでくれとプレッシャーを掛けてきた。考えて、考えて、必死に考えたけどアイデアは出てこない。胃の調子が悪くなり毎日胃薬を飲みながら考え続けた。そしてアポの日まで二日となった会社帰りの電車で、隣に座った小学生の男の子が、カードを持っているのを見かけた。それは見る角度を変えると違う絵が出てくるもので、男の子は何度もカードを動かして、そのの変化を楽しんでいた。その様子を眺めながらも、頭の中はハイドランジアのことでいっぱいだった。ブランドは組み合わせ方によって様々な着こなしができるというのを、ウリにしていた。このカードもブランドもどちらも変化を楽しむんだなと思った時、下りてきた記憶があった。辞書でハイドランジアを調べてみた時のことだ。きっと会社は変化を楽しんで欲しいと、色が移り変わる紫陽花《あじさい》の英語名をブランド名にしたのだろうと思った。変化がキーポイントだと思い付いた。変化する包装デザインにすればいい。それは男の子が持っているカードに使われている、レンチキュラーという印刷方法ならできる。男の子のカードは恐らく画像を印刷した紙の上に、細長い凸レンズが無数に並んだシートを貼ってあるか、或いはシートの裏に直接画像が印刷されているはず。私は次の駅で降りると、ベンチに座ってノートにデザイン画を描き始めた。興奮していた。次々に浮かんでくるアイデアを忘れないように、必死でノートに描き付けた。そして再プレゼンの日、私は土井の前にデザイン画を広げた。そこには浅い黄緑色の紙袋の中央に、ブランドロゴを入れたものが描かれてある。ロゴの下には太さが様々なラインが、左右の幅いっぱいに引かれている。そのラインはキラキラと光っているように色付けしてあり、レンチキュラー印刷にすると示してあった。更に見る角度によって、その下に印刷した紫陽花のイラストが出現するとの説明書きも添えてあった。道端は私に「ご説明して差し上げて」と促してきた。でも私は口を開かず土井を見つめた。しばらくして土井はデザイン画から顔を上げた。そして言った。「いいわね」と。あの瞬間胸に溢れた嬉しさをはっきりと思い出せる。苦労は報われる。その時こんなにも感動するのだと知った。ハイドランジアから帰る時、道端は仕事を取れて良かったよと言っただけで、労いの言葉は口にしなかった。でもその翌週に別の取引先に一緒に行った時、私を「うちのエースです」と紹介した。ちょっと恥ずかしかったけど、嬉しかったし誇らしい気持ちになった。小さな会社のいちOLが取ったちっちゃな金額の商売。それでも私は高揚していた。あの頃私は確かに輝いていた――。

ギャー。

二階から恵の泣き声が聞こえてきて我に返った。

私はため息を吐いてから立ち上がった。

久美が小声で言った。「可愛いね」

久美の視線の先には昼寝中の恵がいた。今日は朝から雨が降っていて、いつものように午前中の散歩ができなくて、そのせいなのか少しぐずっていたけど、正午には離乳食をしっかり食べてくれて、今はぐっすり眠っている。

六畳の部屋の壁際にベビーベッドがあった。グレーのカーテンは半分ほど引いてありやや薄暗い。隅には籐製の大きな籠が三つ並んでいて、そこにはぬいぐるみやオモチャなどが詰まっていた。

私と久美は足音をさせないよう注意して部屋を出た。

久美が持って来てくれたケーキと紅茶を、リビングのテーブルに並べる。

私はリモコンの設定温度を確認してから「寒くない？」と声を掛けた。

「大丈夫」バッグから袋を出す。「これ、恵ちゃんに。生後八ヵ月の赤ちゃんのサイズを調べて作ったんだけど、もしかしたらちょっと小さいかも。着られなかったら誰かにあげて」

「わっ、有り難う。久美が編んでくれたの？　忙しいのにごめんね。すっごい可愛い。起きたら着せてみるけど、多分サイズは大丈夫じゃないかな。どうも有り難う。大変だったでしょ」

「どういたしまして。なんか編んでる時、幸せだった。丈とかこんなしかなくて、あまりに小っちゃいから何度も本で確認しちゃった」

「編んでた時が幸せだったなら良かったけど、毎日忙しいんでしょ？」

「そうだね。でも展子だって毎日育児で忙しいでしょ」

久美がショートケーキの周りに付いている、透明のシートを剝がした。

久美の顔にはファンデーションが濃く塗られている。でもアイシャドーと口紅は薄く、ほのかに色が付いているといった程度だった。

元々久美は薄化粧だったのに、ファンデーションだけこんなに濃く塗っているのは、疲れている顔を隠そうとしているからなのかな。

久美が口を開いた。「太一君とお父さんはお店？」

「そう」

「お父さん喜んでるんじゃない？　太一君っていう三代目ができて」

「太一はさ、パンを作れないんだよね」

「あれ？」久美が目を丸くする。

「レジ担当なの」

「レジも担当するけどパンも作ってるんじゃなくて？」

「じゃないんだよね、残念ながら。センスも根性もなくてパンをちゃんと作れなくて、どうしようかと思ってたの。接客はできるみたいだとわかった時はほっとした。役割が一つはあったから。パンを作れない人を三代目なんて言っちゃダメ」

「ごめん」

「謝らなくていいんだけどさ」私はショートケーキを頬張る。「早く仕事に復帰したいんだよね」

「そうなの？」

「うん。パンを作るの凄く大変なんだけど楽しかったの。夢中になってる時って……無になるって感じ、わかる？　凄く集中してて無心でパンを作ってる自分に気が付いて、そこまで夢中になってることに驚いたりした」

「でも恵ちゃんが……」

「そうなの。恵のことは大好きなの。世界で一番大事。だから精いっぱい育児してる。子育ての中にも楽しいことはいっぱいあるの。毎日恵の成長を感じて幸せだし。でも……仕事にも楽しいことっていっぱいあるでしょ。育児で感じる幸せとは別の楽しみが。そっちも欲しいと思っちゃうの。そう思う度に、そんなことを望む私は母親失格なのかなって反省もする」

「そうなんだ」久美が紅茶に口を付けた。

「パパに店のことは心配するなって言われたの。子育てが一段落したら時々手伝ってくれればいいって言うから、パパの働きに私と太一と恵が頼るなんて間違ってるって、私は言ったの。確かに間違ってるって思ってるけど、それだけじゃないの。夢中になれる世界に戻りたいという気持ちが私にあるからなの」

「そっか」笑顔でショートケーキを口に運んだ。

「黒瀬さんは元気？」

「彼は元気ね、とても」

「彼は……久美はどうなの？」

久美が小さく息を吐く。「肌がボロボロになったからピルのせいかもしれないと思って、医者に薬を変えて欲しいと言ったの。でも変えてもダメだった。最近は夜眠れなくなって睡眠薬を飲んでるの。そうしたら更に肌が酷い状態になっちゃって。婦人科と内科と皮膚科をぐるぐる回って歩いてて、なにやってんだろうって思っちゃう」

「ピルを飲んでるの？」

「そう。彼には内緒で」

「内緒なの？」

「そう。彼は子どもを欲しがってるの。彼の両親も後援会の人たちも、誰も彼もが子どもを望んでいるの。でもこのことだけは私の意志を通せるから、内緒でピルを飲んでる。今子どもをもったりしたら、私……大変なことになると思う。子どもが可哀想だし」

「久美は――久美は今ちゃんと幸せ？」

久美はゆっくり首を左右に振った。「結局皆、私の上辺だけしか見ないの。本当の私には興味がないのね。私がどんな気持ちでいるかとか、なにを考えているかとか、そういうのはどうでもいいみたい。黒瀬の妻という役を演じる女がいればいいと思っているの。でも私には演技力がなくて。できませんと言うんだけど、その役を降りることは許して貰えないの」

「黒瀬さんも？　お姑さんとか後援会の人とかはそうかもしれないけど、黒瀬さんも久美の気持ちをわかってくれないの？」

「彼は……困ってるみたい。結婚当初は随分かばってくれたんだけど、最近は困った顔をして私が他の人から注意されているのを、黙って見ているだけになった」

「それは……そうなんだ」

「慣れだって言うの。慣れればできるようになるからって皆から言われた。でもいくら経ってもできないから……最近は早く慣れるように努力しろって言われてる。展子？　展子がどうして泣くの？　なに、どうしたの？　展子ったら。ありがとう。私の代わりに泣いてくれてるのね」

私は両手で顔を覆った。

久美が私の肩に頭をもたせ掛けてきた。


綾子が大きく手を振った。

私も手を振り返す。

綾子が自動改札機に切符を入れる。改札を出ると真っ直ぐ私たちに向かって歩いて来た。目の前までやって来て「どうも」と綾子は言い、すぐにベビーカーの中を覗き込む。「恵ちゃん、元気だった？　綾子叔母ちゃんだよ、わかる？　笑ってる。わかるのかな」

「どうかな。今日は朝からご機嫌なの」

「ご機嫌でちゅか。それは良かったでちゅね」手提げ袋を恵に見せるように持ち上げた。「一足早い一歳のバースデープレゼント持って来まちたよ。後で開けまちょうね」

「無理して赤ちゃん言葉で話さなくていいのよ。プレゼント有り難う。行こうか」と声を掛けて歩き始めた。

綾子は夫の岩井《いわい》拓哉《たくや》と二人で、インドに三ヵ月間のヨガ留学をすることになっている。出発を一週間後に控えた今日は、夫婦でパパに挨拶に行くとの連絡があった。パパが留学費用の一部を出したからだ。拓哉より一足先に来るという綾子を、午前の散歩がてら駅で出迎えることにしたのだった。

綾子は長袖の黒いTシャツに、足首までの長い黒いスカートをはいている。ソックスもスニーカーもバッグも黒。全身を黒色で覆っていた。恵への誕生日プレゼントを入れている紙袋だけが真っ赤で、中央には白い熊のイラストが描かれている。

私は尋ねた。「支度は終わったの？」

「まぁ大体。三ヵ月だし、それほど多くの物を持って行くつもりはないから」

「三ヵ月間毎日ずっとヨガをするの？」

「毎日ヨガのカリキュラムはあるんだけど、それは一日二、三時間ぐらいなの。あとは瞑想したり観光の時間もあったりするみたい。観光といってもお寺巡りだけど」

子どもがいないと身軽でいいわよね。まだなんだってできるんだもの。羨ましい。子どもがいればやりたいことを我慢したり、諦めたりすることが多くなる。そんなことを思うのは……私はまだ精神的に大人になれてないのかしら。子どもの頃、私には可能性という未来が大きく開けていたって思う。それが成長するにつれて、あれは無理、これはできないと、未来がどんどん小さくなっていった。今では小さな世界しか私には残っていなくて、できることも限られている……それが寂しい。恵の成長が嬉しいのに、寂しい気持ちを隠し持っていることに戸惑ってしまう。母親としての世界だけでは私は満足できないみたい。それがとても欲深い気がして心苦しい。

私は確認する。「三ヵ月勉強して帰って来たら、本当に二人ともヨガの先生になれるの？」

「スポーツジムの社長はそう言ってくれてる」

「綾子だけじゃなくて拓哉君も？」

「うん」

「それ本当なの？　綾子はそこのスポーツジムでダンスの講師をやっていたんだから、まだわかるけど、拓哉君はまったくやったことないんでしょ、ヨガだって身体を動かすことだって。それなのにたった三ヵ月インドに留学しただけで、先生になっちゃうの？　私はそんな先生には絶対習いたくないわね」

「多分向いてると思うんだよね」

「どういうところが？」

綾子が真剣な表情を浮かべる。「ここがとは言えないけどなんとなく」

「おやまぁだわね」

笑いながら「なにそれ」と言った。

「だからおやまぁって感想」

拓哉と初めて会った時のことが蘇る。まだ私がヨシカワ包装で働いていて、太一が勤める会社は未来永劫続くと思っていた頃だった。綾子が私たちのマンションに拓哉を連れて来た。拓哉は綾子と同じように黒っぽい服装をした色白の青年で、ドッジボールをしたら真っ先に狙われそうなひ弱さが感じられた。バッグの工房で働いていた拓哉は仕事を辞めたばかりで、なにが自分に向いているかわかるまで、取り敢えず自宅近くのコンビニでバイトをする予定だと言った。バッグ工房の前はゲームソフトの会社にいたそうで、仕事を転々としている人と結婚すると言っている綾子に、心配だと告げてもいいものかと迷った記憶がある。知り合ったきっかけを聞くと、スター・ウォーズのファンイベントだと答えた。二人でその出会いのエピソードを語り出したのだけど、途中で記憶が違っている部分があった。やがて二人は喧嘩を始めた。そして綾子が百だと突然言い出した。拓哉はびっくりした顔をして自分の記憶の方が正しく、百五十だと大きな声を上げげた。後になってわかったのだけど、二人には自分がどれだけ怒っているかを数値で表現するルールがあり、百を最大値としていた。数値化して自分の気持ちを相手に伝えるというのは、なかなかいいルールのように思えるのだけど、その時の二人は興奮していて、自分の方が怒っているのだと言い募っていた。急に綾子が黙ったと思ったら拳を振り上げた。そしてその拳を拓哉の顔の真ん中に打ち込んだ。ゴンと鈍い音がした。拓哉は自分の鼻を手で押さえながら「鼻血だ鼻血だ」と何度も声にした。太一がティッシュペーパーを渡したり氷を用意したり、甲斐甲斐しく拓哉を介抱している間中私は笑い続けた。なんだかおかしかったのだ。綾子とは長い期間一緒に暮らしたので、すっかりわかっている気がしていたけど、それは勘違いで私が知らない一面もあるのだと知った。要領がよくてマイペースでいつも冷静。感情の起伏は大きくなく大喜びは滅多にしないけど、落ち込んでいる様子も見せない。そんな子だと思っていた。それが拓哉とくだらないことで言い合いをした後、顔の中央を拳で殴るなんて。初めて末の妹が立体的に見えた瞬間だった。

五十メートルほど先を自転車に乗った男性がゆっくり走っている。男性はY字路まで進むと左の道を選択し、上り坂をそれまで以上にゆっくりの速度で上っていく。

「あれ？」綾子が口を開く。「恵里菜《えりな》旅館は工事中なの？」

「旅館をやめたのよ。更地にして取り敢えず駐車場にするらしい」

「そうなの？　結構お客さん来てなかったっけ？」

「いつの話よ。ずっと大変だったみたい。三代目の息子さんは東京でサラリーマンしてて、戻る気はないんだって。だから建物ごと売ろうとしたんだけど、買い手がつかなかったって」

「そうなんだぁ」

「恵里菜旅館だけじゃなくてどこも大変なのよ。この街に来る観光客が年々減ってるんだから」私は説明した。

「ワタナベベーカリーは？」

「今のところ売り上げは落ちてはいないけど、人口は減ってるからね。別荘も随分売りに出されてるって話だし、これから先はどうなるか。うちの場合、パパの脛を齧ってるのが多いっていうのも心配の種よね。ま、それについては私はなんにも言えない立場なんだけど」

「すみませーん」と明るく言った。

「パパの応援を貰ってるわけだから、二人とも三ヵ月は頑張ってよ。やっぱりやめたなんてことにならないようにね。とにかく仲良くね。顔の真ん中に拳を打ち込んだりしなくて済むように祈ってるわ」

綾子が笑い声を上げる。「顔を殴ったのはあの時一回だけなんだよ。普段はフツーに仲良くやってるんだから。っていうかあれを機に、言い合いになっても拓哉がすぐに引くようになったせいもあるけど。一度殴っておくのはいいことだよ。お勧め」

「なにそれ」

「あー、でも太一さんには必要ないか。殴らなくても展子姉ちゃんの言うことに素直に従うんでしょ？」

「従うって。家来じゃないんだから。あんまり喧嘩にならないのは私が怒ると、そうかわかった、悪かったってすぐに謝るからよ。でも納得したとか理解したとかじゃないの。自分が謝ったらひとまずは治まるから、そう口にしてるだけなの。たまにどういう点を反省したのか、自分の言葉で説明してみてって言うと、私が怒っているのと全然違うことを、反省してると言ったりするから嫌になる」

「ハハ。どこも色々あるんだね。ま、ワタナベベーカリーのことは展子姉ちゃんがいれば、きっと大丈夫だよ。店と子育てを頑張ってよ」

「随分気軽に言うわね。どちらも大変なのよ」私は言った。

「だろうね。でも展子姉ちゃんならできるよ。展子姉ちゃんは真面目に頑張る人だもん」

「店で働きたいけど恵はまだまだ手が掛かるからね。どうしようかと考えるばかりで答えは出ないのよ」

「ここらの人たちはなんとかやってるじゃない。旅館や店で働きながら子育てもしてるでしょ。他の人ができて展子姉ちゃんができないわけないよ。シフトを上手く組んでさ、皆で協力し合ったらきっとできるよ。ママだってそうしてたんでしょ？」

「ママは接客と経理担当だったからね」

「展子姉ちゃんは違うの？　あっ、そっか。展子姉ちゃんはパン作りで太一さんが接客担当か。だったら、太一さんの育児の分担を多めにするようなシフトを組めばいいんだよ」綾子が考えを口にした。「向いてるんじゃない？　太一さんに」

「………」

「混んでるね」ドア越しに店内を覗く。「パパにひと声掛けてくるね」

綾子は裏口へ向かった。

商店会会長の大泉哲《おおいずみさとる》が言った。「なにか質問はありますかな？　ないようですな。それでは最後に私から。長い間景気の悪い状態が続いていますから、皆さん大変苦労されてると思います。うちもそうですわ。それでも京都やら九州やら北海道やらには大勢の人たちが行くし、海外旅行へ行く人もたくさんいます。この街のように東京からほんのちょっとというのが、中途半端な具合になっている訳ですが、気軽に行ける温泉街というのをもっとアピールしてですね、なんとか集客したいと考えています。商店会だけじゃ無理ですから、観光協会さんと温泉旅館組合さんと、お役所さんの力も借りてですね、なんとか盛り上げていきたいと思っています。この商店会に入っている店の中には地元住民相手で、観光客相手には商売していないところもあります。ですがその地元住民の多くが観光業に携わっているのでありますから、結局この街は観光客頼みということになります。たくさん観光客を呼び込んでたくさん金を落として貰い、その金を回すのが私たちの共通の目標となる訳です。ここはやはり全員で街の活性化を目指して頑張りましょう。まずは夏の水掛け祭りを成功させましょう。次の会合はいつでしたかな？」

隣席の高宮憲一《たかみやけんいち》副会長が老眼鏡を掛けて自分の手帳を覗く。「えーっと、来月の……五月十日です」

「時間は同じでいいのかな？」大泉が尋ねる。

「あっ、はい、そうです」高宮が答えた。「今日と同じ午前十一時スタートでお願いします」

「それじゃ、そういうことで。皆さんご苦労様でした」

大泉の言葉をきっかけに、会議室にいた四十人ほどが立ち上がった。

私と太一もパイプ椅子から身を起こした。二人で背後の扉から部屋を出て階段を下りる。神輿の横を歩き過ぎた。一メートルほど上げられているシャッターの下を、腰を屈めて通り抜けた。

左右に延びる道があり右へ行くと駅に、左へ行くと海にぶつかる。

昔は駅の東側と西側でそれぞれ商店会があったそうだけど、今は一つになっていて事務局は東側にあった。

私は歩きながら太一に言った。「これから商店会の方は太一に任せる。もう私は出席しないから。よろしくね」

「えっ。そうなの？　いいの、それで？」

「うん。お願いね」

しっかりと頷く。「わかった。頑張るよ。商店会のために。いや、この街のために。盛り上げないといけないもんな」

「ああいうくだらない会議に会社員時代何十回も出席した。景気が悪い、売り上げが落ちているとトップが言って、他の人たちは下を向いてるだけなの。最後にトップが頑張りましょうと言ってお開きになるの。まったく意味がない集まりだけど、店から一人も出ないって訳にもいかないからね」

「………」

「どうかした？」私は尋ねた。

「えっ？　いや、別に……」

赤信号で足を止めた。

国道をたくさんの車が走っている。白いポルシェ９１１がひと際大きな走行音を響かせて通り過ぎた。

冷たい風が右から一気に吹き抜けた。

思わず首を竦めてからライトコートのボタンを留める。

恵が一歳になった時に私はワタナベベーカリーに復帰した。それから約二年の間に店の売り上げは二倍になった。作り手がパパと私の二人になり、倍の数のパンを作ったからだ。それでも夕方には売り切れてしまうのだけど。恵は駅前にある時間制の託児所に、その日の都合に合わせて預けている。それに掛かった費用の半分を町が助成してくれる制度があり、それを利用している。

地下通路に入ったところで私は尋ねる。「お義父さんたちの宿は取れたの？」

「いや、まだ」

「まだって。もう無理なんじゃないの？　いくらこの街が斜陽温泉街だといったって、ゴールデンウィークなんだから、簡単に部屋なんて取れないよって言ったのに」

「まぁ、そうなんだけど」

「うちに泊めるとなったらお互い大変なことになるよって、忠告したよね、私。パパと私は午前二時に起きるんだよ。午後七時には寝たいんだよ。そんなリズムにお義父さんたちを合わせる訳にはいかないでしょ。お互い気を遣うだけだよ。寝ているのに起こしちゃいけないって。こっちも、お義父さんたちも。だから早く宿を取ってって言ったのに」

「ちょっとうっかりしちゃってさ。まだ大丈夫だろうと思ってたら、タイミング逃しちゃったみたいでさ」太一が言い訳をした。

「そんなのフツーの人だってわかるのに、旅行代理店で働いていた人がどうしてよって思うよ」

「ホントそうだな。でもほら、キャンセルとか出るだろ？　それでなんとかなるんじゃないかと思ってる。キャンセルが出たら連絡してくれって、いろんな所に言ってあるから。出るよ、キャンセル」

　私は黙ってロータリーを歩く。

　太一が明るい調子で言ってきた。「プランはだいぶ固まってきたんだよ」

「プラン？」

「旅のプランだよ。一日目は野島《のじま》公園に行って街の景色を眺めながら散策して、ミズタニで昼食。その後城跡まで足を延ばして栗原《くりはら》美術館を見学。館内にあるカフェでお茶をして、中央通りをぶらぶらしながら買い物タイム」

「びっくりした。そんなに綿密な計画を立ててるとは知らなかったわ。宿のこと以外は色々と考えてたのね」

「色々と考えてるんだよ。隣町に僕らが暮らしていたのは随分前だろ。それで聞いてみたら、親父もお袋もこの街のことを全然知らなかったんだよ。びっくりだろ。それで色々案内しようと思ってさ。展子は何時頃から合流する？」太一が尋ねてきた。

「えっ？」

「合流。僕たちと」

「合流……合流の意味がわからないんだけど、パパも含めて全員で食事でもと思ってたけど、そのことを言ってるんだとしたら、こっちの時間に合わせて貰いたいんだよね。午後四時頃に晩御飯をってなると、レストランはクローズしている時間だから、カフェみたいなところでの食事になるね。うちで食事にするなら、お寿司かなんかの出前を取ってもいいけど。あ、太一が料理をするならそれでもいいよ。太一は料理の腕を随分上げたもんね」

瞬きを繰り返してから太一が口を開く。「食事だけ？　プランの途中で合流して一緒に観光しないの？」

「一緒に観光？　だって仕事あるもの。えっ、なに。お義父さんたちに付き合うために、仕事を休めって言ってるの？」

「丸一日じゃなくてだよ。午後のパン作りはお義父さんに任せるとかしてさ。お義父さんはいって言うと思うけど」

「酷いこと言うのね」思わず足を止めた。「パパがいいと言うかなんて関係ないわ。私は店を手伝っているというレベルじゃなく、パンを作っているのよ。この二年間頑張ってきたのよ。パパの店でもあるけど今は私の店でもあるの。私が作るパンを待ってくれてる人がいるの。それを休めと平気で言うのね、太一は。私の仕事を軽く見ているから、そんな酷いことを言えるのよね」

「軽くなんて見てないさ。だけど一日とか二日の話だからさ」

「それが軽く見てる証拠よ」私は自分の腰に手を当てる。「パン作りよりも、お義父さんたちと街観光をする方が重要だと思ってるから、休めと言えるのよ。一日でも、一ヵ月でも、一年でも、そんなの関係ないわ」

「わかった。悪かったよ」

「反省してない癖に取り敢えず謝ってるんでしょ。太一のそういうところ直して」

私は憤然と歩き出した。


「晃京おじさんだったんだ」と私が声を掛けると、手を上げて「お帰り」と言った。

晃京おじさんの隣に座っていたパパも「お帰り」と口にした。

パパと晃京おじさんはリビングのソファに並んでいる。

恵が私の手を離して真っ直ぐパパの元に走った。そして「ジイジ、ただいま」と大きな声で言って抱き付いた。

パパは恵を抱き上げて自分の膝に乗せる。

恵が「コウコウ、ただいま」と声を上げると、晃京おじさんがその頭に手を置いて「お帰り」と答えた。

四歳の恵は「こうきょう」と言えず、晃京おじさんを「コウコウ」と呼ぶ。今日は午後五時に太一が恵を保育園に迎えに行き、店に連れて来た。私と太一が店の片付けをする間、恵は事務室でお絵描きをして待っていた。それから三人で自宅に戻って来た。この三週間ばかりこうした毎日が続いている。パパがどうも体調が悪いと言い出して店に立てなくなった。骨折した時を除けば、これまで体調不良で店を休んだことはなかった。かかりつけ医の河北武志《かわきたたけし》先生に診て貰ったところ「長年の疲れが出ているのだろうから、ひとまずゆっくり休んで貰って様子をみましょう」と言われた。大きな病院で検査しなくて大丈夫なのかと私は尋ねたのだけど、血液検査では異常な数値は出ていないので大丈夫だと言うので、体調が戻るのを待つ日が続いている。

太一が聞いた。「晃京さん、夕飯を食べていかれますか？」

「いやいや」晃京おじさんは手を左右に振る。「すぐに帰るよ。今日はちょっと顔を見に寄っただけだったんだが、洋介ができれば居てくれっていうもんだから、ちょっとね」

「話があるんだ」パパが声を上げる。「ちょっと座ってくれないか。展子も太一君も」向かいのソファを掌で指した。

私は言った。「なに、改まって。どうしたの？　これから河北先生の往診があるんじゃなかったっけ？」

「その話なんだ」パパが神妙な顔で頷く。

私は太一に目を向けた。

不思議そうな表情を浮かべた太一が、私を見つめ返して来る。

なにこれ。話って……もしかしてやっかいな病気が見つかったとか？　いや、でもそれは……そうなの？　もしそうだとしたら——私はいったいどうしたらいいんだろう。どうしてパパは永遠に元気だと思っていたのかな……そんなはずないのに。ついてない私が最近好調だったから、おかしいと思っていたのよね。店が雑誌やテレビで紹介されて、観光客も買いに来るようになったし、私が考案した新製品も好評ですぐに売り切れる。順調過ぎた。これから良くないことがドンとくる……そうなの？

「ちょっと待って」私は口を開いた。「えっと、水。喉が渇いたから水」

時間稼ぎをしようと私はキッチンに向かう。冷蔵庫の扉の前で深呼吸をした。吸って吐いてを繰り返す。それからゆっくり扉を開けた。浄水ポットを取り出してグラスに注ぐ。それを一気に飲み干した。グラスをシンクに置いた時、少し手が震えているのに気が付いた。その左手を右手でぐっと握る。しばらくそのままじっとしていた。それから一つ息を吐きキッチンを出た。ソファに座っている皆が目に入る。足が動き出さなくて拳でポンと腿を叩いた。すると今度は足が勝手に前へと進む。そうして太一の隣に腰掛けた。パパがパジャマを着ていないことに気が付いた。

パパは厚手のグレーのカットソーと、黒のスエットパンツを着ている。

それはこの三週間ほど見なかった格好だった。

パパが口を開く。「なに、話というのはだな、店のことだ。二人ともよくやってくれてる。パン作りは手を抜こうと思えばいくらでも手を抜ける。楽して作ったパンと、苦労して作ったパンの味はそれほど変わらない。そう思える。だがそれは出来立ての場合だ。パンを出来立てで食べる人は少ない。翌日の朝食や、そのまた翌日に食べる人が多い。時間が経てば経つほど味の差が出る。楽して作ったパンと、苦労して作ったパンの違いははっきりする。俺の親父はパン作りだけじゃなく、どの世界もそうだと言っていた。手を抜いても、一生懸命やっても、ぱっと見は同じことが多い。だが長く使ったり付き合ったりするうちに、その違いがちゃんとわかるものだと言っていたよ。展子は一生懸命パンを作ってくれる。ちゃんとな。レシピ通りに作っても毎回同じようにはいかない。生地の状態を見極めて臨機応変に対応する必要があるが、そういうことも展子はしっかりできている。俺が教えられることはすべて教えた。太一君も店のことを頑張ってくれてる。たくさんのお客さんが店に来てくれるのはいいが、長いこと待たされたお客さんへの対応を少しでも間違えれば、店には来なくなるし悪い評判も立つ。だが太一君には明るさと人懐っこさがある。それがお客さんの不満を和らげてくれる。感謝しているよ。展子と太一君ならもう大丈夫だ。二人に安心して店を任せられる。俺は引退させて貰うよ。これからは二人で好きにやったらいい」

しばらくの間、太一と見つめ合ってから私は言った。「なんでそんなこと言うの？　河北先生からはなんて言われたの？」

「先生からはなにも言われてないよ」パパが答えた。

「嘘。だったらどうして突然そんなこと。心配掛けないようにって思ってるんでしょ。ちゃんと聞かされない方が心配だわ。病名は？　なんだって言われたの？」私は尋ねる。

「病名なんて言われてないんだよ」

「河北先生は藪《やぶ》医者なんだからね。タバコをたくさん吸ってお酒も大量に飲んで、まったく運動しないから年々体重を増やしている癖に、患者に節制が大事ですよとか平気で言えるような医者の診立てなんて、当てにできないわよ。ちゃんとした大きな病院で診て貰おう。ね、そうしよう」

「河北先生は藪医者かい？」とパパが晃京おじさんに顔を向けた。

すると晃京おじさんは腕を組んで「ひょっとするとそうかもしれねぇな」と言った後で笑い声を上げた。「だが仮病に付き合ってくれるのはいい医者だろうな」

パパも笑顔で頷いて「そうだな。いい医者だ」と同意した。

私が固まっているとパパが説明を始める。「俺が引退すると言ってもすんなりいくとは限らないだろ。だから策を練ったのさ。体調不良でしばらく休むことにすれば、二人で店を切り盛りしてくれる。そうすればもう自分たちでできるということを実感するだろうと、こう考えた訳だ。仮病を使いたいと河北先生に話したら、少しも迷わずに協力しようと言ってくれたよ」

「……仮病……三週間も仮病を使ってたの？」私は確認した。

「そうだ」パパがしっかり頷く。

「本当に仮病なのね？　なにか重い病名を宣告されたとか、そういうことじゃないのね？」私は必死で問いかけた。

手を左右に振った。「違う違う。正真正銘の仮病だ」

私は思わず背もたれに背中を預けて息を吐いた。

まったく。まさかパパに仮病を使われているとは思わなかった。とにかく病気じゃなかったのは良かったけど……私と太一だけで店の切り盛りなんてできるだろうか。確かにこの三週間ほどはかずえさんの手も借りてやれたけど、一時的なものだと思っていたからできただけの気がする。もしパパがパンを作らなくなれば作り手は私一人だけになるので、売り上げは二人体制の時の半分になってしまう。それはとても勿体ないと思う。

「ジイジ、見てー」と恵が通園バッグからくしゃっと丸めた折り紙を取り出す。「めぐみが作ったの」

パパが覗き込む。「ん？　どれどれ？　これはなんだろうな。これはなにかな？」

「まるパン」恵が元気よく答える。

「そうか。丸パンか。どれ、よく見せてくれよ」パパがそれを片手に載せる。「おっ、丸パンだ。旨そうだな」

「うん。美味しいよ」

口を大きく開けて食べる真似をした。「これは旨い。恵は上手だなー」恵の頭を撫でてから顔を私に向けてきた。「これからはジイジとして恵の世話を担当しよう。なに、俺は六十三歳だ。ちょうどいい潮時なんだよ。二人で力を合わせてやってみたらいい」

私は晃京おじさんに視線を移した。

晃京おじさんは笑みを浮かべて何度も頷く。

太一に目を向けてから恵を見た。

恵はパパの膝の上で足をブラブラとさせていた。


華子が炬燵の掛け布団を少し持ち上げた。

たちまち炬燵の中の温度が下がる。

パパが「それじゃ、たこ焼きにするか」と言って立ち上がった。

その背中に私は「ビール」と声を掛ける。

「パパにやらせる気なの？」と向かいの席から華子が言ってきた。

「そう」と私が答えると、華子は呆れたような顔をしてキッチンに向かった。

私はテレビのリモコンを摑み、天板に覆いかぶさるようにして上半身を伸ばした。華子が浮かしてしまった掛け布団を、リモコンで押さえつける。

渡辺家では一月二日にたこ焼きを作って食べるのが恒例になっていた。作り手は毎年違う。私たちが小学生の頃には、姉妹全員がたこ焼きを作りたがり揉めるほどだったけど、成長するにつれて譲り合うようになった。去年は太一が作った。その太一は今年は恵と二人で、義父たちの家に遊びに行っている。綾子は拓哉と二人でバリに旅行中で今年は来ない。華子の夫、片山公孝《かたやまきみたか》は空港職員でシフト制で勤務しているため、今年は三が日ずっと出勤だという。

テレビからは衛星放送の時代劇が流れている。悪い人たちが立派な部屋の中で楽しそうにお酒を飲むシーンだった。天板にはみかんの載った籠と湯吞みと木製の菓子受けがある。そして私の前にはノートパソコンがあった。

私はキーボードに手を置いた。

去年の十一月にパパが突然引退宣言をしてからというもの、目の前の仕事に追われて勉強する時間を取れなかった。店が年末休みに入るとなるべく恵と一緒に過ごすようにしたため、やっぱり勉強の時間を作れなかった。今日になってやっと時間ができたので、話題になっているパン屋の情報や、他店の新製品をネットで調べていた。

「ちょっと」華子が言った。「場所を空けて」

私はノートパソコンを天板の右端にずらした。

空いた場所に華子がネタの入ったボウルとたこ焼き器を置いた。

パパが私の前に缶ビールを置いたので「ありがとう」と言って、すぐにプルタブを開ける。ゴクゴクと飲み天板に戻した。

パパは私の斜め横に座ると徳利からお猪口に手酌をした。

パパは昔から日本酒が好きでビールは滅多に飲まない。時代劇を見ながら日本酒をちびりちびりやるのが最高だと言う。

赤いたこ焼き器には十八個の穴が開いていた。その一つに華子が油引きで油を塗る。そしてすぐに隣の穴に移った。

薄いピンクのマニキュアが塗られた華子の爪を、私はぼんやりと眺める。

華子は濃い紺地のワンピースを着ていて、それは小さくカラフルな星柄が散っている、随分とロマンティックな服だった。それに引きかえ私は裏毛の付いた厚手のトレーナーと、スエットパンツの部屋着姿だった。パパもグレーのスエットの上下で、私と似たような身なりだった。

私とパパにとってはここは自宅で、日常が繰り返される場所だけど、華子にとってはもうそうではなく、ちゃんとした服装で訪れる先となっていたようだ。

華子がお玉で生地を穴に掛けた。

そこにパパがタコを一つひとつ落としていく。

私はふわっと欠伸をして「恵がいないと静かだね」と口にした。「こんなにのんびりできるお正月を過ごせると思ってなかった。太一のお蔭だね。恵を連れてお義父さんの所に行ってくれたんだから感謝しなきゃ。せいぜいつかの間の平和を楽しまないと」

「なにそれ」華子が尖った声を上げた。「実の娘がいないのを喜ぶようなこと言って。そんなことを言う人は母親失格よ」

「なに言ってんの」私はうんざりして反論する。「予想外に平和な時間を貰えたから、それを楽しまなくちゃって言っただけじゃない。突っかかってこないでよ」

華子が険しい顔をする。「ちゃんとした母親なら、いっときだって離れたくないと思うはずよ。展子姉ちゃんは自分のことが一番になってて、恵ちゃんのことなんて三番目か四番目ぐらいなんでしょ」

パパが「正月早々喧嘩なんてするもんじゃない」と窘《たしな》めた。

華子が口を尖らせた。「パパはいっつも展子姉ちゃんに甘いんだから。私はパパのことを可哀想だと思ってるの。店を展子姉ちゃんに明け渡しちゃうし、孫の面倒を押し付けられてるしね」

「俺が引退したいと言ったんだよ」穏やかな声でパパが言う。「恵の面倒をみると言ったのも俺だ。そう言ったろ。どうして華子は展子のせいにしようとするんだ?」

「それがパパの本心だとは思えないからよ」華子が不貞腐れた表情をした。「まだ六十三じゃない。全然できるわよ。展子姉ちゃんと太一さんのために身を引いたんだなって思うでしょ、やっぱり。それなのに当の展子姉ちゃんはそんなことちっともわかってなくて、忙しいと言ったり、娘がいないのを喜ぶようなことを言ったりするから悔しくなるのよ。ひと言言わずにはいられないじゃない」

「華子はまだ六十三だと言うが俺からするともう六十三だ。毎日午前二時に起きて、十五時間の立ちっ放しの肉体労働だ。随分前から体力の限界を感じていたよ。それを騙し騙しでなんとかやっていただけだ。それにな、楽をしたくなったんだよ、俺は。普通なら店を閉めるところだ。だが展子と太一君のお蔭で店を続けて貰える。有り難いと思ってるんだよ」

パチパチとたこ焼き器から皮が焼ける音がしてきた。

パパが二本のピックを両手に持ち、たこ焼きを一つずつ回転させる。

私は華子の背後にある棚へ目を向けた。六個の写真立てに入った家族の様々な写真を見つめる。

私は母親失格？　とんでもないわよ。恵をとてもとても大切に思っているわ。正直イラッとする時はある。疲れている時に限ってこれなにとか、どーしてとしつこく言ってくるから。でも世界で一番大切な人。もし恵になにかあったら私は全身全霊で守るし戦う。それぐらいの覚悟はできてる。私のママもきっと同じように大切に思ってくれていたのよね。私はママが突然天国へ行ってしまったから、せめてちゃんとお別れしたかったとずっと思っていたけど……もし一旦意識を戻してそれからの旅立ちだったとしたら、それはそれであまりに残酷。小さな子どもを残して逝くなんて、どれほど無念でどれほど心配か——その点に思いを馳せるようになった。自分が母親になって、ようやくママの視点に立てるようになったみたい。ねぇ、ママ。天国から私たちを見てる？　生きていてくれたらって思うのよ。そうしたら色々相談できたのにって。育児のことや仕事のこと、太一とのことを。

パパが言った。「華子、マヨネーズを忘れた。持って来てくれないか」

華子が立ち上がってキッチンへ行くと、パパが「旨そうだぞ」と楽しそうな声を上げて、端の列の三つに一気にピックを突き刺した。

「はい、マヨネーズ」と華子がテーブルに置いた。

パパが完成したたこ焼きを次々に大皿に移すと、その上に刷毛でソースを塗る。そこにマヨネーズを掛けて更に鰹節を載せた。

鰹節が躍りソースとマヨネーズが溶け合う。

私は「いただきます」と声を掛けてから箸で摘まんだ。

すると華子が「なにもしないで一番に食べるのよね」と言い出した。「昔っから展子姉ちゃんはそうなのよ。一番偉そうなのよ」

パパが「誰が先でもいいじゃないか。家族なんだから」と諭す。

華子は頬を膨らませる。「そうやってパパがすぐに展子姉ちゃんを庇うのも昔っから。展子姉ちゃんは勉強を頑張ってるんだから、働いてるんだからって言っては特別扱いするんだから。この家はずっと展子姉ちゃんの天下だったし、これからもそうなんでしょ。仕事をしてるんだから、疲れてるんだから、忙しいんだからって、パパと太一さんは展子姉ちゃんに気を遣って手助けするのよね。でも当の展子姉ちゃんは気を遣われていることに無頓着で、碌《ろく》に感謝もしないで、そうされることを当たり前だと思ってるのよ。パパと太一さんは大人だけど恵ちゃんはまだ子どもなのよ。もっとちゃんと面倒を見るべきよ。パパと太一さんに甘えずにね。恵ちゃんにとってはママは展子姉ちゃん一人だけなんだから。母親の代わりは誰にもできないんだからね」

「もう止さないか」パパが諭した。「展子は頑張ってるぞ。子育てだって店だって家のことだってな」

華子が尚も言い募る。「もっと恵ちゃんを第一に考えるべきだって言ってるのよ、私は。せっかく一緒にいられるお正月に、娘と離れ離れになっていることを喜ぶような母親じゃ、恵ちゃんが可哀想だわ」

私は声を上げた。「華子は子育てをしてないから、そんなことが言えるんだよ。毎日一緒にいればうんざりすることもあるんだから。子育ては楽しいことばっかりじゃないっていうのが、華子にはわからないんだよ。働くお母さんなら一日できた子育ての休暇を、のんびり過ごしたいと思う感覚を理解してくれるはず。きっとね。それだけで失格の烙印を押さないで」

華子が顔色を変える。「子どもがいなくたって」大きく息を吸ったかと思うと一気に喋り出した。「子どもがいなくたってなにが正しいかはわかるわよ。子どもがいなかったらなんなのよ。子どもがいるとかいないとか関係ないじゃない。すぐ子どもがいる人は言うのよ。あなた、子どもはいるのって。いないと言うと、それじゃわからないわと除け者にするのよ。ちゃんとわかるわよ。昔子どもだったんだから。子どもの気持ちなら誰だってわかるんだからね」

「もう止しなさいと言ってるだろ」パパが割って入る。「正月早々なんだい。ほら、たこ焼きを食べなさい。熱いから気を付けて。ほら」

私はたこ焼きを口の中に入れた。とても熱くてすぐに口を半開きにする。手を上下に動かして口の中のたこ焼きに風を送り、冷まそうとした。


人生の予想なんてできるもんじゃないと思いました。

会社員を続けるつもりだったんです。私も夫も。でも夫が勤めていた会社が倒産してしまって。

図らずも実家のパン屋を手伝うことになって、気が付いたら店を継ぐことになってました。

娘は日に日に成長して——それは大きな喜びでした。

笑ったとか喋ったとか、そんなことが嬉しくて。育児も楽しんでいたんですよ。想像以上に大変でしたが。

店ですか？　そうですね、順調でしたね。

でも毎日心配だったんですよ。今日お客さんは来てくれるだろうかと。

本当です。

パンを焼いている時、カランコロンとドアに付けた鈴の音が聞こえてくるんです。そうするとほっとしました。あぁ、今日もお客さんが来てくれたって。でもすぐに次のカランコロンが聞こえてこない時があるんです。それはお客さんが一人は来てくれたけれど、二人目は来てないということですからね。昨日焼いたパンが不味かったんじゃないかとか、私のパンに飽きたんじゃないかとか、悪いことばかり頭に浮かんで凄く心配になるんです。少しして鈴の音が聞こえると、あぁ良かったまた誰か来てくれたと、胸を撫で下ろしました。毎日この繰り返しでした。

作ったパン一つひとつが、オーディションを受けているようなものですからね。売り上げに直結するオーディションですから、こっちも真剣ですよ。

父のことですか？

ええ、まさか仮病を使われていたとは思ってもいませんでした。父が三週間も私たちに嘘を吐き続けていたことに驚きました。そんなに嘘が上手だったなんて。父は嘘を吐かない人というか、吐けない人だと思ってましたから。

引退したら父は一気に老け込むのではないかと心配していましたが、そうはなりませんでした。

時代劇を観て孫の世話をして、友人と遊びに行ったりするのが楽しそうでした。それは嘘ではないと思います。多分ですが。

パン作りですか？

凄く難しいです。毎日同じようにやってるつもりなんです。それでも毎日同じものはできないんです。本当に不思議ですよね。材料は正確に測っていますし、ミキシングの時間だってタイマーを使っていますから、同じ生地ができるはずなんです。はずなんですができないんです。ですから生地の状態をみて加減をしなくてはいけなくて、その加減が難しいです。ただたまに、ごくたまになんですが上手くできたと思える時があるんです。その時は嬉しいです。最高の気分です。それを味わいたくて毎日頑張っているんだと思います。

そうですね。

経営者としてのオーディションにも参加させられることになって、気忙しくて……それに心配することも増えましたね。

自分が合格点を取れたのか、はっきりわからないオーディションが増えていくからです。

例えばですか？

母としてのオーディションは、自分が合格点をクリアできたのか、駄目だったのかがわかり難いですね。

娘が満足したら、母親としてのテストに合格したと考えていいんでしょうか。娘が嫌がったとしても、その将来を思った上で叱ったのであれば、母親としてのテストに合格しているのかもしれませんよね。審査を娘がするのか、それとも子育ての神様がするのかで、査定結果が変わってしまうケースもありますからね。

そうなんです。

子育ては難しいんです。

8

私は絵本を捲った。「僕と友達になってくれる？　と熊さんが聞きました。リョウは大きな声で、うん、友達になろうと言いました。本当に？　と熊さんは聞きました。リョウはさっきよりも大きな声で、僕たちは友達だよ。ずっとずっと友達だよと言いました。熊さんは嬉しくなって、ぴょんと跳び上がりました。リョウも一緒にぴょんと跳び上がりました。熊さんとリョウは手を繋いで、一緒にぴょんぴょんと跳び上がりました。リョウと熊さんが楽しそうにしているので、たくさんの犬さんと猫さんが集まってきました。そして皆でぴょんと跳び上がりました。お祭りのようになりました。たくさんの鳥さんがやって来て、歌を歌いました。皆とっても楽しくなりました。終わり」

絵本を閉じた私は膝の上の恵の顔を覗き込む。

恵はまだ絵本の世界にいるのか、ぼんやりした表情を浮かべ瞬きを繰り返した。

事務室には私と恵だけがいた。

パパは晃京おじさんや地元の友人たちと旅行に行っているため、今日の保育園へのお迎えには太一が行った。そして恵を店に連れて来た。午後五時になってパンがすべて売り切れたので、店はもう閉めたのだけど、レジのお金が合わないという太一はまだ店にいる。厨房の片付けを終えた私は恵と二人で、太一が終わるのを待っていた。

私は恵に話し掛ける。「リョウと熊さん、お友達になって良かったね」

「うん。良かったね」

「恵は？　恵のお友達は誰？」

「うーん。わかんない」

「わからないの？　結《ゆい》ちゃんとか、かりんちゃんは？」

「結ちゃんとかりんちゃん？　結ちゃんとかりんちゃんは、恵のお友達なの？」

「ママに聞いてるの？　恵はどう思うの？　結ちゃんとかりんちゃんはお友達？」私は尋ねた。

「わかんない」

「お友達っていうのがわからないのかな？　仲良しの子ってこと。一緒にいて楽しいなって思う子のこと。わかる？」

「わかんない」

「そっかぁ。奏斗《かなと》君は？　奏斗君は年少さんの時から、恵のことだーい好きって言ってるでしょ。恵はどうなの？　奏斗君のこと好き？」

両手を自分の頭に乗せゆっくり左右に振った。「わかんない」

五歳の恵には友達という概念がわからないのか。他の子もそうなのかしら。それとも同い年の他の子はわかっているけど、恵だけがわからない？　そのうち恵にも友達の存在がどういうものかわかるようになるのだろうか――。

先月のことだった。太一と恵と三人で近所の公園に行った。その日は暖かく三月の気持ちのいい風が吹いていた。様々な年の子どもと、その親たちがいた。鬼ごっこをする小学生に見える子たちや、縄跳びをする女の子たちもいた。恵は砂場で遊び始めた。砂場はそこそこの人気で、同じ年頃の子たちが恵の他に五人遊んでいた。しばらくすると隣で遊んでいた女の子が恵に話し掛けた。でも恵はシカトした。反応がなかったため、その女の子は向かいで遊んでいる子に話し掛けた。そして二人で一緒になにかを作り始めた。それに気付いた少し離れたところにいた女の子が、二人に近付き入れてと言った。いいよと二人は答えて三人で遊び出す。一方二人の男の子たちは、自宅から持って来たと思われるミニカーや電車を、砂場に作った道らしきところで走らせ始めた。二人は競争したり、ミニカーと電車を連結したりして一緒に遊ぶ。そんな中、恵は一人で黙々と砂場遊びを続けていた。やがて砂場遊びに飽きた男の子二人がその場を離れた。少しして一人の女の子が石蹴りをしようと言い出した。一緒に遊んでいた二人の女の子は賛成した。そして先程恵に話し掛けてきた子が、石蹴りする？　と誘ってくれた。ところが恵はまたシカトをした。三人の女の子たちは砂場を立ち去った。恵だけが残された。誰とも話もせず遊びもしない恵が心配になった私は、大丈夫かなと太一に声を掛けた。すると太一は、恵は集団でいるより一人でいる方が好きらしいんだよねと答えた。でも人とコミュニケーションを取れないわけじゃなくて、必要な時にはちゃんと話せるし、一緒の行動も取れるからそれほど心配しないでくださいって、保育士さんから言われてると続けたので、私はびっくりして太一を見つめた。そんな大事な事柄を保育士と太一は話し合っていたのに、私には知らせなかったのはどうしてだと詰め寄った。私の剣幕に驚いたのか太一はすぐに悪かったと謝った。保育園の送り迎えをしない私は保育士と話す機会がない。お遊戯会や運動会などのイベントで挨拶をする程度だった。もっと育児に関わりたいと強く思ったし、そうしなければと思った。太一に保育士と話した内容は自分で判断せず、すべて私にも教えるよう頼んだ。太一はわかったと言ったけど、その言葉をあまり信用していない。太一は大事なことは話し忘れ、つまらないことはあーでこーでと話しがちだから。太一はなんとかなるよと言い、そんなに怒んなよと続けた。私は怒っていたのだろうか。怒っていたとしたら、それは自分に対して。もしかしたら後ろめたさを隠すため、つい必死になった姿が怒りに見えたのかもしれない。

「お待たせ」太一が顔を出した。

私は「合ったの？」と尋ねた。

「いや、合わなかった。ま、しょうがないよな」太一が明るい調子で言った。

「しょうがなくはないわよ」私は否定する。「お客さんにお釣りを間違えて渡しているかもしれないんだから。文句を言ってきてくれるお客さんならまだいいけど、二度とうちに来なくなってしまうかもしれないわ。そうしてうちの悪い噂を流すようになるかも。商売っていうのは商品がいいものであるというのは勿論だけど、それ以外の小さなことをどれだけきっちりできるかで、信用を重ねていくしかなくて、それがとても大事なんだと思う」

「うん、そうだな。その通りだ。気を付けるよ。それじゃ、帰ろうか」

「その通りだと本当に思ってるの？」

「思ってるよ。展子の言ってることは正しい。いつものようにな。ただささ、お客さんがずらっと並んじゃうだろ、レジの前で。なるべく早くしなくちゃと思うわけだ。焦るのかな。それで間違うんじゃないかと思うんだよな」

「釣銭を間違うだけじゃなくて、レジの打ち間違えもたくさんありそうよね。三百二十円と打たなきゃいけないのに二百二十円とか。一生懸命作ってるのにレジで損しちゃってる可能性あるよね？　私の苦労をゼロにするのはお願いだから止めて」私は頼んだ。

「気を付けるって」

「ママ」恵が声を上げる。

「なに？」

「ママとパパはお友達？」恵が聞いてきた。

「えっ？　ママとパパはお友達じゃないわよ。ママとパパは夫婦」と私は説明した。

「ふうふ？」

「そう。夫婦。夫婦っていうのは」太一へ顔を向ける。「なんて言ったらいいのかしらね」

「難しいな」太一が頷く。「恵の質問に答えるのがどんどん難しくなってるんだよな。昨日は犬にはしっぽがあるのに、どうして恵には付いてないのかって聞かれたよ。なんて答えようかと考えてたら、駅向こうのタキザワスーパーにしっぽを買いに行こうって誘われた」

思わず私は微笑んで恵をぎゅっと抱きしめた。


私はぐるりと店内を見回した。

百平米の店内は三方を白い壁に囲まれている。なにも置かれていないせいかそれ以上に広く感じられた。一面いっぱいに取られた窓からは前の通りを歩く人たちが見える。その窓は汚れていて所々にシールの剝がし残しがあった。

不動産屋の二代目の浦井《うらい》豊和《とよかず》が大きな声で言った。「いい物件でしょ。駅前の一等地。とにかく人通りが多い場所ですからね。こんないい空き物件はもう今世紀二度と出ませんよ」

「オーバーだな」と太一が笑った。

ここは六月二十日まで信用金庫の支店が入っていた。駅の東側にあり、大勢の人が通る道沿いに建つビルの一階だった。閉鎖にあたって、従業員たちは隣町の支店へ移ったと聞いている。

午後一時だった。

浦井が「奥も見てください」と話すと歩き出した。

浦井が開けたドアの向こうには三十平米の部屋があった。薄いグレーの壁紙で囲まれた部屋に窓はなく、左右に外へ出られる扉がある。

私は部屋の中央に進み出て、その場でゆっくり三百六十度見回した。オーブンを置くとしたらどこだろう。ここら辺だろうか。だとするとミキサーはあっちの隅がいい。冷蔵庫はどうしようか。今は厨房に冷蔵庫を置いているため粉が詰まりがちで、フィルター掃除が大変なので、できれば作業場所とは離れたところに置きたい。この部屋を仕切って冷蔵庫だけ別にするのが良さそう。

物凄くワクワクする。もしここに二号店を出せたら……今とはまた違うお客さんたちにうちのパンを知って貰える。駅前のここならたくさんの人が前を通る。それは私が焼いたパンを、たくさんの人に食べて貰えるってことよね。もしそうなったら……堪らなく嬉しい。知って欲しい。ワタナベベーカリーを。それに私が作ったパンを食べて欲しい。あぁ……そうなったら、どんなにいいか。

浦井が言った。「何度も言わせて貰いますがいい物件でしょ。こんなにいい物件は滅多に出ません。誰でも欲しがるとびっきりの物件です」

太一が渋い声を上げる。「家賃もとびっきり高いじゃないか」

浦井が肩を竦めた。「しょうがありませんよ。この一等地ですから。皆さん喉から手が出るほど欲しいはずなんです、この場所をね。ですがまぁ、この不景気ですからなかなか。この街で景気がいいのはワタナベベーカリーさんだけですからね。ライバルがいない今がチャンスですよ。オーナーさんは地元の人じゃないもんで、家賃の値引き交渉っていうのは、なかなか難しいかなって思ってるんですよ、正直なところ。ですがその他のことでしたらうちも色々と頑張りますんで、是非前向きに検討していただけたらと。いかがでしょう」

「いかがって言われてもねぇ」太一が苦い顔をする。

「カフェなんてどうですか？　ワタナベベーカリーさんの美味しいパンとコーヒーを楽しめるカフェ。お宅は観光客も多いんですよね。よく見かけますよ、観光客がお宅の名前の入った白色の袋を持って歩いてるのを。ここらの名物になってますよね、ワタナベベーカリーさんのパンは。観光客ならちょっと高いコーヒーでも飲むんじゃないですか？　粗利《あらり》がっぽりで家賃なんて気にならなくなりますよ、きっと」

「カフェにはしないわ」私は宣言する。「ワタナベベーカリーのパンだけを売る二号店よ」

「勿論それでも結構です」と浦井が早口で言った。

「ちょっと待てよ」目を丸くした太一が口を挟んだ。「今日はちょっと見に来ただけだろ。いい物件だよ、勿論。でも二号店なんてそんな簡単に決められることじゃないだろ」

「その通りね」私は頷く。「簡単に決められることじゃない。でもこんなチャンスそうはないわ」

「はい。そうはありません」浦井が断言する。

太一が「ちょっと、うちの奥さんを煽らないでよ」と窘めた。「勢いで決めちゃダメだ。借りるとなったら家賃だけじゃなくて、敷金やら工事代やら色々と掛かるんだよ。人件費だって掛かるしさ。そういうのをちゃんと計算して、それから初めて検討に入るんだよ、普通。じっくり検討してから結論を出そうよ。な？」

太一はとても心配そうな表情をしていた。

私は太一に向かって頷いてみせる。

三人で店を出た。

浦井が出入り口にだけ付いているシャッターを下ろした。それから鍵を掛ける。

私は一歩後退り店全体を眺めた。

窓越しに棚のパンが見えるようにした方がいい。レジはどこに置こうか。味気ない入り口はデザイナーに言って、赤を効果的に使ったものにして貰おう。看板は本店と同じものを入り口の上部に付けよう。

三年前パパが引退した時に店の看板を変えた。すでに包装紙の類は私のデザインで一新されていたのだけど、看板だけは言い出せなくてそのままになっていたのを、代替わりしたのを機に変更した。白の地にアルファベットの筆記体をベースにして作ったロゴを、赤い色で入れたものだった。

浦井と別れ、私と太一は歩き出した。

「参ったなぁ」太一が言い出した。「どうして展子はそんな興奮したような顔してるのかなぁ。その気になっちゃってたりするってことなのかな？」

「いい話だよね」

「ちょっと待ってよ。冷静にな」足を止めた。「ここは冷静に考えるところだからな」

構わず歩き進む。「わかってる」

すぐに追いかけて来て隣に並んだ。「大体さ、今だって忙しいのに二店舗なんて無理だろ、はっきり言って。そもそもさ、パンが足りないよ。今だって夕方になる前に売り切れちゃうだろ。本当の閉店時間は何時なのかと聞かれて困っちゃったよ。それぐらいパンが足りないっていうのにどうするんだよ、パン」

「機械を増やせばいいのよ。今は厨房が狭くて機械を増やせないから、パンの量を増やせないのよ。こっちに厨房を移せば機械を増やせるから、量を増やすことはできるわ。人を雇えばいいんだし。やらない理由を並べるんじゃなくて、どうやったらできるかってことを考えようよ」

「それはだって……」しばらく黙って歩いてから太一が口を開いた。「リスクが大きいから心配なんだよ。なぁ、今のままじゃダメなのか？　充分じゃないか。僕は充分だと思ってる。地元の人からも観光客からも愛されてる今のままでさ。僕らが暮らしていくのに充分な売り上げがあるじゃないか。恵を大学まで行かせてやれるよ。習い事や塾やそういうのだって通わせられる。今のままでね。二店舗目が一店舗目と同じように繁盛するとは限らないだろ。信用金庫が撤退するぐらい、この街自体の景気は悪いんだから」

私はなにも言わず歩き続ける。

太一が指を折りながら言う。「改装費用だろ、敷金も必要だし、機械を買うならその金だって用意しないといけないんだぞ。結構な額だぞ。貯金だけじゃ賄《まかな》えないんじゃないか？　もし借りるとなったらその利息を毎月払って、家賃と人件費も払ってってことになる。それで本当にお客さんがたくさん来てくれるかどうかはわからないんだぞ。観光客が動き回るのはもっぱら西口の方で、こっちの東口じゃないからな。すぐ近くにスーパーもあるしパン屋も二軒あったよな。そこに新店をオープンさせて大丈夫なのか？」

足を止める。「いつものようになんとかなるさって言わないのね」

「………………」

「今よりもっと頑張るのが嫌なのよね、太一は。頑張らなくて済む現状維持にしたいんでしょ。だから大変なことを挙げて私を説得しようとしている。新しいことに挑戦する時にはリスクはあるわ。それはよくわかってる。まずは色々計算をしてみて考える」

そう言って私は横断歩道の向こうの赤信号をじっと見つめた。

「展子ちゃん」と声を掛けられて私は振り返った。

かずえさんが店と厨房の間に立っていた。

かずえさんが言った。「太一さんのお母さんがいらっしゃったわよ」

私は左手に載せていたハンバーグの種を右手でぎゅっと押してから、クッキングシートの上に置いた。シンクで両手を洗いタオルで拭く。それから厨房を出た。

興味なさそうな顔で義母が棚のパンを眺めていた。

「お義母さん、どうされたんです？」私は声を掛ける。

「忙しいところごめんなさいね」

「いえ。太一さんは今出てるのかしら？」私はかずえさんに尋ねた。

「ええ」かずえさんが頷く。「少し前にちょっと用事があるからと仰《おっしゃ》って」

私は義母に提案する。「家に父がいるはずです。家の方にどうぞ。恵も学校から戻る頃です」

義母は真っ直ぐ私を見ながら「今日は展子さんに話があって来たの」と言った。

義母を事務室に案内し私は厨房をひとまず片付ける。それから麦茶をグラスに注ぎ事務室に運んだ。

私は机に載っていたものを壁際に寄せると、空いた場所にグラスを二つ置いた。

「もしかして」義母が机のサンドイッチを見ながら口を開いた。「これからお昼だった？」

「あぁ、いえ。それは駅向こうにあるパン屋ので、かずえさんが買ってきてくれたんです。他の店のパンを研究したかったもんですから。お義母さん、お昼は？　よかったら食べますか？」

「いえ、いいのよ、私は。済ませてきましたから」

義母は黒い半袖のTシャツに、ベージュ色のベストを重ねている。膝に載せた黒色の布製のバッグには、赤い薔薇がたくさん刺繍されていた。

突然の義母の訪問は二号店の話だろう。四日前に東口の空き物件を見てから、私は二号店を出す気でいるのだけど、それに反対の太一は義母を使って、出店を止めようという魂胆に違いない。これはワタナベベーカリーの話なのに、伊藤家の人間を巻き込もうとするなんて、そもそもが間違っている。

義母が言った。「お忙しいんでしょうからさっさと話をしなくてはね。実はね」バッグからA4サイズの紙を取り出す。「これ、先週恵ちゃんがうちに遊びに来た時に描いた絵なの。見てちょうだい。わかる？　この真ん中のは恵ちゃん。その左にいるのは太一ね。右にいるのは洋介さん。あなたがいないの。母親のあなたが。これ、どういうことかわかるわよね。恵ちゃんにとってあなたは身近な存在じゃないってこと」

「………」

「昔とは違うというのはわかってるのよ。女も働く時代ですよ。でもね、恵ちゃんにとって母親はあなただけなの。もう少し恵ちゃんとの時間を増やすようにしたらどうかしら。小学校に入ったからといったって、まだまだ母親が必要な時期よ。まずは恵ちゃんを第一に考えて欲しいの。学校に行ってる間に働くんだったらいいのよ。でも朝早くからずっと母親が家にいないというんじゃ、こうなりますよ、やっぱりね」絵を指差した。

しばらく待ったけど義母がその先を言い出さないので、私は「それで？」と促した。

「それでって、あなた。恵ちゃんは寂しいのよ。それをわかって欲しいと言いに来たの」

「それだけですかお話というのは？」

「そうよ。とても重要なこの話をしに来たのよ」

「そうでしたか。私はてっきり他の話をなさりにいらしたのかと……いえ、なんでもありません」

私がどれだけ仕事を頑張ってると思ってるのよ。それをシカトしないでよね。恵の絵に私がいないのは……ショックだった。凄く寂しい。でも私が頑張ってる姿を見て、なにかを感じ取ってくれるんじゃない？　今はダメかもしれないけどもう少し大きくなったら、きっと。私が子どもだった頃、パパやママと過ごす時間は長くなかった。でも私はずっとパパとママが大好きだった。寂しかった記憶はない。そんなものだと思っていたような気がする。日曜日にはいっぱい遊んでくれた。それで満足していた。幸せだった。恵だって。どうして私を描いてくれなかったのか……日曜日の過ごし方を改めるわ。動物園とか水族館とか遊園地とか、そういう所へ行くようにする。そうすればそこでの記憶に私も一緒に刻まれるんじゃない？　私は後ろめたい気持ちをいつもいつも抱えている。これまでも、多分これからも。でも娘以外の人から非難されるのは嫌だ。

私はグラスに手を伸ばした。それから一気に半分ほどを飲んだ。トンと音をさせて元に戻すと口を開いた。

「私がパンを焼かなかったら収入がなくなります。私たち家族は暮らしていけません。当初は太一さんがパンを焼いて、私がレジを手伝う予定でした。でも太一さんはパンを作れないんですよ。残念なんですがちゃんとしたパンを作れないんです。だから私がパンを作ることになったんです。お義母さんは恵のために、私が働く時間を短くするべきだとのお考えのようですが、パンを作るには時間が掛かります。短縮することはできません。パンを私が作る以上働く時間を短くすることはできないんです。太一さんがどこかの会社に就職してくれれば、一気に解決するかもしれませんね。でも太一さんにその気はないようです。会社勤めをしている友人と会った時、もう僕は二度とできないと言っていました。組織の中で働くというのは色々気苦労が多いですよね。そういうのはもう無理だと語ってました。家族経営の店で働く方が気楽なんでしょう。もしも太一さんがもう無理だと思っていたけど、恵のために働きに出る気持ちになったとしても、雇ってくれるところがあるかという問題もあります。そういう現実をお義母さんはどう解決するべきだと思われますか？　なにかいいアイデアでもあるんでしょうか」

鋭い目で私を見つめてくるのだけど、義母から言葉は発せられない。

私は続けた。「お義母さんが思い描く理想の家庭とは違うかもしれませんが、現実の中で精いっぱいやっています。恵との時間を長くすることはできませんが、密度の濃い時間になるよう努力します」

顔をぷいと右へ向ける。「人を雇うとか、そういうことだってできるんじゃないの？　なにもかも自分でやらなきゃ気が済まないあなたの性格の皺寄せが、恵ちゃんにいってるように思いますけどね、私は」

「人を雇うことは検討中です」

「それはなにより。可愛い孫が心配なのよ。大切な孫だもの」

ピピピと厨房からアラームの鳴る音がした。

「ちょっと失礼します」と言って私は立ち上がった。厨房に移り冷蔵庫の前に立つ。下部の扉を開けようと屈んだ時、ぽろっと涙が零れた。急いで手で拭った。

恵はベンチに座り本を広げている。

隣の太一は携帯電話を耳に当てている。

その様子を三階の窓から見下ろしていた私は、二人から目を離して、カーテンを更に右へと引っ張って端にまとめた。振り返ると専門学校時代の友人、万里子が少し眩しそうな顔をしていた。私はベッドに近付き丸椅子に戻った。

七月だというのに万里子は入院着の上にアーガイル柄のカーディガンを羽織っている。頭にはニットキャップを被っていた。

「どう？　具合は」私は尋ねた。

「今日は結構いい」痩せた肩をすぼめる。「日によって色々なの。調子のいい日に会えて良かった」

「しんどくなったら言ってね。すぐに帰るから」

「うん」

万里子は妊娠したのを機に玩具メーカーを辞めて、専業主婦になった。二人の子どもの育児に追われていた今年の五月に、胸に違和感を覚えて病院に行ったところ、乳がんと診断された。今はこの病院で抗がん剤治療を受けている。今日は恵と太一と三人で見舞いに訪れた。少し話をすると、太一は気を利かして恵を連れて病室を出たのだった。

私は壁に貼られた画用紙に目を向けた。

『ママがんばって』の文字と、万里子らしき人の絵がクレヨンで描かれていた。

「絵を描いてる？」万里子が言った。

「絵を？　ううん。全然。万里子は？」

「入院してから描くようになった。暇だからね。凄い久しぶりになんでも好きなものを描けることになって、ちょっと途方に暮れた。なにを描こうかなって。専門学校の時はとにかく課題を提出しなくちゃいけなかったから、描きたいものを描いてたわけじゃないでしょ。会社員になってからも売れるようにとかわかり易くとか、そういうのが基準だったから、描きたいものを描くのってずっとやってなかったんだよね。子どもができてからは育児に追われて、絵なんてとんでもないって状態だったしね。だから高校の時以来で、ってことは二十年ぶり。高校を卒業して二十年も経っているってことに気が付いて、ちょっとクラッとしちゃった。時間が経つのってあっという間だね」

「本当だね」

「あの頃描いていた自分の将来と実際は違ったけど、ちゃんと幸せだったんだよ、私」

「うん」私は頷く。「どんな絵を描いてるの？」

「子どもの絵が多い。時々ダンナの絵も描く」

「時々なの？」

「そう、時々。両親の絵は描けないの。描こうとすると涙が出てきて、手を動かせなくなるの。

不思議よね。子どもの絵は描けるのに」

急に寂しくなる。ヤダよ。絶対にヤダ。このまま病気に負けたりなんてしないでよね。万里子は治る。絶対に。万里子は最後の踏ん張りがいつも凄かった。課題の締め切り日の三日前ぐらいから物凄い集中力を発揮した。一日二、三時間の睡眠だけで作業に没頭しギリギリで間に合わせた。そうしてできた作品はいつも高得点を貰っていた。だから今回も踏ん張ってみせて。そうならなかったら私は神様を呪う。なにも悪いことなんてしてない万里子が、どうして三十七歳で？　若過ぎるよ。万里子を失いたくない人はたくさんいる。子どもたちも、ご主人も、ご両親も、私も。だから万里子は頑張らなくてはいけない。万里子ならできる。戦って。お願いだから。私たちを置いていかないで。無性に叫びたい。ダメだーって大きな声で言いたい。でも我慢しなきゃ。怖い思いをしているのは万里子なのだから。万里子を不安にさせてはいけない。それが友達ってものでしょ。

万里子がカーディガンの前を掻き合わせた。

「寒い？」私は尋ねる。

「ううん。大丈夫」キャビネットの一番上の引き出しを開けて、ノートを取り出した。「ここにね、病気が治ったらしたいことをリストにして書いてあるの。丸パンを十個食べるというのを書き足そうと思って」

「そうなの？　今日持ってくればよかった？」

「違うの。治ったらの話。今は食欲がないからいいのよ、お花を貰って嬉しかったわ。専門学校時代に実家から届いたと言って、展子が丸パンを持って来てくれたでしょ。その丸パン、凄く美味しかったのよ。素朴っていうのかな。なんかちょっと懐かしいような味がして。だからね、出来たてを買いにお店に行くわ。それで十個買うの。あっ、もしかして個数制限とかある？」

「ない」

「じゃ、二十個買う」万里子が宣言する。「子どもたちにもダンナにも食べさせたいから。でも十個は私が食べる。ジャムを塗ったりハムやチーズを挟んだりして」

「それじゃ、特別に用意しておく。店には出さないで厨房に取っておくから買いに来て。温泉があるし今度は家族で泊まりに来てよ」

「行きたい。それじゃ、このノートに書くね」ペンを握った。「専門学校を卒業する前に皆で行ったね、そこの温泉」

「そうだったね」

「楽しかったなぁ。皆で明け方まで喋ったよね。社会人になる前だったから、ワクワクもしてるんだけど不安もあってさ。そうそう。なんか不思議な感じがした。観光地に来てるのに、そこが展子の実家がある街だというのが。街との距離の取り方がわからない感じで」万里子が遠い目をした。「凄くいい思い出だな。ね、展子」

「ん？」

真剣な表情を浮かべた。「やりたいことがあったら先延ばししちゃダメだよ」

「…………」

「自分にどれくらいの時間が与えられてるか、わからないんだからね。明日は来ないかもしれないと思って、今日やっておくべきなんだよ。後悔したくないでしょ。病気になって凄く思ったの。あれもやりたかったとか、しておきたかったとか、そういうことたくさんあるなって。やってダメだったなら諦めがつくし、やり切ったって思いが残るからいいと思うの。でもやらないでそのうちになんて放っておいたものは、ずっと心に残っちゃうのよ。それではい、もう時間がありませんってなった時に悔やむことになっちゃう。一日一日を真剣に大切に、やりたいことのために使わないとね。私は元気になるよ。子どもたちに哀しい思いをさせたくないからね。それにやりたいことがたくさんあるし」万里子はノートを持ち上げて軽く左右に振った。

「私からのアドバイスはもう一つ」

「なに？」

「一年に一度人間ドックを受けること。忙しいとつい忘れちゃうでしょ。でもそれはやっぱり、自分の人生を丁寧に生きようとしてないってことなんだよ。反省したし悔やんでるの。定期的に受けてたら発見がもっと早い段階だった可能性があって、そうしたら治療の選択肢がもっとたくさんあったってことだから。必ず年に一度人間ドック、いい？」

しっかり頷く。「わかった。やりたいことを先延ばししないで、年に一度人間ドックを受ける。万里子からのアドバイス心に刻んだ」

「よしっ」と言って万里子が笑みを浮かべた。

「ねぇ、そのノートには他にどんなやりたいことが書いてあるの？」

「んーとね、色々あるよ。絵本を描くとか」

「絵本？」

「そう。二人の子どもたちに絵本を描きたいの。他の子どもたちにも読んで貰いたいけど、まずはうちの子たちから」

「素敵ね。構想はできてるの？」

「まだ。入院中にある程度進めて、治ったら本格的に描くつもり」

ドアにノックの音がした。

ゆっくりとドアが開く。

その隙間に二人の子どもが見えた。

二人は「ママー」と言いながら走り込んできて、万里子のベッドに勢いよくぶつかるようにしてから止まった。

万里子が「来てくれたのね」と言って二人の頭を撫でる。

後から部屋に入って来た万里子の夫、井手《いで》省吾《しょうご》に私はお辞儀をする。それから万里子へ目を戻した。

万里子はすっかり母親の顔になって、二人の子どもの話を聞いていた。

髪の左半分を赤色に染めていた頃の万里子の姿が、突然頭に蘇った。

弁当の蓋には恵が好きなアニメのキャラクターが印刷されている。

恵が保育園時代に使っていた弁当箱だった。小学校では給食になったため、今年の四月からは私がこの弁当箱を使っている。これにおかずだけを入れて、お握りは別にラップに包んで持って来ていた。

私は蓋を開けた。茄子の揚げびたしを箸で持ち上げ口に運ぶ。それからラップを剝がしてお握りを齧った。咀嚼しながら事務室の壁に掛かっているカレンダーに目を向ける。一週間前のところに不動産屋と物件確認とメモ書きがあるのを認めてから、弁当箱に目を戻した。内装デザインの会社から見積もりが来ていないだろうかと思い立ち、パソコンのキーボードを叩く。メールは来ておらずゴーヤチャンプルに箸を伸ばした。

口に入れた途端その苦さに思わず顔を顰めた。

二号店を出すことに太一は反対したままだけど、私はせっかくのチャンスなんだから真剣に検討すべきだと主張し、いくつかの業者に見積もりを依頼してあった。今日店は定休日で仕込み作業をするために私だけがいた。厨房での作業が一段落したので、昼食を始めたところだった。

緑茶を飲んだ。それから机の端に載せていた郵便物へ手を伸ばした。宛名を確認し私宛のものと太一宛のもの、店の名前だけのものに分けていく。それから太一宛のものを煎餅が入っていた缶に入れた。私宛のものを近くに引き寄せてからお握りを齧る。一番上の白い封筒を手に取り裏返した。

市内の住所と水原《みずはら》さやかという差出人の名前が、手書きで記されていた。それは丸っこい文字だった。

誰だろう。

鶏の唐揚げを箸で摘まんだ。それを口の中に入れてから封筒を開けた。折り畳まれた便箋の中に入っていた写真を手に取る。

そこには太一が写っていた。隣には若い女。二人は顔をくっつけてカメラに向かってピースをしていた。次の写真では太一は一枚目と同じ女の頰にキスをしていた。三枚目の太一は同じ女を自分の膝の上に座らせていた。

これなに？　この女はなに？　なにがなんだか……違う。わからないふりなんかしちゃダメだ。ここに写っているのは私の夫で、隣には若い同じ女がいる。この事実にちゃんと向き合わなくちゃいけない。

私は忘れていた唐揚げをごくりと吞み下してから、手紙を読み始める。

伊藤展子様

私は水原さやかと言います。二十二歳です。太一さんとお付き合いしていてもう半年になります。私たちはとても愛し合っていて、お互いに運命の人だと思っています。だから太一さんと別れてください。太一さんは優しい人なので、奥さんに言い出せなくて困っているんです。私の話を嘘だと思うかもしれないので、写真を一緒に入れました。私と一緒にいると楽しいし落ち着けると太一さんは言います。太一さんは私といた方が幸せになれます。

太一さんと離婚するのはいつ頃になりそうですか？　なるべく早めでお願いします。

水原さやか

この女が言っていることは本当なの？　半年前から浮気をしていた？　半年の間……まったく気付かなかった。

ふいに汚いものを触っているような感覚になって、便箋を振り払って机の遠くへ飛ばした。背後の棚からウエットティッシュの入ったボトルを摑む。一枚を抜き取り手を拭く。指先がとても冷えていることに気付き、ウエットティッシュをゴミ箱に捨てた後で、手を口元に近付けた。はあっと指先に息を吹きかけて擦り合わせた。それから箸を握った。唐揚げを口に入れて物凄い勢いで咀嚼する。それがまだ口の中に残っていたけどお握りを齧った。むしゃむしゃと食べる。

そうやって五分ほどが経った。

まだ現実のことに思えない。でもちゃんと受け止めなくちゃいけない。太一は浮気をしていた。浮気じゃなくて本気なのかもしれない。こういう理由での離婚なら恵の親権は私が持てるだろう。恐らく太一は定期的に恵と会いたいと言う。恵もそれを望むだろうか。パパを大好きな子だから会いたいと言いそう。七歳の子には離婚の理由を理解できないだろうし。そうだ。なるべく早く求人をかけて接客担当を増やさないと。店が回らなくなってしまう。ふと冷静にこれからのことをシミュレーションしている自分に気付く。意外だった。裏切られたのに怒りや哀しさが湧いて来ない。これから湧いて来るのだろうか。

裏口の錠を開ける音がした。

はっとして急いで便箋と写真を封筒に収めて、弁当箱を包んでいたクロスの下に隠した。

太一が事務室に現れた。「お疲れ」

「……うん」

「今日も暑くなりそうだな」自分の白いポロシャツの襟元を摑んで、中に空気を入れるように前後に動かす。「商店会の高宮さんにばったり会ってさ、またお願いされちゃったよ。夏祭りの屋台。なんとか出てくれないかって。人気店が出るのと出ないのじゃ、大きな違いだからって言うんだよ。パンを用意できないんでって何度も話してるのにさ。聞いてる？　僕の話」

「水原さやかさんから手紙を貰った」

「えっ？」太一が目を見開く。

「太一と愛し合ってるから、早く別れてくれって書いてあった」

「え……え……あ……あの……今なんて？」

「その人と本気なの？」

「えっと……あの……えっと……手紙になんて書いてあったの？」

「だから太一と愛し合ってるから早く別れてくれって。なんて顔してるの。嘘を吐き通せるかどうかを必死で考えてるって顔ね。その人のこと本気なのね」

「いや、違う。えっと、あの、ごめん。本当にごめん。つい、えっと、魔が差しました。ごめん」太一が両手を自分の顔の前で拝むように合わせた。

「太一にとって大切な人なのよね、その人。私と離婚したら太一はいろんなものを失うことになるって、わかってたでしょ。恵も仕事も住まいも失うのよ。そういうことをわかっていながらその人と付き合っていたっていうのが、なによりの証拠よね」

「いや、だから本当にごめん。魔が差したんだ。本気じゃない。全然違う。彼女はなにか勘違いしてるんだ。もう会わないよ。約束する」

「一緒に年を取って同じお墓に入るんだと思っていたのよ、私は。でも太一は違ったのね。同封されていた写真の中の太一は、凄く楽しそうな顔をしてたわ。私には見せない顔だった」

「写真？　えっと、どんな写真？」太一の瞳が激しく左右に動く。

「太一にとって私は一番なんだと思ってた。でも違ったのね。私は一番になれないし選ばれない女なんだってことね」

「本当に……すまない。あの、だから……あの、頼む。遣り直すチャンスをください。僕に」

太一が言った。

「今回のことを魔が差したということにしたいみたいだけど、それは違うわ。魔が差したっていうのは一瞬の判断を誤ることを言うの。一回の浮気の時には使える言い訳だけど、半年間不倫を続けた理由としては全然ダメね。一回の浮気ならもう二度としないという約束を、信じられたかもしれないけど、半年間も騙し続けた人の言葉を信じてみようとは思えない」

「…………」

「恵がいなかったら、この場で離婚届を書いていたと思う」

「でも僕らには恵がいるよな？」

私はため息を吐く。「だから困ってる。どうしたらいいのか」

突然大きな声になる。「恵が可哀想だよ。な、そうだよ。恵のために――」

「ちょっと黙って。私が答えを出すまでの間、取り敢えず家を出て行って。恵には旅行に行ったと――ちょっと嘘くさいわね。喧嘩したからにしましょう。その方が自然だわ。ママとパパは喧嘩をしたから、パパはしばらく家に帰らないと話しましょう。店の方はすぐに求人を出すけど、決まるまでは働いてくれる？」

「僕が家を出たら恵が心配しないかな？　恵の前ではこれまで通りに振る舞うっていうのはダメなのかな」

「私は誰かさんと違って芝居が下手だから、すぐにバレてしまうと思う。そんな仮面夫婦を演じるより、喧嘩をしたと話した方がましだわ」

「……わかった。あの、こんなことして本当にごめん。それに冷静でいてくれて有り難う」太一が神妙な顔で言った。

「自分でも驚いてる。とってもね。でも冷静に見えるからといって、傷付いていないわけじゃないから」

「うん」頷いた。

長蛇の列だった。

私は大きく息を吐き出してから隣の綾子に目を向けた。

黒いキャップを被った綾子が言った。「おめでとう。開店前からずっと行列だよ。二号店も成功だね」

「有り難う。綾子に手伝いに来て貰って本当に助かった。向こうの店を通常営業しながら、こっちの準備をしなくてはいけなかったから、とてつもなく忙しかったし大変だったけど、こうしてなんとかオープンさせることができたわ。本当に有り難う。綾子がいなかったらどうなっていたかわからないわ」

「私も嬉しいよ。ワタナベベーカリーの二号店がオープンするなんて、思ってもいなかったから。展子姉ちゃんは凄いよ。この四ヵ月ぐらい展子姉ちゃんの側にいて、すっかり感心しちゃった。真剣にパンを作ってる展子姉ちゃん、格好いいし。いろんなことを決めていく姿も、できる経営者って感じだしさ。こんなに展子姉ちゃんって強かったっけ？　なんて思っちゃった」

二〇〇八年十一月一日の今日、ワタナベベーカリーの二店舗目となる東口店がオープンした。駅の東口にあった信用金庫が出て行った場所を借りてのスタートだった。本店の厨房をなくして売り場を広くし、こちらの東口店に広い厨房を作った。この厨房で二店舗分のパンを作り、本店へはライトバンで運ぶ。綾子にはヨガの講師の仕事がない時に、引き続き店を手伝って貰う予定になっていて、その他に新たに五人のスタッフを雇用した。店の改装費は一千万円、オーブンなどのマシン類の購入には五百万円が掛かった。借金はせずに済んだけど蓄えていた預金はほぼゼロになった。東口店の八十平米の売り場は、ブティックのような雰囲気のデザインにした。棚は白色で間の柱を丸みのあるものにして、パンを並べるトレーも白い。一方お客さんたちが自分で運ぶためのトレーは七色用意した。赤や緑、黄、青などでどれもビビッドな色合いのものだ。お客さん用のトングも同じ七色を業者に特別に作って貰った。とはいってもすべてのパンを透明の袋に一つずつ入れることにしたので、トングを使わずに手で自分のトレーに移す人もいるだろう。この袋の裏にはバーコードのシールを貼ることにしたので、いつ、なにが、どれだけ売れたのかが瞬時にわかるようになった。売り場の奥には四十平米の厨房と、ストックルームと事務室を作った。衛生環境を考慮して、厨房と売り場の間は壁できっちり仕切った。スタッフたちはその壁に取り付けたドアを開閉して行き来する。

赤い扉が開き二人のお客さんが店から出て来た。

二人とも白色の手提げ袋を持っていて、その右隅にはうちのロゴが赤色で印刷されている。

「頑張ったとは思うけどさ」と綾子が言い出した。「もうちょっと作れなかったの？　多分もうすぐ売り切れちゃうよ」

「これまで作っていた量の四倍は作ったのよ。作り過ぎじゃないかと心配していたから嬉しい誤算。でも今の人数じゃこれが限界。もう一人雇えば作る量を増やせるんだけど……ねぇ、また求人する時には、応募者たちの面接に立ち会ってくれない？」

「いいけど。展子姉ちゃんは面接に私を立ち会わせようとするよね。どうして？」

「私には人を見る目がないから心配になるのよ。この人なら一生懸命仕事をしてくれそうだと私には見えても、全然違うかもしれないでしょ。上辺だけのやる気かもしれなくて、そういうの私には見抜けないから、綾子に同席して貰いたいの。綾子の意見を聞きたいのよ」

「なんか意外。バリバリ仕事をして大成功してるし、自信に溢れてるって顔をしてるのに、人を見る目がないと心配するなんて」

私は肩を竦めた。

綾子が続ける。「意外と言えば、展子姉ちゃんが太一さんを許したのも意外だったな」

「自分でも意外に思ってる」

太一が彼の実家で暮らし始めて二ヵ月経った頃、私は会いに行った。義父に教えて貰った喫茶店は飼い犬の散歩コースにあり、ペットを同伴できるため、毎日のように立ち寄っているとのことだった。私が太一の向かいに座ると彼は目を真ん丸にした。しばらくしてから「やあ」と掠《かす》れた声で言った。私がアイスコーヒーを注文すると突然太一は喋り出した。彼女とは別れたこと、深く反省していてもう一度チャンスを貰いたいと思っていることを、何度も練習したかのようにすらすらと口にした。練習したのかと尋ねると、一瞬恥ずかしそうな表情を浮かべてから頷いた。別れるの大変だったんじゃないのと聞くと、まぁそれはと言葉を濁したので何度も確認したところ、彼女には手切れ金を渡していた。膝にマルチーズを乗せた太一は恵の父親でいたいし、展子の夫でいたいと繰り返した。私はその時点でもどういう決断をするべきか迷っていた。ふとパパの顔が浮かんだ。パパは口出しはしないと言って、展子の好きにすればいいと言った。義父はなにもかも世話になっているのに、あの恩知らずがと太一を非難してみせた。でも義母はそうした生活が太一にはストレスになったのだろうと言い、それを慮《おもんぱか》れなかった妻の力不足だと非難の矛先《ほこさき》を私に向けた。それから恵の姿が頭に浮かんだ。恵は毎日パパはいつ帰って来るのと私に聞く。そのうえ学校から帰ると毎日玄関の上がり框《がまち》に座って、太一の帰りを待っている。その姿には私さえ傷付いた心を胸の奥底に沈めれば、丸く収まるのだと思わせる力があった。マルチーズは丸くて黒い瞳を潤ませて、縋《すが》るように太一を見つめていた。その太一は同じように瞳を潤ませて、私の反応を窺っていた。私は目を瞑《つむ》り、まだ痛みのある思いに蓋を被せようと試みた。ゆっくり目を開けると、さっきより不安そうな顔をした太一がいた。私は今回だけは許すと告げた。太一は泣きそうな表情を浮かべて有り難うと言った。夫としても父親としても仕事も頑張ると太一が言ったので、二号店の出店を決めたので、太一には本店の店長をやって貰うと話すと、目を見開き一瞬なにか言いたそうにしたけど、結局はわかったとだけ口にした。少ししてからそれじゃ経理を精いっぱいやるよと宣言したので、私は税理士事務所に依頼したのでそれは不要だと話した。

　ワタナベベーカリーの前を制服姿の中学生たちが歩いている。行列に気付いた三人の女子生徒が、入り口の横に出してある黒板の前で立ち止まった。三人全員が興味津々といった様子で、その黒板をじっと見つめる。

そこには人気パン五種類の焼き上がり予定時間が書いてあった。

中学生たちを見ながら私は口を開いた。「浮気されたわけだから私は女としては否定されたのよ。それは本当に哀しいことだったけど……私のすべてが否定されたんじゃないって思うようにしてみたの。私のパンを心待ちにしている人がいるんだ、お客さんたちからは私は認めて貰ってるんだって、そう言い聞かせてみたの。そうしたら段々そういう気になってきたの。私の一部はちゃんと認めて貰えてるって思えたら、心って全部は壊れないのね」

「なんか展子姉ちゃん、今凄くいいこと言ってるような気がする」

「なによそれ」思わず苦笑いをする。

「そういえばスタッフから、太一さんのことをなんと呼べばいいのかって聞かれるんだけど」

「呼び方？　なんでそんなことを聞いてくるのか全然わからないけど、なんでもいいわよ。太一さんでも店長でも」

「そうなの？　一応有限会社になってるんだよね、うち。で、社長は展子姉ちゃんで、副社長が太一さんなんだよね」

「そう」私は頷いた。

「じゃあ、副社長って呼んでも間違いじゃあないんだよね？」

「間違いではない」

「なんかさ、副社長って呼びにくいって言うスタッフがいてさ。太一さんは本店で働いているけど、経営にはタッチしてない感じだから、肩書きで呼んでもいいものかなって考えるみたいね。あれかな？　太一さんを経営に携わらせないのは浮気をした罰なの？」

「まさか。誰にだって得手不得手があるでしょ。太一は接客は得意なんだけど、きっちりとすることは不得意なのよ。数字の扱いも苦手でね。良く言えば大らかで、悪く言えば大雑把な性格だから。それなのに経理を担当させちゃってたの。不得意なことを毎日させてたわけだから、不満が溜まって、それでよその女にってことだったのかなって。お義母さんから妻の力不足だと言われた時はカチンときたんだけど、まぁ、理由の中にそういうこともあったのかもしれないなって。私も反省したのよ。それで太一に不得手なことはさせないようにしたの。それだけのことよ」

その時、私の視界にパパと恵が入って来た。

手を繋いだ二人は行列に目を向けながら喋っている。

恵が私に気が付いて走り出した。

私はしゃがんで両手を広げて恵を待つ。

恵が勢いよく私の腕にぶつかってきた。

私はしっかりと抱き留め恵の身体を持ち上げる。

パパがゆっくりと近付いてきて私の前で足を止めた。それから店へ視線を移した。

行列はさっきよりも長くなっていて、三十人ぐらいのお客さんが並んでいる。

パパが笑顔で言った。「おめでとう。頑張ったな。二号店をこの目で見る日が来るとは思っていなかったよ」恵の頭に手を置く。「ママは凄いな」

恵がすっと指を伸ばした。

私たちはその指先を辿った。

そこにはワタナベベーカリーの看板があった。


ショックでしたよ。

傷付きましたし。

ええ、そうです。許しました。

私も意外でした。

夫が悪いんですよ。でもそれじゃ、私はまったく悪くないのかって考えたら……毎日たくさんのオーディションに参加させられているじゃないですか。そのすべてに全力を尽くしていたかっていったら、どうだったかなと。妻としてのオーディションに対して、つい手を抜いてしまっていたのかもしれないと、反省したんです。

それでですかね。許したのは。

はい。それまで以上に忙しくなりました。

もう目の回るような忙しさでした。

母としてのオーディションだけは、失敗しないようにと心掛けていたつもりでしたが、落第点を取りがちでしたね。

娘に同じことを聞いてしまって「それ前にも言った」と怒られたりして。

そんな時は本当に申し訳ない気持ちでいっぱいになりました。

そうですね。パンのオーディションも失敗できませんから、毎日必死で作りました。

いつも慌てているような……追われているといった方がいいのかしら。そんな毎日でした。

あれもしなくちゃいけないし、これもしなくちゃいけない。しなくちゃいけないことはたくさんあるのに、気付くと、わっ、もうこんな時間だ、といった具合になっていましたね。

そんな時に思いがけない話が持ち込まれたんです。

9

デパ地下を歩く。

海苔《のり》と佃煮を売っている店にお客さんの姿はなく、店員が所在なげに立っていた。コーナーを左に曲がるとチョコレートの専門店が並んでいる。その前で大勢のお客さんが品定めをしていた。ショーケースにはひと口サイズのチョコレートが、縦横の列が真っ直ぐに揃うよう飾られている。通路を挟んで向かいには洋菓子のショーケースがあった。ショーケースの背後にある柱には、有名なパリ発祥のブランドロゴが飾られている。その右にあるショーケースには、別のブランドの洋菓子が並んでいた。そしてシュークリームが有名な店、ドーナツで人気の店が続く。通路を越えると和菓子のコーナーになった。羊羹が有名な店は特別広いスペースを取っている。その向かいには日本茶の専門店があった。エプロン姿の男性店員が、小さな湯呑みに淹れた茶を試飲させようと、お客さんたちに声を掛けていた。ここ数年話題になっているかりんとうの専門店があり、その隣には商品がゴマ煎餅だけしかないことで知られる店が並んでいる。そしてあられの専門店の隣は階段になっていた。その端に太一がいた。その隣にはこのデパートの担当者、長谷部《はせべ》竜樹《たつき》と下平《しもだいら》亮輔《りようすけ》が立っている。三人でなにか話をしていた。

このフロアに出店しないかと長谷部が言ってきたのは先月だった。数年前に家族旅行で三宅《みやけ》温泉に来た際、ワタナベベーカリーの行列を見かけ、並んで買って食べたそうで、その時からいつか自分が働くデパートに入って欲しいと思っていたと長谷部は語った。取り敢えず現場を見てみたいと私は答え、太一と二人で上京してきたのだった。

私は足を進め三人の前で立ち止まった。それから階段の向こうにあるイートインコーナーへ目を向けた。

そこではどら焼きで有名な老舗《しにせ》の商品を食べられ、一服できるようになっている。その店の通路を挟んで向こう側には、最近人気のサンドイッチ専門店があり、更にその奥にはアンパンで有名な店があった。そして一番奥には、全国で多店舗展開をしているパン屋が営業している。そこは百平米以上ありそうな広さがあった。

出店を打診されているのは、どら焼き店のイートインコーナーの場所だった。年内いっぱいでの退店が決まっているそうで、その後にどうかとの話だった。

私は一番奥のパン屋をじっと見つめる。

夢みたい。違う。夢じゃない。今私は東京のデパートの地下売り場にいる。ここまで来たのね。いつか東京に進出したいと考えたことはあったけれど、ほんのちらっと頭に浮かんだ程度だった。それが実現するかもしれないなんて……頑張って来てよかった。本当に。一生懸命努力しても報われない。そういうもんだと知っている。それでも努力するしかなかったから毎日パンを作った。そうしたらチャンスが巡ってきた。私の努力はちゃんと報われた。あんな有名店と同じフロアで戦うことになるなんて――ちょっと身体が震えている。地元じゃ有名だけれどどこじゃ無名。厳しい戦いになるわよね、やっぱり。でも勝負したい。食べて貰えさえしたら……味じゃ全然負けていないんだから。なんだか全身が熱っぽい気がしているのは、興奮しているからなのかしら。落ち着かなきゃ。大きくジャンプする時は冷静じゃないと。

太一が尋ねた。「どら焼きの店が退店される理由はどういったものなんですか?」

長谷部が笑顔のままで言う。「私が聞いた話では長居をされるお客様が多いそうなんです。居心地がいいんでしょう。イートインの場合回転率が悪いと、商売はなかなか難しくなります。それでも頑張っていらっしゃったんですが、三月のあの震災の後私どもへの客足がぱったりになりました。買い控えの影響を受けまして当館への入店客数が激減したんです。そのためこの地下フロアに出店いただいている、すべてのお店の売り上げが落ちました。ガクンとです。元々辛かったところに予想外の売り上げの減少が重なったために、退店を決断したと、そう伺っています。ただですね、震災から半年経ちまして客足はほぼ戻っています。正直こんないい場所が空くなんて、今後二度とないと思いますよ。階段のすぐ横ですしね。それに上りのエスカレーターの真ん前ですから。下のフロアからいらしたお客様がまず目にするのが、ワタナベーカリーさんということになるんです。いい場所ですよ」

「そうですか？」と太一は疑わしげな声を上げた。「確かにエスカレーターの前ですがフロアの端ですよ。皆さんが利用するのは、中央にあるエスカレーターの方じゃないですか？ そっちは上りと下りがあるし。エレベーターのある場所からもかなり離れてますよね」

長谷部が落ち着いた様子で語る。「この地下フロアにいらしたお客様はまず一周されますから。毎日お越しになっているお客様は別として、ほとんどのお客様は必ず一度ぐるりと歩かれます。それで場所を覚えられてから二周目で買い物をされます。ですから端ではあっても悪い場所ではないと思います」

「そうかなぁ。パンはあっちにまとまってますよね。どら焼き店さんの場所は、和菓子のエリアにあるわけですからね。そこにパン屋が入ったとしても、向こうのパン売り場との間には距離があるじゃないですか。通路がありますからね。お客さんがどれにしようかなと迷う時、ここにあるパン屋は選択肢に入らない気がしますがね。どこにしようかと通路に立って見回した時、ここは背中側になってしまうんですから」

「一周目の時にここにパンがあるというのは、皆さん把握されますから。女性のお客様は一周回った後で、どこになにがあったということを決して忘れません。その記憶力は凄いんです」

「長谷部さんは楽観的なことばっかり言うからなぁ」苦笑いをした。

「新聞広告を出す時も、東京初出店と銘打って大きく扱うようにさせていただきますし、会員向けの情報誌やサイトでの紹介も、きっちりとやらせていただきます。ワタナベベーカリーさんを全面的にバックアップさせていただきます」

「これだもんなぁ」

「社長はいかがでしょう？」長谷部が私を真っ直ぐ見つめてきた。

ゆっくり息を吸ってから私は笑みを浮かべる。「細かい話を聞かせてください。条件や規則やいろんなことの。是非やらせていただきたいとの気持ちはありますが、そちらの条件や金銭的なハードルを、私たちが越えられるのか今の段階ではわかりませんから」

長谷部が言った。「それでは会議室の方へご案内します。そちらでお話をさせてください。どうぞこちらです」

長谷部と下平が歩き出した。

二人の後に続きながら私はちらっと太一へ目を向けた。

太一は心配そうな表情をしていた。

「そこのお蕎麦ね、凄く美味しいの。展子、お蕎麦好きでしょ。食べた時にね、展子にこのお蕎麦を食べて貰いたいなぁって思ったの」と久美が明るい声で言った。

「そんなこと言われると期待しちゃうよ」助手席の私は運転席の久美に尋ねる。「遠いの？」

「ううん。車で十分ぐらい」

前の車のブレーキランプが点灯し、久美もブレーキを踏んだ。

二十メートルほど先の信号が黄色だった。

少し開けた窓の隙間から犬の鳴き声が聞こえてくる。

顔を歩道へ向けると、街路樹の匂いを必死で嗅ぐブルドッグがいた。

その横をウオーキング中の女性が通り過ぎる。

日曜の午前十一時の街はのどかな空気に満ちている。

離婚した久美が暮らし始めたのは、東京の外れの小さな街だった。引っ越してきて十日になる。その十日の間にこの軽自動車でアパートの近辺を探索したそうで、そうして見つけた蕎麦屋に私たちは向かっていた。私は自分が蕎麦を好きなことにずっと気付いていなかった。いつだったか久美に指摘されて初めて、そう言われてみれば蕎麦を注文する機会が多いような気がした。久美はそんなふうに、自分ではよくわかっていない私自身のことを教えてくれる。

私は尋ねる。「ここはどんな街？」

「中途半端な街」

「中途半端なの？」

「そう。都会じゃないでしょ。でも田舎でもないの。大きくもないし、小さくもないしね。ほどほどの人数が住んでいてスーパーやコンビニがあって、小さな病院ならいくつかあるから不便ってほどではないの。でも服を買いたいとか、美味しいものを食べたいと思ったら、ないのよ、そういうお店は。車で二十分ぐらい走らなくちゃいけないの。そういう中途半端な街」

「そうなの。どうしてここにしたの？」

「勘」

「勘なの？」私は聞き返した。

「そう。地図を見てここら辺かなってあたりをつけて、家賃の相場を調べたら予算内におさまりそうだったから、それで」

「なんか久美、明るくなったね」

久美はふふふと笑った。

車内のラジオから、中森明菜が歌う『飾りじゃないのよ涙は』が流れてきた。

「懐かしいー」と揃って声を上げた私たちは、大声で一緒に歌った。

やがて車は一軒の店の前で停まる。

店の隣にある駐車場の入り口がチェーンで塞がれていた。

久美が「嘘でしょ」と慌てたように言って運転席から降りた。

私もドアを開けて車から降りた。店の前に立つ久美の隣に並ぶ。

ドアには『臨時休業』と書かれた紙が貼られていた。

「やだ」とか「ごめん」とか「信じられない」といった言葉が、久美の口から物凄い勢いで出てきた。

「しょうがないよ」私は声を掛ける。「そんなに謝んないでよ。久美が悪いわけじゃないんだから。なにか事情があったんだよ、きっと。店を休むことにするほどのなにかがさ。ここのお蕎麦は、今度遊びに来た時までのお楽しみに取っておけばいいんだし。別の店でいいよ、全然」

「別のお店……でもやっぱりお蕎麦がいいよね？　すっかり気持ちはお蕎麦のつもりになってたでしょ。どこかにあったかなぁ。車で少し行けば大きな街に出るから、お蕎麦屋はあるとは思うんだけれどまだ開拓できてなくて。どうしよう。せっかく展子が来てくれたのに、美味しいお店を案内できなくてごめん」

「だから謝らないでって。勘でいいじゃない。久美が住む場所を勘で選んだように、お蕎麦屋も勘で選んでみれば。それにお蕎麦屋じゃなくてもいいんだよ。気持ち切り替えるから。そういう切り替えできるよ、私」

しばらくの間、腰に手を当て考えるような姿を見せた後で、突然車に向けて指差した。「自分から言うのどうかと思うのだけれど、後部座席に置いてあるのはワタナベベーカリーの袋だよね」

「うん」

「パンが入ってる？」

「うん」私は頷いた。

「それは私に？」

「そう。お土産にと思って丸パンとか食パンとか持って来た」

「有り難う。嬉しい。ね、ワタナベベーカリーのパンを食べようか？」

「これから？」

「そう。あっ。展子は毎日食べてるから嫌？」

「嫌じゃないよ。うちのパンは毎日食べても飽きないから」と言って私は笑った。

久美が選んだ場所は『はたらく女性の支援センター』の七階にある食堂だった。

五十人は着席できそうな室内席の奥にテラス席があった。二十人ほどが座っているテーブルや椅子はアルミ製で、そこに九月の陽があたってキラキラしている。女性を謳《うた》っている施設ではあっても男子禁制ではないようで、ちらほらと男性の姿があった。私たちはテーブルにコンビニで買った飲み物や食材などを広げた。

久美が食パンの上にマヨネーズで×を描いた。その上にハムとチーズを載せる。

私はコンビーフの缶の上部についている鍵のようなものを外し、側面にある爪に引っ掛けた。それから鍵のようなものを回して缶の一部を巻き取っていく。そうやって一周してから缶を開けた。割り箸でほぐし半分ほどを丸パンの間に挟んだ。

「それ美味しそー」と久美が身を捩《よじ》って切なそうに言ったので、思わず私は噴き出してしまう。

「ひと口食べてみる？」コンビーフを挟んだ丸パンを私は差し出した。

久美が大きく口を開けてガブリと齧る。「美味しい、これ。誰が発明したの？　丸パンにコンビーフって」

「ずっと前にお客さんが言ったの。うちは丸パンにコンビーフを挟んで食べるのが好きなのよって。皆それぞれ好きなものを挟んでると思うんだけれど、コンビーフっていうのは初めて聞いたから試してみたの。それから時々うちでも食べるようになった」

「凄く美味しい。私は丸パンにはいっつもジャムだったの。頭を柔軟にしてもっと色々挑戦してみないとダメね。丸パンの可能性を広げてこなかったわ、私。反省しちゃう。とにかく試してみることよね、丸パンも、それ以外のことも」

「やっぱり明るくなったね、久美。凄く前向きな感じだし。離婚は久美にとっては良かったんだね」

「私もそう思う」

「なにかきっかけでもあったの？　浮気されたとか」

久美が首を捻る。「あの人浮気してたのかな？　わからない。もししてたとしても私にはわからないようにだったから、別にいいの、それは」アイスコーヒーのペットボトルに口を付けた。「震災の時にね、私は東京にいたの。ホテルでパーティーがあって、あの人の代わりに出席してたの。凄く揺れて……怖くて腰が抜けちゃった。東京の方は結構揺れたのよ。なかなか揺れが治まらなかった時、あー、こんな終わり方は嫌だって思ったの。私はまだなにもしてないのにこれで死ぬのは嫌だって。揺れがようやく治まってもまだ心臓はドキドキしてた。パーティーはお開きになってね、でも電車は動いていないし、タクシーを摑まえられたとしても大渋滞で身動きが取れなくなるというしで困っていたら、ホテルの人がそのまま会場にいてもいいと言ってくれたの。それでそこで一晩過ごすことにしたの。携帯は繫がらないし心細かったのよ。余震が続いていたし。ホテルのスタッフがブランケットを貸してくれたり、スープを出してくれたりしてね、よくしてくれたの。だから被災したのがそこで私は運が良かったんだと思うの。翌日になって電車が動いていると聞いて、自宅に向かったのね。その車内で携帯が繫がって彼の声を聞いた時、あぁ、この人じゃないってわかってしまったの。今日が私の最後の日だったとして、側にいて欲しいのはこの人じゃなかったと気付いてしまって、ショックだった」

「黒瀬さんにはなんて言ったの？」

「本当のことは言えなかった。疲れたのでもう私を自由にして欲しいと頼んだの」

「驚いたんじゃない？」

「そうみたい。そんなに辛いのなら、自分の政治活動には携わらせないと言ったの。結婚前と同じこと。結局破る癖に同じ約束を口にしてた。それでね、お義母さんに会いに行ったの。別れたいので彼を説得してくださいって頼んだの。お義母さんなら喜んで私たちを離婚させようとするとわかっていたから。お義母さんは子どもを産めない古女房より、子どもを産める若い人と再婚した方がいいと彼を諭したの。お蔭ですんなり離婚できたから、初めてお義母さんに感謝しちゃった。本当は子どもは欲しかったのよ。母親になってみたかったの。でも迷ってるうちにタイムオーバーになっちゃった。もし子どもがいたら離婚してなかったかも」

それは……そうかもしれない。太一の浮気が発覚した時に離婚しなかったのは、恵の存在が大きかったもの。三年前、自分でもびっくりだったが私は太一の浮気を許した。元に戻れると思ってた。でも違った。元には戻れなかった。それまでとはひと味違う関係になった。浮気されたせいなのか、年齢のせいなのか、一緒に仕事をしているせいなのかはわからない。私の中の太一の存在がぐっと縮んだ。それに信用できなくなった。太一は自分のために平気で嘘を吐き続けられる人だとわかったから。信用していないから太一の意見はするっと聞き流す。どうせ大した意見じゃないんだし。太一に腹を立てたり、がっかりしたりしていたのは昔の話。最後の日に私が側にいて欲しいのは誰だろう。恵には絶対側にいて欲しい。あとパパにも。太一は？　どうだろう。

右方向からガタガタと椅子を引く音が聞こえて来た。女性の三人組が椅子から立ち上がっていた。

私は尋ねる。「これからどうするの？」

「どうしよっか」小さく笑った。「彼がね、そこそこまとまったお金をくれたの。お義母さんには内緒で。そのお金があるうちに働き先を決めたいわね」

「前も言ったけれどうちで働く気はないの？」

「有り難う、声を掛けてくれて。お金に困ったらその時はお願いするかもしれない。でもしばらくの間は生活できるお金はあるから、その間に挑戦してみたいの」

「挑戦？」

「そう。雇って貰えるかどうかはわからないけれど」久美がテーブルのペットボトルを両手で摑み、その場で少しだけ回すように動かした。「ラジオ番組に関わる仕事に就きたいと思って」

「そっか。昔っからラジオを聞くの好きだったもんね。そういう会社にいたし。夢が叶うといいね」

「うん。もう四十歳だから厳しいとは思うけれど、後悔しないように」

「まだ四十歳。そう思おうよ」

「そうだね」

久美は笑顔のままでしっかり頷いた。


ストックルームのドアを開けて灯りを点けた。床に落ちている粉が目に入った途端私は顔を顰めた。それから棚まで進む。

厨房の隣にあるストックルームには、小麦粉や塩、砂糖など常温で保存できるものが置かれている。納品された袋のままのものもあるし、半透明の容器に入れられた状態のものもあった。その容器のいくつかは、蓋の端が少し浮いていてちゃんと閉まっていない。

どうして何度言ってもできないのだろう。

私はドアから顔を出し大きな声で藤本真宏《ふじもとまさひろ》の名を呼んだ。

厨房の奥からやって来た藤本に私は言った。「これ見てどう思うの？」

「あっ。汚い、ですよね？」

「汚いわよ。何度も同じこと言わせないで。丁寧にきちんと仕事をしていたら、床にこんなに粉は落ちないはずよ。もし落ちたならすぐに片付けなさい。それから容器の蓋。ほら、これも、これも、開いてるじゃない。蓋をきちんと閉めることがそんなに大変？　密閉させておかなかったら品質が落ちるのよ。だから蓋をする必要があるの。高いお金を払っていい材料を仕入れているっていうのに、台無しにしないでくれる？」

「あっ。すみません」

「粉の置く位置が変わってるけれどどうして？」

「あっ。変わってますか？」藤本が首を捻る。「変わってますか……どうしてか……」

「納品されたら、空いているところにテキトーに入れてるからでしょ。先入れ先出しできてないわよね、これじゃ。何度同じことを言ったらちゃんとできるようになるのよ。この容器だってなにも書いてないじゃない。中にはなにが入ってるの？　こっちに移し替えたら中身を書いておかなきゃ、間違って使う可能性があるじゃないの。忙しいからとか、面倒だからと後回しにしているから、こんなことになるのよ。却って非効率なの。一つひとつの仕事をきっちりやりなさい」

「あっ。すみません」

「なんでいっつもあって驚くのよ。驚かせるようなこと一つも言ってないじゃない。毎度毎度当たり前のことを言ってるだけでしょ。さっさとここを片付けてちょうだい」

私はストックルームを出て事務室のドアを開ける。

背中を向けて座っていた男性が立ち上がった。振り返り「お邪魔しております」と言って頭を下げた。

小麦粉の卸会社の大島誠司《おおしませいじ》だった。現在三十五歳の大島がワタナベベーカリーの営業担当になって三年ほどになる。東口店のオープン直前に前任者から大島に担当が代わった。前任者はパパの代の頃からずっと担当だった人で、百八十センチ以上の身長と、百三十キロ以上はありそうな体格の持ち主だった。その巨体を遠慮するかのように丸めて、狭い事務室の小さな椅子に腰掛けた。成形がよくなく店に出せないパンを勧めると「有り難い有り難い」と言って幸せそうな顔で食べた。食べ歩きが趣味だそうで、よくよそで買ったものを手土産にくれた。それはいつもちゃんと美味しかった。その彼は定年になり、新担当者となった大島は中肉中背で、別れて五分後には忘れてしまいそうな、平凡な顔をしている。そして前任者のような無駄話をすることはなかった。

私はデスクに着き「お待たせ」と声を掛ける。

「いえ。お忙しいところお時間を頂戴しまして有り難うございます」鞄から書類を取り出した。

「ご依頼のありました納品価格の見直しに関しまして、弊社からの回答をこちらにまとめて参りました」

受け取った書類の中の数字を確認する。「これじゃ全然安くなってないじゃない」

「いえ、これまでよりは価格を下げさせていただいています。ご希望の額ではないでしょうが、うちとしましては精いっぱいの数字なんです。ワタナベベーカリーさんには長いお付き合いをいただいていますし、お取り引きいただいている量も年々増えていますので、ご要望になんとかお応えしたいと、メーカーさんに交渉もして頑張りましたがこれが限界です」

私は無言で電卓を叩く。

「あの」大島が質問してきた。「前回お渡しした小麦粉のサンプルはいかがでしたか?」

顔を上げて大島を見つめる。「あれねぇ。作ってはみたわよ。思っていたよりは酷くはなかったけれど、あれを使うっていうのはちょっとねぇ」

小麦粉と上手く付き合えたら旨いパンができるとパパは言った。それは十年前にパパからパン作りを習っていた時だった。業務用の小麦粉の種類はたくさんあり、どれを選びどう配合するかでその店の味が決まる。パパが使っていたのは四種類で、それらの配合を変えることで、様々なタイプのパンを生み出していた。その粉はどれも高価格のものだった。小麦粉の袋を優しく撫でながら「これは粗蛋白《そたんぱく》量が多くて釜伸びがいいんだよ。弾力がつくいい粉だ」とまるで子どもを自慢するかのように語った。更に「これは少し混ぜるとふわふわが長続きするし、あまりやんちゃをしない粉でね、気温や湿度の変化も少しぐらいなら、受け止めてくれる懐の深さがあるんだよ」と言ったパパに、「この四種類は昔からなの?」と私は聞いた。すると「パパの代からだ」と答えた。小麦粉はメーカーで廃番になることもあるし新商品も出てくるので、常に試行錯誤して、自分が作りたいパンに向いている粉を見つけていく必要があるとパパは語った。そうしてやっと辿り着いた四種類の小麦粉と配合のお蔭で、店の売り上げは安定するようになったんだよと続けた。メーカーで新商品が出る度に色々研究しているが、今のところこれを超えるものはないなと言ったパパは、少し誇らしげだった。そんなパパの姿を見たのは初めてだった。今思えばパパと厨房に立っていた間が、パパに一番近付いていた気がする。それまでもパパの優しさは知っていたが、一緒に働いてみてその真面目さや根気強さや、ひたむきさに気付かされた。パパを尊敬する気持ちになった。そしてパパに教わりながらパンを作っていた時、私は安心していた。パパの言う通りにしていればいいとわかっていたから。

大島がデスクに小袋を三つ並べた。

「今日はまた違う小麦粉のサンプルをお持ちしました」と大島が言った。「これはそれぞれの価格表です。どれも、ワタナベベーカリーさんが希望されている価格内のものです。ご検討ください」

大島は言いたいことだけ言うとさっさと帰って行った。入れ替わるように綾子が事務室に入って来て、自分のデスクに着いた。

私は上半身を少し左に捻ってパソコン画面に向いた。原価計算表に大島が持って来た価格を打ち込んでみる。

この程度の利益しか出ないのか——。デパートへ出店した場合、テナント代の他に運搬費や人件費が大きくなって、利益が圧迫されてしまうから材料費を絞りたかったのだが。これまでの倍の量の注文を出すと言えば、そこそこの額のディスカウントをしてくれるのではと考えていたのだが、大島が持って来た数字は全くの期待外れだった。

綾子が声を上げる。「藤本君、落ち込んでたよ」

「なに？」

「藤本君。ストックルームを掃除してたから声を掛けたら、自分全然仕事できなくって本当にすみませんって言ってた。展子姉ちゃん、藤本君を叱ったんでしょ」

「注意をしたの」

「太一さんに言って藤本君を飲みに連れて行って貰う？」綾子が提案してきた。

「なんでよ」

「なんでって……落ち込んでたから。藤本君は結構心の弱い子だから、太一さんにフォローして貰ったらと思って」

「放っておけばいいわよ」

「そう？」

「どうして仕事ができないスタッフに注意をしたら、副社長が飲みに連れて行かなきゃいけないのよ。何度言ってもできないんだから、あの子。落ち込んでる暇があったら、手と足を動かして欲しいもんだわ。放っておきなさい」

「……わかった」

冗談じゃないわよ。なんで出来の悪いスタッフに、こっちが気を遣わなきゃいけないのよ。

別に私は注意をしたいわけじゃない。注意せずに済むなら、それが一番いい。でも使えないんだもの。頭が悪いんだもの。なんでこんなこともできないのよって思うから、厳しい口調にだってなるわよ。当然よ。注意されるような仕事しかしてない癖に、注意されたら落ち込むって、なんなのよ、それ。自分に甘過ぎ。

綾子が回転椅子をくるりと回すと、座ったままにじり寄って来た。「見てこれ。拓哉と私が働いてるヨガスタジオのポスターなの。所長から頼まれちゃってさ、生徒募集のポスターを店の窓に貼ってもいい？」

「止めてよ、そういうの」

「ダメ？」

「ダメに決まってるじゃない。この街のお祭りのポスターだって、うちは貼ってないでしょ。全部断ってるの。そういうのを一枚許可すると、だったらこれもって、大勢の人がいろんなポスターを持って来ちゃうのよ。商売とは全く関係ないポスターがベタベタ貼ってある商店が、ここらには多いけれどね、私は嫌なのよ、そういうの」

「………」

「うちの商売に関する情報だったらいいわよ。何時に食パンが焼けるとか、次の休みの日とかね。それ以外はすべてお断り。こだわりの内装にしているのに、一枚のポスターで台無しにされたくないから」

「わかった。わかりました」

綾子はポスターをくるくると巻くと、回転椅子を滑らせて自分のデスクに戻った。

私はパソコン画面に目を戻した。それから背後の棚に手を伸ばし二つのタッパーを取り出した。上のタッパーの蓋を開け丸パンを一つ摑み、ティッシュペーパーの上に載せる。それからその左にもう一枚ティッシュペーパーを置いて、そこに下のタッパーに入っていた丸パンを載せた。並んだ丸パンの右のを齧る。

それは昨日試作したもので、大島が前回置いていったサンプルの小麦粉で作った。焼き立ての味だけでなく冷めてからの味を確かめるつもりで、事務室に置いておいたものだった。

これはダメだわ。こんなにパサパサになるとは思っていなかった。焼き立てを食べた時にはこれほど酷くはなかったのに。

左の丸パンに手を伸ばした。ひと口食べる。

それは右のとは違って、サンプルの小麦粉を半分だけ使ったものだった。丸パンには二種類の小麦粉を使っている。その配合した粉と同量のサンプルの小麦粉を合わせて、焼いた試作品だった。

これは……まぁまぁだわ。焼き立ての時は若干味が薄いような感じがしたが、一日経っても味は急落していないので、合格点をクリアしているんじゃない？　しっとり感も残っているから、口当たりもこれまでの丸パンとほとんど同じ。ただ風味が少し弱い。食べている時に鼻を抜けていく香りが控えめなため、物足りなさを感じる。でもそれはサンプルの小麦粉の割合をもう少し減らすことで、解決できるんじゃないだろうか。丸パンはワタナベベーカリーで一番人気の品だ。販売個数が多いので、原材料費を安く抑えられれば利益額が大きくなる。レシピの改良をやってみるべきね。

私はペットボトルの緑茶を摑んだ。緑茶で口の中をさっぱりさせてから、もう一度丸パンを齧った。そしてゆっくりと咀嚼をしながら味を確かめた。

恵が「お帰り」と言い、その隣の華子も「お帰り」と続けた。

私は二人に「なにしてるの?」と聞いた。

華子が「宿題よ」と答え、「ね?」と恵に顔を向ける。

すると恵は自慢げな様子で頷き「宿題」と繰り返した。

「偉いのね」と私は恵に声を掛けてから、ダイニングルームを出る。

昨日突然華子が里帰りしてきた。そして昨夜は公孝さんと別れると息巻いていた。

私は寝室で部屋着に着替えるとダイニングルームに戻った。

キャビネットの上の郵便物に手を伸ばす。自分宛の物と新聞を摑んでリビングに進み、ソファに腰掛けた。

華子は隣の恵の手元を覗き込むようにしている。

華子は恵をとても可愛がっていて、綾子の息子、宙《そら》も同じように可愛がっていた。そしてその二人から懐かれてもいた。それはなにかというと二人に物を買ってやるせいでもあると思われた。華子と公孝さんの間に子どもはいない。

封筒の端を鋏で切りながら私は声を掛ける。「公孝さんから連絡はあったの？」

「知らない。携帯切ってるから」と華子が答えた。

私は確認をする。「華子がここにいることは知ってるの？」

「さぁ」華子が素っ気なく言った。

「華子の携帯に繋がらなかったら、普通ここに電話してくるよね。華子はそっちに行ってますかって」

「さぁね」

「パパが電話を受けたのかな？」

「知らない」

「居場所がわからなかったら心配するでしょうよ。喧嘩中ではあっても、ここにいるってことは、知らせておいた方がいいんじゃないの？」

「いいのよ。捜してなんかいないと思うし、もし心配してるなら……心配させておけばいいのよ。離婚するつもりだから、私」華子が少し胸を反らした。

「原因はなに？」

「……それは……色々よ。色々あるのよ」口籠もった。

「もしかして公孝さんのお母さんのこと？」

瞳を曇らせる。「だから色々なの」

華子は鉛筆を握ると恵のノートの一ヵ所を指した。そして教え始めた。

やっぱり公孝さんの母親、昭恵《あきえ》さんが喧嘩の原因なんじゃないだろうか。他には考えられない。

華子はずっと公孝さんにべったりだった。彼がこう言った、彼がああ言ったと、華子の話には頻繁に公孝さんが登場する。華子にとっては公孝さんがどう思い考えているかが、とても大事なようだった。二人は一心同体で繋がっているように見えたし、喧嘩をした話もこれまで一度も聞いたことがなかった。二人にトラブルの芽があるとしたら昭恵さんがらみと思える。今昭恵さんは周囲の人間を心配させているからだ。東日本大震災の後で昭恵さんは新興宗教に嵌《はま》ってしまった。その宗教団体に寄付するために借金をしていたことが発覚し、公孝さんと華子は昭恵さんの目を覚まそうとしているが、未だに成功していない。

その昭恵さんが突然店にやって来たのは先週だった。首から大きなペンダントを下げていて、そこには宗教団体のロゴマークが彫り込まれていた。それまでに会ったのは三、四度。はきはきと話す口調とやや吊り目のせいなのか、芯が強そうでキツそうな印象があった。それが先週現れた時にはすっかり面変わりしていた。とても穏やかな顔で近くまで来たので寄ってみたと言う昭恵さんを、私は二軒隣の喫茶店に案内した。昭恵さんは東口店を素敵だとかお洒落だとか言って褒めた。そして昭恵さんは「展子さんはご立派だ」と何度も言った。私は掛ける言葉を探したがなにも浮かばなくて、コーヒーカップとペンダントヘッドを、代わる代わる見つめるだけだった。気詰まりな時間が流れた。しばらくして昭恵さんがぽつりと「死ぬの怖いわよね」と言った。「私はとっても怖いの」と昭恵さんはテーブルに手を置いて、少し前のめりになった。それから昭恵さんは語り出した。「震災の時、私は死を覚悟したの。とっても怖かったわ。運よく私は死ななかったんだけれど、その時に悟ったのよ。死ぬ時は一人なんだって。そうしたらはっきりと孤独を感じたの。家族が側にいても、死ぬ時は一人で旅立つわけでしょ。震災の後やたらと絆《きずな》という言葉が溢れたわね。でも私はなんだか違和感があったの。結局一人で死んでいくのに、どうして繋がっていなくちゃいけないのだろうって。生きている間はせめて誰かと繋がっていたいという思いなのかしら。私は生きている間のことより、死んだ後のことを知りたいの。死んだ後どうなるかがわかって、それが幸せな世界なら死ぬのが怖くなくなるでしょ。それで色々と勉強してるだけなのよ。息子たちには理解して貰えないんだけれどね」と。昭恵さんは少し寂しそうな顔をした。そして「展子さんは孤独を感じる時はない？」と気軽な調子で尋ねて来た。私はないとは答えられなくて俯いた。私は幼い頃からずっと孤独を抱えていた。それでも毎日を遣り過ごしていたが、時々独りぼっちだということに気付かないふりができなくなって、そんな時には途方に暮れた。私の周りにはいつだって家族や友人やスタッフがいるのに。孤独を感じるタイミングが昔と今では違っている。昔は正しいことを言っているのに受け入れられなかった時だった。今は決断をする時に一人だと感じる。それからスタッフに注意をする時も相談を受ける時も、自分の判断は正しいのだろうかとの不安があった。でもそうした不安を気取られないよう、自信満々といった体でいる。デパートへの出店をやるべきだと太一に主張している最中であっても、心の中では本当にそうなのか自信がなかった。でも成功は間違いないのだと思っているように装っている。そんなふうに不安を隠している時に独りぼっちだと思う。それに……私にはわからない話で、恵と太一とパパが盛り上がっている時、仲間外れになった気分になる。昭恵さんからの質問に私は答えられず黙っていた。それを昭恵さんは気にしてはいないようで、落ち着いた様子でコーヒーを飲んでいた。

私は壁の時計に目を向けた。それから恵たちに視線を戻した。

恵は鉛筆を動かしていて、その足はブラブラと揺れていた。

週に四回は登場するジーンズと、お気に入りの緑色の靴下を履いている。

小学校に上がってから恵はスカートをはかなくなった。どうしてと聞いても「嫌い」の一点張りで、その理由はわからない。エレベーターも嫌いと言って乗らない。成長するにつれて好き嫌いがはっきりしてきた。

私のことはどうだろう。嫌いになっていないだろうか。

私はリモコンを摑みテレビのスイッチを入れた。チャンネルを変えると、恵の好きなアニメのオープニング曲が流れて来た。私は立ち上がり「恵、スーパーヒューが始まるよ」と声を掛けた。

恵は手を止めて私をじっと見つめてくる。

私は手をおいでおいでと動かして誘った。

恵がガタガタと音をさせて椅子を後ろに引き、するりと下りた。そして走り寄って来た。

私は左手を腰にあて右手を真っ直ぐ高く上げて、アニメのヒロインと同じポーズをとる。

すると恵も同じように隣でポーズをとった。

曲に合わせて二人で踊る。

フリは二週間ほど前に恵から教わった。その時はなかなか覚えられなくて、仕舞いには恵に怒られてしまった。それでこっそり何度も映像を見て踊りを練習したのだ。

「ちょっと」華子が呆れたような声を上げた。「恵ちゃんは勉強中なのよ。それなのにアニメを見ようと誘って、勉強を中断させる母親なんて、いる？　普通じゃないわよ」

私は華子の言葉を無視して左方向へ三歩進む。次に右方向へ三歩。その場でゆっくり回ってから右の膝を床に付けて片膝を立てる。そして胸の前で腕をクロス。そこから一気に跳び上がって両腕を前に伸ばした。

恵が楽しそうな顔で歌う。

私たちは右足を前に一歩出してからお尻を左に捻った。次に左足で一歩進みお尻を右に捻る。そして最後の決めポーズ、左足を横に伸ばして踵を床に付けて、右の拳を頭の横に当てた。

恵が笑い声を上げて私に抱き付いてきた。

私はソファに腰掛け膝の上に恵を乗せる。それから恵の髪を撫でて乱れを直した。

ダイニングから華子の大きなため息が聞こえて来た。

綾子が国見《くにみ》朋一郎《ともいちろう》の前にペットボトルと紙コップを置いた。

国見が綾子に向けて左手を少し上げて「有り難う」と言った。

国見はグレーのスーツにマスタードイエロー色のネクタイをしている。

温泉旅館の三代目で年は私より十ぐらい上のはずだ。

国見が言う。「観光協会自体も改革していかなくちゃいけないわけよ。名誉職的な意味合いが強過ぎて、これまでの協会の役員たちというのは、どうも動きが宜しくなかったからね。順繰りに役員になんていうのだってさ、おかしな話だからさ。今回ようやく会員による選挙で、役員を選ぶことになったんだ」

私は国見の背後にある時計にちらっと目を向けてから「そうなんですか」と相槌を打った。

「忙しいだろうから早速本題に入らせて貰うがね、観光協会の役員選挙にさ、立候補してくれないか？」国見が尋ねてきた。「票集めなら俺がしっかりやるから絶対当選させるよ」

「そういうお話なら副社長に直接依頼してください」と私は答えた。

「副社長に直接？　いやいや、どうやら勘違いしてるね。立候補して欲しいのは展子さん」

「はい？　なに冗談言ってるんですか」

「全然冗談じゃないよ。本気だよ」

「そういう会合にはいつも副社長が出席してましたから……そもそも協会がなにをしているのかも、わかってないぐらいなんですよ、私は」

「いや、だからさ」と言いながら、国見はペットボトルのキャップを捻った。

それから国見は街が衰退していると話し、街に来る観光客数の過去と現在を並べて、その減少ぶりを嘆いた。更に観光協会が主体となってこれまでやってきたイベントや誘致活動についても語り、どれも成果を上げていないと悔しそうな顔をした。

国見が口を閉じたので私は言う。「協会が色々とやっているというのはわかりましたが、そこで私が役員になるべき理由がわかりません。私が役員になったとしてもなにかできるとは思えません」

「いや、展子さんならできるよ。なんたってこの街で商売を成功させてるんだから。展子さんの発想力と行動力が欲しいんだよ。このままじゃこの街は終わってしまう。これ以上廃業者を出したくないんだよ。この街を救って欲しいんだ。展子さんがやり易いように、役員の半分は若手がなれるよう、他の立候補者たちの調整をしてるんだ。まぁ、若手ったって五十代なんだがね。七十代以上の重鎮たちの中に、展子さん一人を放り込むって話じゃないんだよ。そこは安心して欲しい」国見が真剣な表情で私を見つめてきた。

「私にはできませんよ」私は重ねて断る。

「できるって」国見が強い口調で言う。「自信持ってよ」

「自信とかそういうことじゃないんです。興味がないんです」

「えっ」

「街のそうした活動に興味がありません。だからお断りしているんです」

たちまち国見が気色ばんだ。

どうして私がむっとした顔をされなくちゃいけないの？　街のことになんて興味ないんだも

の。どうして私がこの街を救わなくちゃいけないの？　それぞれが努力すればいいだけの話。努力もしないでおいて、来てくれー来てくれーと大騒ぎしたって、誰の耳にも届かないのは当たり前。

綾子が「姉が言いたかったのは」と口を挟んできた。「現状は自分の店で手いっぱいで、他のことにまで目を向けられないと、そういう意味です。ですがせっかくそこまで期待してくださっている訳ですから、まずはじっくり検討するということでどうですか？　姉には少し考える時間が必要だと思うので」

「まぁ、そういうことなら」国見の顔から怒りの気配が少し抜けた。

「でも」と私は口を開きかけたのだが、綾子が「今日はここまでで」と言って強い視線を向けてきたので、反論を抑えた。

それから国見は帰って行った。

午後二時になっていた。

国見が座っていた椅子に綾子が腰掛ける。「もっと衝突しないやり方を選んだら？」

「なに？」

「今のよ。興味がないなんて言ったら失礼じゃない。この街をなんとかしたいと思って活動してる人に向かって、そんな言い方したら衝突しちゃうでしょ。この街の人と衝突してなにかいいことある？　もっと上手に渡っていったら？」

「衝突しても構わないわよ。それじゃ、なんて言えばよかったの？」

「しばらく考えさせてくださいでいいんじゃない？　すぐに断るのは失礼よ。じっくり検討したと思わせるぐらいの時間を置いてから、私には荷が重過ぎますのでって断ったらいいのよ」

「返事を保留にしている時間が勿体ないじゃない。他の人を探す時間が減ってしまうもの。どうせ断るなら他の人を探せる時間をもてるよう、早く返事をする方が親切でしょ？」

「そういう考え方もあるけどね」綾子が頷いた。「でもその親切は相手には伝わりにくい。返事を一旦保留にすることが、相手への礼儀になる時があるの、わかっておいた方がいい。展子姉ちゃんの考え方からすると、それは時間を無駄にさせることなんだろうけど、人の感情って、無駄とか効率とかとは別の次元にあるものだから」

「…………」

「危なっかしくって最近の展子姉ちゃんを見てらんないよ。展子姉ちゃんは多分、ずっと先の方を見てるんだと思う。経営者だからね、そういうの大事なんだと思う。でも今目の前にいる人のこともちゃんと見て。テキトーに扱ったりしないで。こういうこと、もう誰も展子姉ちゃんに言わないだろうから、私から言っておく」

テキトーに扱ったりはしていない。忙しくてくだらない話に時間を取られるのが面倒でも、精いっぱい対応している。何故綾子から責められているのかわからない。

綾子が立ち上がった。そして国見が残したペットボトルと紙コップを手に、部屋を出て行った。

「運転手さん」私は話し掛けた。「娘の発表会に遅刻しそうなの。急いでください」

運転手は「はい」と答えたが、タクシーは赤信号で停まってしまう。

四月一日からワタナベベーカリーの三号店が、東京のデパートの地下一階でオープンした。オープンの二ヵ月ほど前から、私はしばしば東京へ行くようになり、それまで以上に忙しくなった。そして開店しておよそ一ヵ月。今日もどうしても外せない打ち合わせが入ってしまい、始発電車で東京に向かった。仕事を済ませてとんぼ返りしてきたが、駅に着いたのは午後一時で、すでに発表会がスタートしている時間だった。恵の演奏順は五番目で、それにはなんとか間に合いたいと焦っていた。

タクシーがやっとホールの車寄せに入った時、私は腕時計に目を落とした。お札を渡し「お釣りはいらないわ」と言って車を降りた。握り締めていたチケットを受付に差し出して、急いで中に入る。太一からメールで知らせて貰っていた番号の扉を、力を入れて引き開けた。すぐに舞台へと目を向けた。中学生ぐらいの男の子がバイオリンを弾いているのを確認してから、階段を下りる。太一を見つけてその隣に座った。

太一が小声で「間に合ったね。恵は次だ」と言った。

「よかった」と私は呟いて、太一の向こう側に座っているパパに向けて頷いた。

舞台では男の子が一生懸命バイオリンを弾いている。その背後にはグランドピアノが一台置いてあるが、そこはやや暗くなっていて、スポットライトは男の子にだけ当てられている。

男の子が手を止めた。そしてすぐにペコリと頭を下げる。

客席から大きな拍手が起こった。

女性の声で「高橋和希《たかはしかずき》君の演奏でした」とアナウンスがあった。

和希君が軽い足取りで進み左の袖に消える。

そして女性が「次は伊藤恵ちゃんの演奏です。ヴィエニャフスキの『華麗なるポロネーズ』を演奏します」と告げるのと同時に恵が左の袖から登場してきた。

恵は緊張した顔をしている。

胸元にレースがたっぷり付いている白いブラウスと、黒いパンツをはいていた。

その服を一緒に買いに行った時、私はプリンセスのようなワンピースを勧めたのだが、恵は嫌だと言った。学校だけでなく、発表会のような場でもスカートをはきたくないと主張し、随分と説得したのだが頑として受け入れて貰えず、結局私は折れたのだった。

恵がバイオリンを肩と顎の間に挟み弓を構えた。

同時に太一が自分の胸の前で両手を組み、祈るような声で「頑張れっ」と呟いた。

恵が弦に弓を当てる。

強くて張りのある音が聞こえて来た。

近所迷惑になるので、自宅での練習は午前九時から午後七時までと恵には言いつけてあった。パパと太一の話では、恵はその言いつけを守り、許された時間の中で毎日練習をしていたという。どんどん上達しているとパパと太一は目を細めていた。

時々音が濁って聞こえるのは、技術が未熟だからなのかしら。それとも緊張しているのか

――。恵、落ち着いて。

突然恵が手を止めた。

「えっ」太一が驚きの声を上げた。

場内は静まり返る。

恵は固まったまま。

失敗したの？　だとしても誰もわからなかったわよ。だから弾きなさい。それとも忘れちゃった？　もう一回最初っから弾いてみたら思い出せるかもよ。それが嫌なら、そこは飛ばして思い出せるところから弾いたらどう？　私は恵に心の中で語り掛ける。

永遠にも思える時間が過ぎた。

急に恵が顎を少し上げた。そしてバイオリンを挟んでいる位置を、調整し直すような動きをした。弓を高く上げる。その弓を弦に当てた。

再びバイオリンの音が聞こえて来た。

すぐに太一が息を吐き出す音も耳に入って来た。

恵は中断した少し前のところから弾き始めている。

私は耳を澄ます。

中断する前よりテンポが上がっていて、上手くいっているように思えた。さっきの躓《つまず》きで緊張が解《ほぐ》れたせいかしら。

恵、いい感じよ。大丈夫、恵ならできるわ。

恵の身体が少し弓なりになった。そうしてバイオリンと呼吸を合わせるように一拍置いてから、弓の根元近くを弦に当てた。

さぁ、頑張って。

鋭い音が耳に真っ直ぐ飛び込んできた。

恵が弓を小刻みに動かす。弦を押さえる左の指も猛スピードで動かし、指板《しばん》の上を何度も往復させた。恵の顔はどんどん険しくなっていく。程なくして突然恵が手を止めた。そしてそのまま固まった。

再び場内は静まり返った。

しっかり。もう一回遣り直したら？　難しい場所なのよね。そうなんでしょ？　さっきみたいに遣り直せばいいわ。さぁ、もう一回。

恵がゆっくり右手を下ろす。そうしてしばらくじっとしていた後で、バイオリンを肩と顎の間から離し左手も下ろした。怒ったような顔で自分の足元を見つめる。それから突然歩き出した。左の袖へと進み始める。

そして恵の姿は袖に消えた。途端に客席がざわつく。

「どういうこと？」と私は太一に尋ねた。

「わからん」

私は立ち上がった。小走りで最前列まで行くと左の扉を目指した。押し開けて客席を出る。関係者以外立入禁止と書かれた紙が貼ってある扉を開けた。私は恵を探す。

袖奥には十人ほどの子どもたちがいて、四、五人の大人の姿もあった。その中の黒いスーツ姿の女性の背中が、高岡里緒《たかおかりお》に似ていた。

高岡は恵がバイオリンを習っている先生だ。

私がその女性を回り込み掛けた時、その前に恵がいるのを見つけた。

「恵」私は声を掛ける。

すると私の隣で高岡が言った。「お母さんにいらしていただいてよかったです。今恵ちゃんに途中で止めてしまった理由を聞いていたんですが、お話をしてくれなくて。すでに次の番の生徒さんに演奏して貰っていますが、もしもう一度恵ちゃんが挑戦したければ、これから予定している演奏の順番の間に、割り込ませることはできます。恵ちゃんがそうしたければ、ですが。どうするか恵ちゃんとお話をしてみてください」

「……………」

「わかりました」私は高岡と入れ替わって恵の前に立った。「どうしたの？」

私は恵の顔を覗き込む。「どうして演奏を途中で止めてしまったの？」

「……………」

「失敗しちゃったの？」

「……………」

「もし失敗したのならもう一度頑張ればいいのよ。高岡先生もああ言ってくれてることだし、もう一回演奏させていただいたら？」

「…………」

「どうして黙ってるの？　恵はどうしたい？　もう一回演奏したい？　それとももう演奏したくない？　どっち？」私は努めて穏やかな声で尋ねる。

「…………」

「恵は毎日一生懸命バイオリンの練習をしてきたのよね。そうやっていっぱい練習しても、本番で失敗してしまうことはあるわよ。間違えたり、忘れちゃったり。そういうものよ。緊張してるし、焦っちゃったりするし。失敗してもいいの。全然構わない。ただね、途中で諦めてしまうのだけはダメ。最後まで演奏して頂戴。上手くいかなかったから途中で放り出す、そんな人になって欲しくない。最後まで全力でやり抜いて欲しいの。最後までやり遂げられない人は、幸せの神様にそっぽを向かれてしまうのよ」

むすっとした顔で口を開いた。「帰る」

「帰るって……家に帰るってこと？　演奏しないの？」

「帰る。荷物取って来る」と言って恵が歩き出した。

「恵」背後から太一の声がした。

振り返ると、太一とパパが少し離れたところに並んで立っていた。

二人とも心配そうな表情を浮かべている。

太一が足早に近付いて来た。

私の隣まで来ると恵に声を掛ける。「帰るのか？」

恵が私たちに背中を向けたままこっくりと頷いた。

太一は「それじゃ、ここで待ってるから荷物を持ってきなさい」と恵に声を掛けた後で、私に対しては「恵はもうやりたくないんだからいいじゃないか、無理矢理やらせなくても」と言った。

私は驚いて「なんでも途中で諦めてしまうような人になっていいの？」と尋ねた。

「まだ子どもなんだよ」太一が話し始める。「小学五年生なんだから。子どもは嫌になったら、もう嫌だろ？　大人になったらちゃんとやるよ、きっと。まだそういう年になってないだけだよ」

「太一のそういう甘やかし方は、恵のためにならないと思うわ」私は背後のパパに顔を向けた。「パパはどっちが正しいと思う？」

パパは困ったような表情を浮かべるだけで、口を開かなかった。


上杉《うえすぎ》まゆは怯えたような表情を浮かべた。その瞳は左右に激しく動き落ち着きがない。

私は「あのね」と上杉に向けて口を開いた。「暇だからってレジで喋ってんじゃないの。スタッフが喋ってたら、注意するのが店長のあなたの仕事でしょ。一緒になって喋っててどうすんのよ。暇ならトレーを拭くとか、パンを整理するとか、忙しそうに身体を動かしてちょうだい。それでそういう姿をお客さんに見せるようにして。それから前にも言ったけれど、パンを袋詰めする時は大切そうに丁寧に扱いなさい。ポンポン袋に入れて雑に扱うんじゃないの。店員が大切に扱うのを見せることで、そのパンが大切な物だとお客さんも思うようになるの」

「はい」小さな声で返事をした。

東口店での経験が三年の上杉をワタナベベーカリーのゴールドデパート店の初代店長に抜擢した。真面目に働くのだが自分で考える力はなく、店長にするには不安があった。でも他に候補もいなかった。そこで求人広告を出して募集をしたのだが、大した人材は集まらなかった。一人、大手パンチェーン、西村屋《にしむら》での店長経験がある女性がいたので、期待をして仮採用をした。ところがなにかというと西村屋ではと以前の職場の話をし、ワタナベベーカリーと比べた。それは採用したくなるような建設的な改善案ではなく、ただの現状否定だった。結局その女性の一ヵ月の試用期間の後に私が出した結論は、不採用だった。そして力不足だとわかっていながら、上杉をゴールドデパート店の店長にした。オープンして四ヵ月ちょっと。私はゴールドデパートに来る度、バックヤードで上杉を叱ることになった。

従業員用の通用口の扉が開いた。他のテナントのスタッフが私たちの横を通り過ぎる。その後に扉の向こうからやって来た男性は、台車を押している。その上には空のケースがいくつも積み上げられていた。

台車が行き過ぎるのを見送ってから私は言った。「お客さんからのクレームや要望、質問はすべて、その日のうちに本部に上げてって、私は何度も言ってるよね」

「はい」

「でも全然上げてこないのはどうしてなの？」

「えっと……どういうのを報告したらいいのかわからなくて、すみません」

「だからすべて報告してって言ってるの。あなたじゃ判断できないでしょ。こっちで判断するからすべて報告してって、そう言ってるの。何度もね。難しいことを私は言ってる？　言ってないわよ。ごくごく普通のことを頼んでいるのよ」

「申し訳ありません」上杉が頭を下げる。

「大体あなたは鈍感なのよ。その目はなにも見てないし、その耳はなにも聞いてないの。さっきのお客さん、あなたに五枚切りの食パンはないのかと聞いていたわよね。そういう質問をこれまでも受けてたんじゃないの？」

「あぁ、はい。ありました、そういえば」

「そういうのをなんていうの？　お客さんの質問でしょ。お客さんの質問はどうするんだった？　すべて本部に上げるんでしょ。上げなさいよ」

「はい」上杉が泣きそうな顔で頷いた。

「関東では食パンは六枚切りが圧倒的に多く出るの。次に八枚切り。関西じゃ五枚切りが一番売れて、次が四枚切りなの。地域によって食パンの厚みに好みの差があるのは、この業界じゃ常識。本店も東口店も六枚切りが一番出て、次が八枚切りでしょ。それがこの東京で五枚切りはないのかと聞かれたら、関西出身なんだろうかとか、関西在住の旅行客だろうかとか考えるでしょ。というか考えてよ。それでもしかしたら東京はたくさんの地方出身者が集まってくる街だから、厚みの好みも色々かもしれないと考えたり、デパートの中でパンを買うお客さん特有のなにかがあるのかもしれないと、考えたりするものなのよ。でもあなたは考えられないのよね。だからこっちで考える。あなたは情報をすべて上げるだけでいいんだから、それぐらいはやって頂戴。あなたがお客さんから質問を受けた時にすぐに上げていれば、五枚切りや四枚切りをもっと用意していたわ。そうしたら売り逃しを防げたかもしれないじゃない。そんな些細なことと思わないで。商売はそういう些細なことの積み重ねで成り立っているのよ。他にもいっぱいあったんじゃないかと思うのよ。あなたが見逃したり聞き逃したりした、とても大事な情報がね」

「……申し訳ありません」

私のエプロンのポケットに入れていたスマホが震えたので、それを取り出した。画面を確認してから「店に戻って」と上杉に指示をした。

上杉は小さくお辞儀をすると、青白い顔をしたまま背中を向ける。

扉が開いて他店の女性スタッフが入って来た。上杉に向かって笑顔を浮かべ掛けたが、それはすぐに不思議そうな表情に変わった。

上杉が扉を開けて売り場に戻るのを見送りながら、私はスマホを耳に当てた。「お疲れ様」「お疲れ」と太一が明るい調子で言った。

「どうかした？」

「うん。今電話してて大丈夫か？」

「ええ。なに？」

「あのさ、駐車場ダメだったよ。森田《もりた》さんからもアルトさんからも断られた。不特定多数の人が出入りするのは、色々と問題が出るだろうからって。参ったよ。最後の頼みの綱だったからさ」

「残念だけれどしょうがないわよ。もっとお金を払うなら考えるとか、そういうことではないんでしょ？」私は尋ねる。

「あぁ。それは言ってみたんだよ、もう少し色を付けるって。だが金額のことじゃないってさ。店の車を停めるんでというなら貸すが、買い物に来たお客さんの車を停めるためにというなら断るって。お客さんではない人が勝手に使う可能性だってあるだろ？　それが嫌だって」

「そう」

本店にも東口店にも車で来るお客さんが増えていた。そうしたお客さんたちは店の周囲に路上駐車してしまうため、近隣の住人や企業から苦情が寄せられるようになっている。それでお客さん用の駐車場を確保しようと、太一が探していた。

私は壁に背中を預けた。スマホからの太一の声を聞きながら階段へ目を向けた。

二十代に見える女性スタッフが、両腕に植木鉢を抱えて階段を上って来る。ヒールの音を響かせて階段を上り切ると、扉の方へ進んだ。そうして扉の前で足を止めた。くるりと身体を回すと、背中で扉を押し開け売り場へと出て行った。

「――バイトを雇わないといけないな」

太一の声にはっとして私は言った。「今なんて？」

「いや、だからさ、店の近くじゃもう借りられる駐車場はないんだよ。引き続き探してみるが、あったとしても店からは距離のある場所になるだろ？　そうしたら店の近くで車を停めようとしているお客さんに、駐車場への道案内をする必要があるからさ、それ専任のバイトを雇わないと」

「そんなことのために人を雇うの？　嘘でしょ。今だってそれじゃなくても人件費が掛かり過ぎなのに」

「仕方ないじゃないか。ご近所さんからクレームが入ってるんだから」

「やっかみなんだから放っておけばいいのよ。うちだけ行列ができてるもんだから、嫉妬してるんでしょ。駐車場を用意して路駐が減ったら、今度は別のことを言ってくるわよ、きっと。とにかく文句を言いたいってだけよ。いちいち対応することなんてないわ。切りがないもの」

そうは言ってもと反論を試みる太一の電話を「もう行かなきゃ」のひと言で切った。それから店に戻った。

上杉がレジ打ちをしていて、トレーを手にパンを選ぶお客さんが二人いた。

私は通路から他のパン屋が集まっている一角へ視線を向ける。

二十人ぐらいのお客さんがうろうろしている。

しばらくその様子を眺めてから自分の店に目を戻した。

この店では他の二店舗とは違って、デニッシュをメインにして並べていた。一個九十円の丸パンも置いてはいるが、単価が低い分一個あたりの利益も小さいため、こればかりが売れるという状況は望んでいない。デニッシュならば一個三百円前後で売れるので、儲けも大きい。それでデニッシュをバリエーション豊富に用意し、丸パンは少なめの陳列にしていた。

ここに出店するにあたって厨房を広くする必要があり、東口店の隣を借り増しした。増産するための機械を購入したり、新たに人を雇ったりする必要があり、預金では賄いきれずついに借金をした。加入している共済会の貸付制度を利用したため、無担保で保証人なしで借りられたが、利息分も含めた毎月の返済額は結構な数字だった。これまで以上に儲けの額については、シビアに考えて経営する必要があった。

店内中央には白い平台がある。そこには十種類のデニッシュが並んでいた。チェリー、カスタードクリーム、キャラメルヘーゼルナッツ、オレンジ、杏、桃などが載ったデニッシュは見栄えがする。

ここのメインをデニッシュにしたのは正解だった。東京のデパートではこういう特別なパンが売れるのではないかと予想したからで、それは当たったのよね。なんといっても見た目が派手なのがいい。それに上に載せるものが強い味であれば、パン自体の味に注目されなくて済む。原価を抑えるためにレシピを変更して安い小麦粉を混ぜているので、パンそのものの味への不安があった。でも売り上げを見る限りそれはいらない心配だった。本店と東口店の売り上げにも変化が見られないので、長年食べているお客さんたちにも、味の変化はわからなかったってこと。こんなことならもっと前から安い小麦粉にしておけばよかったと、後悔したぐらいだったのよね。

私はレジへ目を向けた。

上杉がトレーの上のデニッシュをトングで挟み、紙袋の中へそっと移した。


それまで以上に忙しくなりました。忙しくて本当に目が回りそうでした。

夜中に厨房で一人新商品の試作をするなんてこともありました。

昼間は他の仕事に追われていますから、夜中にしか時間が取れなかったんです。スタッフはあてにできなくて。新作のアイデアを出してと言っても、出してこないんですよ。それで私が。

そうですね。生きていると色々なことがありますね。それに人それぞれですよね。

浮気されても離婚しないことを選ぶ人がいたり、自分の人生を生きるために離婚する人がいたりですものね。

バイオリンですか？

結局それっきり娘はバイオリンを止めてしまったんです。

その時の私の気持ちですか？　残念でしたね。

確かにそうですね。

バイオリンは発表会でしたから順位をつけたり、合否が出るわけでもありませんから、オーディションとは言えません。でも腕前を披露する一世一代の晴れ舞台でしょ。そういう特別の場で、最善を尽くして最後までやり遂げて欲しかったです。

失礼。もう一度言っていただけます？

孤独だったか、ですか……そうですね、孤独でした。

でもあれです。常に孤独を感じていたというわけじゃないんですよ。時々なんです。

社長として決断しなくちゃいけないことが、毎日たくさんあるんですよ。小さいことから大きいことまで。私が出した結論は正しかったのだろうかと、急に不安になることがあるんです。でもそういうの、表に出せないじゃないですか。出せませんよ。代表者ですもの。不安な気持ちを悟られてはいけないから、精いっぱい自信満々といった顔をしていました。

副社長に相談ですか？　それは——私の選択肢にはありませんでした。副社長はのんびり屋なんです。不真面目ではないんです。ただほどほどでいいと思っている人なんです。野心がないというか。ワタナベベーカリーをどうしたいかという考えが、私と副社長では違っています。相談する前から副社長の答えは予想できます。なんて言うかわかっているのに、聞く必要なんてあります？

自宅でですか？　どうしてかは私にもわかりません。どうして居場所がないように感じるのか……会話はしてましたよ。今日学校はどうだったのと娘に尋ねたり、夫とも父とも普通に会話をしたりしてました。

ただ皆が私に気を遣ってるのがわかるんです。

ママは疲れてるんだからその話はしないようにと、前もって打ち合わせがあったような感じがするんです。事前に選ばれた話だけが出されているような、そんな気がしました。実際はどうなのかわかりませんよ。私の勘違いかも。ただそんなふうに感じた時には――私の居場所はどこにあるんだろうと思うんです。

10

一階で会計を済ませてからパパの病室のある三階へ移動した。

個室にはパパの他に華子と綾子がいた。ベッドの左に華子が、右には綾子が座っている。華子の背中側に窓があり遠くに海が見えた。

華子がパパに尋ねた。「なにか思い付いた？」

「いや」パパが首をゆっくり左右に振る。「なにも思い付かないよ」

「もう」華子が掛け布団の端を軽く叩く。「どうして？　なんでもいいのよ。リクエストして」

綾子が私に向かって「パパにやりたいこと、行きたい場所を聞いてたの」と説明した。「リクエストがあれば、それを実現するよう私たちでなんとかするからって」

「遠慮しないでよ」華子が言う。「なんでもいいんだからね。やりたいことなにかあるでしょ。行きたい場所だってあるでしょ。あるわよ、普通。それをね、私たちで叶えるから。叶えたいの。だからリクエストして」

パパは困ったような顔をした。「そう言われてもなぁ。本当にないんだよ。その気持ちだけでパパは嬉しいよ。有り難うな」

「ダメよ」華子が怒ったような声を出す。「必ずなにかリクエストして。今度私たちがお見舞いに来る時までに考えといて。宿題だから」

パパは「そりゃあ困ったなぁ」と言って小さく笑った。

私たちが帰ることになったのは、午後三時を少し過ぎた頃だった。

病室を出て廊下を進む。ナースステーションの前を通り過ぎ、エレベーターの前で足を止めた。

私は振り返って二人に尋ねる。「今のなんなの？」

「なにが？」綾子が首を傾げた。

私は言った。「リクエストってなによ。どうしてそんなことをパパに言うの？　まるで残り僅かだから、思い出を作りたいんだって言ってるようなもんじゃない。そういう無神経なことをどうして言えるのよ」

華子が口を開く。「思い出作りのなにがいけないの？　いいじゃない。思い出を作りたいもの。最後にパパとあれをしたとか、あそこへ行ったとか、そういうの胸に刻みたいもの」

「パパは嫌がってたじゃないの」私は指摘する。「なにもないと言ってたでしょ。パパは望んでいないのよ、思い出作りなんて」

「パパは遠慮してるのよ」華子が断言した。「私たちが強くリクエストしてって言わないと、出してこないでしょ。パパはそういう人だもの」

「違うって。パパは望んでないの。特別な思い出を作りたいっていうのは、華子の自己満足でしょ。華子の自己満足にパパを付き合わせないで」

「なんでそんな酷いこと言うのよ」

「パパにリクエストしろなんて華子が言うからよ。これまでと変わらない過ごし方をさせてあげようと、どうして思わないの？　パパがそれを望んでいるとどうしてわからないの？　パパは毎日を楽しんでいるわ。晃京おじさんと釣りに行って、家に戻ると時代劇を観て、学校から帰ってきた恵にオヤツを食べさせて、夕食の支度をして、帰宅した太一と他愛もない話をして、私が帰ると皆で食事をして、毎日お風呂に入る順番で少し揉めて――」胸が詰まってそれ以上話を続けられなくなった。

「そこに私はいないもの。展子姉ちゃんはパパと暮らしてるから、たっぷり思い出があるんでしょ。でも私にはないの。子どもの頃のことは憶えていないし、大人になってからのちゃんとした思い出がないんだもの。私だけのパパとの思い出を作りたいのよ。そうじゃなきゃパパがいなくなった後、どうしたらいいのかわからないじゃない。展子姉ちゃんは自分にはあるから、私の気持ちを理解しようとしないのよね。私を無視するの、もういい加減止めて」

チンと音がしてエレベーターの扉が開いた。

華子はそこに一人で乗り込んだ。真一文字に口を結びむかっ腹を立てているといった顔で、ボタンを押した。

扉が閉まるのを私は見つめる。

エレベーターホールには私と綾子が残された。

パパは年に一度健康診断を受けていたが、膵臓にできたがんは見つけて貰えなかった。今年の夏に食欲がなくなったパパが、大学病院で検査を受けるとステージ4と診断された。手術をしたのは先週だった。体力が回復したら抗がん剤とワクチンの治療に入ると、医者からは言われている。その医者が口にした膵臓がんの五年生存率は、目の前が真っ暗になるほどの低い数字だった。覚悟しておくべきでしょうかと私は医者に尋ねた。医者は「はい」と静かに頷いた。

「まったく」私はため息を吐いた。「華子は子どもね。自分の気持ち最優先なんだから。元々性格が歪んでいたけれど、その上なんにも苦労して来なかったからよね。苦労を知らないと人としての幅ができないのよ。だから自分とは違う考え方の人がいることにも気付けないんでしょ。それでパパに向かってあんな無神経なことを言えちゃうんだわ」

「展子姉ちゃんの言い分はわかるよ。でも私は華子姉ちゃんの気持ちもわかる。まだ身体が動くうちにパパが行きたいところへ連れて行ってあげたいと思うし、したいことがあったらさせてあげたいと思う。その時には——その記憶をしっかり残しておきたいって思う」

「パパは望んでいないわよ」

「それが寂しいんだよ」

私はエレベーターのボタンを押した。

綾子が言った。「華子姉ちゃんは苦労してきたよ」

「してないわよ。専業主婦がどんな苦労したって言うのよ。旦那は会社員で毎月決まった日に給料が振り込まれて、お金の心配なんてないのよ。野菜が高い時には遣り繰りが大変だとか、夫婦喧嘩したとか、義理の母親が新興宗教に嵌ったとか、その程度のことはあるだろうけれど、そんなの苦労のうちには入らないんだからね」

扉が開いたので乗り込もうとした私の腕を、綾子が摑んだ。「華子姉ちゃんは苦労してるよ」

「だからどんな苦労をしてるって言うのよ」

一瞬躊躇《ため》うような表情を見せた後で「何度も流産してその辛さを受け止めてきた」と言った。

「えっ？」

「ずっとずっと苦労してきたよ、華子姉ちゃんは。妊娠がわかって凄く幸せな毎日を過ごしていたそうだけど……流産してしまって。とっても悲しんでた。その後何年かしてまた妊娠して、今度こそと願っていたと思うんだけど、また流産してしまったの。その次に妊娠した時には、また流産するんじゃないかって毎日不安で怯えてたって言ってた。三回目も流産してしまって……掛ける言葉がなかったよ。それでも華子姉ちゃんは諦めたくなかったみたい。でも公孝さんがもう子どもをもたない選択をしようと言い出して、揉めたんだよね。華子姉ちゃんがしばらく里帰りしてたことがあったでしょ。あの時だよ。華子姉ちゃんはずっと自分のせいで赤ちゃんを死なせてしまったと思ってて——今も自分を責め続けてる。苦労してきたんだよ、華子姉ちゃんは」

「……知らなかったわ。どうして教えてくれなかったの？」私は尋ねる。

「華子姉ちゃんから、展子姉ちゃんには絶対に言わないでって頼まれたから」

「………」

「華子姉ちゃんは恵ちゃんと宙を凄く可愛がってくれるでしょ。二人とも華子姉ちゃんに懐いてるし。華子姉ちゃんね、二人と一緒に遊ぶの凄く楽しいって。でも展子姉ちゃんや私が戻って来ると、子どもたちはママーと言って駆け寄って行ってしまうって。その姿を見ると涙が出るって言ってた。どんなに可愛がっても自分はおばさんで、母親じゃないと思い知らされる瞬間なんだって」

エレベーターの扉がゆっくり閉まった。

私はその扉に瞳を据えた。


「よっ」

窓外の景色に当てていた目を右へ振った。

晃京おじさんが笑顔で立っていた。

午後一時発の下り電車の中に私はいる。

晃京おじさんはボックス席の私の斜め前に腰掛けた。サイドテーブルを広げ、そこにレジ袋を載せた。

私はゴールドデパートからの帰りで、晃京おじさんは東京での用事を済ませての帰路で、たまたま同じ電車に乗り合わせたのだった。

私は紙コップのコーヒーをひと口飲んでから言った。「毎日父の様子を見に来てくれて有り難う」

「なんだよ。当たり前じゃないか。友達なんだから。坊主が毎日顔を出して縁起悪くてすまんな」

「そんなことないわよ。晃京おじさんが来ると父はとっても嬉しそうだもの。ずっと仲がいいよね」

「あぁ、そうだな」

晃京おじさんがレジ袋からお弁当を取り出した。割り箸を銜えてお弁当の蓋を開ける。その蓋をお弁当の下に敷くと、銜えている割り箸に手を伸ばした。そして歯を使って割るとお弁当を食べ始めた。

私も自分のサイドテーブルに載せていた紙袋からパンを取り出した。口を大きく開けて思いっきり齧る。それから味を確かめながら嚙んだ。

それは駅ナカの新店で見つけた、チョコレート入りキャラメルバゲットという品だった。

晃京おじさんが聞いてきた。「敵の偵察か？」

「えっ？」

「ライバル店のパンだろ、それ？」

「ライバルってことはないんだけれど」手の中のバゲットをじっと見つめた。「オープンしたばかりのようだったから、味見をしてみようと思って」

「どうだ？　敵の味は」

私はパンを少し持ち上げる。「どうしてこれを作ったのか不思議」

「不思議な味なのか？」

「まずバゲットって硬いでしょ。日本人はあまり好きじゃないのよ。フツーの日本人は柔らかいパンが好きなの。バゲットはパン好きの人が好むパンなのね。パンの通だと自任している人が選ぶパンなの。だからバゲットにするってことは通狙いをしなくちゃいけないのに、これはキャラメルソースが塗ってあって、その上に厚みのあるチョコレートを何個か載せて挟んであるの。キャラメルソースやチョコレートは、通は受け入れない具材なのに。こういう具材はフツーの人が好むものなのだから、柔らかいパンに挟むべきだと思う。硬いバゲットの間に硬いチョコレートが挟んであるから、相当に食べにくいしね」

「それじゃ、そこの店はワタナベベーカリーの敵にはならないんだな。よかったじゃないか」

私は再び大きな口を開けてバゲットに齧りついた。そして一生懸命咀嚼を繰り返す。

晃京おじさんが窓外へ顔を向けた。

薄曇りの寒々しい景色が流れている。ビルの屋上や道路の端には残雪が放置されていた。根元が雪で覆われている木々もあり、二月の冷たい風に耐えている。

晃京おじさんがぽつりと言う。「洋介に今年の桜を見せてやりたいなぁ」

「……はい」

「あれは」突然声を大きくした。「桜が咲く頃だったと思うんだが昔々の話だ。洋介が寺に来てな、助けてくれと言ったんだ。どうしたって俺が聞いたら、見合いをした相手から断られなかったんだよと言ってな、洋介は驚いているようだったよ。展子ちゃんの母ちゃんの礼子ちゃんだよ。お見合いの席では洋介なりに一生懸命話を繋げようとしたらしいんだが、盛り上がらなかったんだと。元々洋介の口数は多い方じゃないからな。頑張ったものの本人の感触としては、断られるだろうと踏んでいたようなんだ。それが仲介者から連絡があって、先方はお付き合いしてもいいと言ってると聞いて、洋介は慌てたんだ。それでこれからどうしたらいいかと俺に聞くんだよ。だからまずは電話をしてデートする日と場所を決めろとアドバイスしたら、そりゃあ難しいと言うもんだから、ノートに想定問答を書いてやったんだ。それから俺を相手に何度も練習してな、いざ本番って時には俺も電話機の側にスタンバってた。俺の脚本では東京で映画を観ることになってた。ところがだ。礼子ちゃんにこの前は時間が限られていたので、今度はもっとゆっくりあなたが住んでいる街を歩いてみたいと言われてしまった。それを拒否する訳にもいかんだろ。それから一週間の間に俺たちはデートプランをいくつも考えて、実際にそこを歩いてみた。礼子ちゃんが苦手な海が見えちゃいかんからな。だから山の方に連れて行こうと考えるんだが、あんまり高い所だと遮るものがなくて海が見えてしまう。デートコースを決めるのはそりゃあ難しかった。一生懸命考えたが、どうしても移動する時に何ヵ所かで海が見えてしまう。しょうがないからそこでは海側を洋介が歩いて、礼子ちゃんの視界を塞ぐようにしようということになった。さて本番だ。俺は二人の後を尾《つ》けたり、先回りしたりして、不測の事態に備えていたんだ。予想外のこともいくつかあったが概ね順調だった。二人は喫茶店に入った。その日の予定の最後に選んでいた店だった。俺は二人の後から喫茶店に入ってカウンター席に座った。緊張の一日もあと少しで終わるっていうんで、気持ちがちょっと緩んでいたな、俺は。小さな店だったから耳を澄ませば、二人の会話は背中越しに聞き取れた。楽しそうに話をしていたよ。ところが突然礼子ちゃんが言ったんだ。今日の脚本を書いた人を紹介してくれと。カウンターに座っているあの人が、今日の脚本を書いた人でしょと言う礼子ちゃんの声を耳にして、俺は息が止まった。間違いなくあの時、俺は呼吸をしてなかった。どうしたらいいかわからなかった。走って逃げるべきなのか、声を掛けられても白を切り通すべきなのか、どっちが正解なのかわからなかった。そのまま固まっていたら礼子ちゃんの声が聞こえて来た。今日どこへ行っても坊主頭の人がいたもの。お友達なんでしょ、紹介してと言う声がな。全部バレてたんだ。俺は謝ったよ。俺が勝手にしたことだと言ってな。洋介はそんな必要ないと言ったんだが、俺が勝手に心配して、勝手に後を尾けたんだと話した。礼子ちゃんはこの期に及んでも吐いている俺の嘘を聞き流してくれてな、いい友達をもっているのねと言った。この人に洋介の嫁さんになって欲しいと思った瞬間だったな」

電車のスピードが落ちていく。窓から外を見ると高層ビルが並んでいて、その屋上には様々なサラ金の看板があった。

間もなく駅に到着するとアナウンスが入った。

私は紙コップに手を伸ばす。それを両手で包みしばらくプラスチックの蓋を眺める。それから蓋の隙間に口を付けコーヒーを飲んだ。

電車がホームで停車した。大きなバッグを持った四人の外国人が、乗車しようとドアの横に並んでいる。

「洋介は幸せな人生だったと思っているだろう」晃京おじさんが言った。

「そうかな？」

「そうに決まってる。見合いで礼子ちゃんと出会えて、三人の娘に恵まれたんだ。勿論礼子ちゃんとの別れは辛いものだったろうが、完璧な人生なんてないもんだからな。再婚話はいくつもあったんだ。店をやりながら三人の子育てをするのは大変だろうからと、周りが心配して話を持ち込むのさ。だが洋介は礼子以外の人と夫婦になるつもりはありませんと言って、全部断ってたよ。俺は言ったんだ。死者に義理立てする必要はないんじゃないかとさ。洋介は義理とかそういうことじゃなくて、自分にとって礼子を超える人はこの世にいないと、はっきりわかっているんだよと答えたよ。その唯一無二の存在だった礼子ちゃんを早くに亡くしたが、娘たちは皆ちゃんと成長してくれて、それぞれ良き伴侶を得た。孫もできたし店は娘に継いで貰えた。ただ継いだだけじゃなく店を増やしてくれている。最高じゃないか」

「店のことは……パパの希望とは違っているかも」

「パンの味を変えたことを言ってるのか？」

私は絶句して晃京おじさんを見つめた。

晃京おじさんが静かな調子で続けた。「変えるべきだと展子が考えたんだろうから、俺はそれでいいと思ってると、そう洋介は言ってたぞ」

やっぱりわかってたんだ……当たり前だよね。パパが何年もかけてやっと到達した、こだわりの配合だったんだから。パパのレシピを変えることにしたと言うべきだった。違う。変えてもいいかと尋ねるべきだった。いくら引退したといっても、パパの自慢のレシピを変えるなら。でも言う勇気がなかった……黙って変えた。同じ家に暮らしているのに、毎日顔を合わせているのに、私はこれまでずっと言えなかった。でもパパはとっくに知っていた――。パパ、ごめんなさい。パパはいつも優しくて私の味方で……なのに私はパパが作り上げたものを壊してしまった。親不孝な自分が恥ずかしい。何一つ親孝行をしてこなかったよね、私。時間がないとわかってから凄く焦る気持ちになってる。それに……パパを失う日が来るのが怖い。

私は両手の中の紙コップを見下ろした。それから窓外へ目を移した。

真っ直ぐ延びた幹線道路沿いに住宅が並んでいる。庭に置かれた雪だるまの頭には、青いバケツが載っていた。

ボウルに小麦粉を入れる。そこに生イーストと塩、無塩バターを加えた。甜菜糖《てんさいとう》と脱脂粉乳も足してから最後に水をそっと注ぐ。右手で円を描くように動かして、水と材料の最初の接触を手助けする。サラサラだった感触が指にねっとりとくっつくように変わったのを確認して、手を動かすスピードを緩めた。それからボウルの底に指を付け、材料を下から上へ動かすように搔き回す。小麦粉が粘るようになったので、左手で作業台に打ち粉を振った。その上にボウルの中身を空ける。生地を両手で押して少し広げたところに中種を置いた。

中種は昨日のうちに捏ねておいたものだった。一晩冷蔵庫でゆっくりと発酵させたもので、これを作ったばかりの生地と合わせて捏ねるのが丸パンの作り方だ。店で売るパンはこの捏ねる作業はすべてミキサーが行う。でも今日は特別な丸パンを用意するため、私自身で捏ねることにしたのだ。

厨房では六人の男性スタッフが立ち働いている。彼らの邪魔にならないよう私は作業台の端に陣取っていた。

私は生地の隅を摘まみ上げ中種を包むように被せた。それを掌を使って作業台の上で転がす。しばらくそうやってから、両手の掌底部分で生地をぐっと押し込んだ。それによって上がってきた生地の一部を指で摘まむ。そして引っ張り込むようにして生地の上部まで伸ばした。そうやって合わさった地点を、また両手の掌底でぐっと押し込む。これをひたすら繰り返した。やがて生地が押し返してくる力が強くなり、表面がしっとりとしてきたので、捏ねを止めて温度計に手を伸ばす。生地に温度計を差し込みその温度を確認した。生地を手前から奥へと畳むようにして、温度計を差した穴を消してから、スケッパーを手に取った。それでケーキを切るように八等分にした。そのうちの一つをそっと左手に載せる。生地の手前を右手で持ち上げて、奥へと折り畳むようにした。次にその生地を左手の上で九十度左へ向きを変える。それから生地の手前を右手で持ち上げて奥へと折り畳んだ。それからとじ目を下にする。右手で転がすように動かしてそのとじ目を消す。そしてその丸めた生地を布巾の上に置いた。同じように作った八個すべてを並べると、その上に布巾を重ねる。それからアラームが三十分後に鳴るようタイマーをセットした。

その時、オーブンのブザーが鳴った。

顔を上げると、スタッフの一人がオーブンの前に立っていた。

そのスタッフがバタンバタンと音をさせて、オーブンから天板を引き出す。ドゥコンディショナーの前にいた別のスタッフが、奥の貯蔵室へ向かって歩き始めた。その途中で少し飛び出して置かれたゴミ箱を足で蹴った。藤本が作業台にドンと大きな音をさせてボウルを載せた。そして両手でボウルを抱えるようにしてから逆さまにした。中からボトンと生地が落ちると、スタッフの一人がそれに手を伸ばす。両手で持ち上げると、作業台の自分の手前に生地をベタンと音をさせて移した。

いつからこんな音が厨房に響くようになっていたのだろう。パパと二人でパンを作っていた頃はこんな音はしなかった。あの頃の厨房は今の四分の一程度の狭さで、焼くパンの量も少なかったし人数も少なかった。だからだろうか。でもこの厨房でパン作りを始めた頃には、こんな耳障りな音はしていなかったと思うのだが……。

私は藤本に事務室に来るよう声を掛けて、先に厨房を出た。

事務室に入って来た藤本に私は言う。「皆にもっと丁寧に仕事をして欲しいの。丁寧に仕事をするというのはどういうことかわかる？　例えば生地をボウルから落とすんじゃなくて、ボウルに両手を入れてそっと持ち上げて、それを作業台に静かに置くの。それが丁寧に仕事をするということ。早いからとか、便利だからとか、そういうことを一番に考えないで頂戴。パンのためにどうしたらいいかを考えて。皆雑なのよ。どうしてオーブンの扉をあんなに乱暴に閉める必要があるの？　ゴミ箱を蹴るのはなぜ？　ゴミ箱を使った人がきちんと奥まで仕舞っておいたら、歩く時に邪魔になったりはしないはずでしょ。あなたは厨房のチーフなんだから、そういうのをきちんと注意してくれないと。あなた自身も丁寧な仕事を心がけて頂戴。他のスタッフの手本になるのが、あなたの役目でもあるんだから」

「あっ。はい。すみません」目を伏せた。

「ちゃんとやってね」

「はい」

「行っていいわ」

小さな声で「失礼します」と言って、藤本は事務室を出て行った。

藤本をチーフにしたのが間違いだったのかも。三十一歳で厨房スタッフの中で一番年長だから、自然と厨房の責任者ということになってしまった。でも藤本には荷が重いようだった。だからといって他に適任者がいる訳でもなかった。太一は「展子はスタッフに望むレベルが高過ぎる」と言うが、そんなことはないと思う。うちに応募してくる人たちのレベルが低すぎるのだ。

三十分休ませた生地をオーブンで焼き、完成した丸パンを紙袋に入れて厨房を出たのは、午後三時だった。駅前でタクシーに乗り病院へ向かった。

病室のドアをノックしてから中に入る。

パパはベッドを起こしてテレビを観ていた。

「時代劇？」私は尋ねた。

「あぁ」

「どういうところが面白いの？」

「ん？　時代劇の面白いところかい？　そうだな。いつも同じところがいいんだよ」

「ワンパターンなところがいいの？」

「あぁ。先がわからないと不安になるだろ。だが時代劇は大体筋が同じだから安心して見ていられる。悪い奴は最後には痛い目に遭って、いい人は幸せになるとわかっているのがいいんだよ」

「なんかパパらしいね」私は少し笑ってしまう。

「そうかい？」

「そう。パパらしい」紙袋をベッドテーブルに置いた。「丸パンを焼いてきたの。食欲がある時にでも食べて。無理して食べようとしないでね。隣の部屋の人とか、看護師さんにあげてもいいし、引き取り手がないようだったら捨てていいから」

パパが紙袋の口を開けて、中を覗いた。一瞬動きを止めてから、匂いを嗅ぐように袋に鼻を近付ける。それからゆっくり顔を上げると、私に向かって微笑んだ。

パパがお茶を淹れてくれと言うので、私はポットのお湯を急須に注いだ。

私は緑茶を淹れたマグカップをベッドテーブルに置いた。「無理しないでね」

「無理していないさ。食べたいんだよ」

私はトートバッグからチャック付きポリ袋を取り出した。

その中には苺ジャムとマヨネーズ、クリームチーズを入れた三個のカップと、スプーンを用意してあった。

「いただくよ」と言って、パパが丸パンを半分に割る。

パパはなにも付けずにそのまま食べた。目尻に皺を浮かべて幸せそうな表情を浮かべた。それからマグカップに口を付けて緑茶を飲む。そうしてまたひと口丸パンを齧った。

それは以前のパパのレシピで作った丸パンだった。

パパ、ごめんなさい。私はパパのレシピを勝手に変えたの。知ってたのよね。でもパパは私になにも言わなかったのよね。パパはいっつもそう。優しいの。それに怒らない。ごめんなさいと言うために今日丸パンを作って持って来たのに……声が出てこないの。舌が動かないの。どうして言えないいんだろう。パパはもう許してくれているのにね。多分……パパの魂を汚してしまったような気がしているからだと思うの。

パパがカップの蓋を開けて丸パンに苺ジャムを塗った。少し目を細めて丸パンに齧り付く。ゆっくり咀嚼を繰り返しまた口を開けた。ひと口食べて、唇の端に付いたジャムを人差し指で拭う。

私は身体を硬くしたまま、パパが食べるのをじっと見つめていた。


応接室に窓はなかった。四方の壁の書棚にはびっしりと隙間なく本が収まっていた。私たち三姉妹は、長方形のテーブルの一辺に並んで座っている。女性スタッフが置いてくれた湯呑みが、それぞれの前に置いてあった。

閉められたドアの向こうで電話が鳴っているのが、微かに聞こえてくる。

この弁護士事務所は平《たいら》駅の東口から歩いて十五分ほどの雑居ビルの三階にあった。そして私たち姉妹は弁護士が現れるのを、応接室で待っていた。

「華子姉ちゃん、なにそれ」と真ん中に座っている綾子が言った。「ブランドに詳しくない私でも知ってるよ、それ。すっごい高いバッグだよね」

私はテーブルの下を覗き込むようにして、左端にいる華子が膝に載せているバッグをチェックした。

それは百万円以上する高級ブランドのバッグだった。

「どうしたのそれ？」と綾子が無邪気な声を上げる。

すると華子は「レンタルよ」と答えた。「コースが色々あるんだけど、私は毎月五千円の定額コースにしてるの。在庫の中から好きなバッグを毎月一個、一ヵ月間貸してくれるの。値段が高過ぎて買えないバッグを使うことができるのって、いいでしょ」

「レンタルがあるんだぁ」綾子が目を丸くする。「知らなかった」

「興味あるんだったらサイトのアドレスを教えようか？」華子が言った。

「ええ？　私はいいよ」自分のを持ち上げた。「これ、近所のTシャツ屋がオープンした時に粗品として貰ったの。ビニール製だから丈夫だし雨にも強いしで、一番出番が多いんだよね。私はこういうので充分。展子姉ちゃんはどんなの持ってたっけ？」と私の足元に置いたバッグを覗き込む。

私は「友達がデザインしたバッグよ」と説明する。「専門学校時代の友達が、バッグのメーカーでデザイナーをしてるの」

ドアにノックの音がした。

現れたのは弁護士の横山清一郎《よこやませいいちろう》だった。六十五歳の横山はこの街で唯一の弁護士であるために、地元住民で知らない人はいないぐらいの存在だった。ママチャリの籠に大きな鞄を入れて、この界隈を走り回っている姿がしばしば目撃されている。

横山弁護士は私たちの向かいに座った。そして分厚いフォルダーをテーブルに置くと咳払いをした。

「お父様のこと」横山弁護士が口を開いた。「ご愁傷様でした」

私は「葬儀にご参列いただきまして有り難うございました」と礼を述べた。

横山弁護士が言う。「お父様とはクライアントと弁護士の関係というのとは、ちょっと違ってたんですよ。お父様は私より六つ年上で、私にとっては憧れの先輩でした。格好良かったんですよ、洋介さんは。この辺りは観光客相手の接客業をしている人が多いせいか、口が達者な人が多いんですな。そんな中お父様はちょっと違いました。男は黙って仕事するといった様子でしたからね。それでいい仕事をするんですよ。実に旨いパンを作る。黙って仕事といっても無口な頑固親父というのとは違っていたから、口数は少なめといった方がいいのかな。お父様そのものといった、誠実なパンを焼いていらっしゃいましたよね。優しくて穏やかなお父様そのもののパンを」

華子と綾子は揃って頷いた。

「今日お越しいただいたのは」横山弁護士が続けた。「生前お父様から遺産についてご相談がありまして、遺言書の作成をお勧めしました。その結果お父様は遺言書の作成を決断なさいました。遺言書は後で皆さんにコピーをお渡ししますが、まずは口頭で大まかな話をさせていただきます。お父様の名義になっているご自宅の土地と建物と、同様にお父様名義の本店の土地と建物は、長女の展子さんに遺したいとのことでした。預金と生命保険会社から支払われる保険金を合算した現金については、次女の華子さんと三女の綾子さんのお二人それぞれに、二分の一ずつ渡したいとのご希望でした。そこでお父様の希望通りになるよう、生命保険の受取人を華子さんと綾子さんのお二人に変更する手続きを行いました。ここまででなにかご質問はありますか？」

私は口をぽかんと開けて横山弁護士を見つめ返した。

少しして綾子が言った。「私たちはそれで結構です」

咄嗟《とっさ》に私は顔を二人に向けた。

綾子が私に向かって一つ頷く。「展子姉ちゃんがそれでよければ、私たちはパパの遺言書通りで構わないよ」

「え……そうなの？　華子もそれでいいの？」私は尋ねる。

華子は黙ったまま頷いた。

「でも」私は横山弁護士に質問した。「それって平等ですか？　父の預金と保険金がいくらなのかわかりませんが、自宅と本店の土地と建物の価値の方が、高そうに思うんですが」

横山弁護士が「はい、高いです」と答える。「ご自宅と本店の土地と建物の評価額は、おおよそ四千四百万円です。一方の預金と保険金の合算額は三千万円程度で、それの半分ですから華子さんと綾子さんがそれぞれ受け取る額は、千五百万円になります」

「やっぱり」私は二人に確認する。「いいの？　それで？」

「いいんだって」綾子が笑いながら言った。「わかってるよ、ちゃんと。金額だけ比べたら展子姉ちゃんだけ高いけど、それは評価額であって現金とは違うものだからさ。私たちは手続きが済めばすぐに現金を貰えるけど、展子姉ちゃんは現金はなにも貰えないでしょ。家だって本店だって売らないでしょ、展子姉ちゃんは。住み続けて店も続けるんだからさ。考え方によったら展子姉ちゃんは損してるのかもよ」

私は首を伸ばして綾子の向こうにいる華子に今一度尋ねた。「本当に華子もそれでいいの？」

「いいって言ってるでしょ、さっきから」華子が答える。

「だって……いつもの華子らしくないから」私は理由を口にした。「遺言書の内容を理解してないんじゃないかと思って」

華子がつんと顎を上げる。「私らしくないって――いつもの私はどうだって言いたいのかしら。私は遺言書の中身を知っていたの。私たちはパパから聞いてたのよ。土地や建物をきょうだいが複数で相続するのを何度も見て来たって。でも後になってそれぞれの事情が変わって、売って現金にしたい人と、売りたくない人で揉めるのもたくさん見て来たって。だから土地と建物は一人に遺した方がいいと思うんだって、パパが言ってたわ。三等分ではないから二人は納得できないかもしれないが、了承して欲しいってパパから頼まれたのよ」

綾子が言葉を引き継いだ。「私たちがわかったって言ったらね、ほっとしたような顔をしてた。私たちに有り難うってパパは言ったのよ」

パパは最後まで優しかった……そのパパはもういない。まだその現実に馴染めていない。帰宅してリビングに足を踏み入れると、パパがいつも座っていたソファに目がいってしまう。でもそこにパパの姿はなくて――哀しくなる。そしてパパにレシピを変えたことを謝らなかったのを後悔する。これを毎日繰り返している。パパが遺言書を作っていたなんて全然知らなかった。華子と綾子には話をしていたなんて……どうして私には言ってくれなかったんだろう。いつも家族の大事な話の時に私だけ仲間外れにされるのね。それはちょっと傷付く。ねぇパパ、恵の中学校の入学式に参列するのを目標にしていたのに、それが叶わなくて残念だったよね。心残りは他にももっとあった？　私を心配してた？　店のことも心配だった？　私、頑張るから。もっと売り上げを伸ばして店も増やすから。だから天国から見てて。

私は表情を引き締めて横山弁護士を見つめた。

そして言った。「父の遺言書の通りで私も結構です。どうぞよろしくお願い致します」


私はなにも見ていなかったんだなと思いました。

父の胸の内を私はちゃんと見ていませんでした。覗き込めばきっと見えたでしょうに。私はそうしなかったんです。忙しいとか、売り上げがとか色々理由を挙げて、私はただ逃げていたんです。

上の妹のこともです。

下の妹から教わるまで、私はまったく気が付きませんでした。でもちゃんと覗き込めば、見えていたはずなんです。

私が上の妹の事情を聞いてからのことです。妹とそのダンナと、私の三人でお茶をしたことがありました。なんでその三人だったのか、なにかのついでだったのか、どこかの帰りだったのかといったことは覚えていないのですが、隣のテーブルに五歳ぐらいの女の子がいたのは、しっかりと頭に刻まれています。妹がじっとその女の子を見つめているのに、気が付きました。妹は女の子に笑顔を見せていました。その女の子が親と帰る時に妹に手を振ったんです。妹も手を振り返しました。笑っているのに寂しそうにも見えました。いつまでも女の子の姿を追っている妹の背中を、ダンナがポンポンと叩いたんです。

妹の痛みに私は気が付きました。そのダンナの優しさにも。

きっとそういう場面はそれまでもたくさんあったんだろうと思います。何度も私は目にしていたでしょう。でもなにも感じませんでした。ちゃんと見ていなかったからです。下の妹から事情を聞かされて、私はようやく目の前で起こっていることの意味に気付いて……切なくて。

その通りです。三店舗になりましたからね、ますます忙しくなりました。

毎日毎時間毎分毎秒試されているような気持ちでした。

参加させられるオーディションの数は増える一方でしたし、それぞれの合否判定が更に一段階厳しくなったように感じていました。

どうしてそう思うようになったか、ですか？

どうしてでしょう……わかりません。

オーディションに合格したいんです。その思いは以前より強くなっていました。

だから余計に合格点を取れない事態が続くと、動揺してしまって、我を失ってしまうようなこともありました。

11

隣席に置いていたジャケットを私は摑んだ。腕を通してから両手を擦り合わせた。

「冷房を効かせ過ぎよね」と私は向かいに座る綾子に言った。「お客さんにとってじゃなく、働くスタッフの最適温度にしてるのね、きっと」

私と綾子は東京に新しくできたファッションビルの、七階のレストランにいた。三十代の大人の女性をターゲットにしたというファッションビルで、その七階と八階にレストランが並んでいる。その中で入店待ちの行列が一番長かった和食レストランを選んだ。

隣のテーブルの二人組の女性客が「寒いわね」と言いながらそれぞれのバッグに手を伸ばした。一人はストールを、もう一人はカーディガンを取り出して羽織った。

店内は寒いが、一歩外に出れば強い陽射しが降り注いでいる。今日も東京の予想気温は三十五度で、八月に入ってから二十日間ずっと猛暑が続いていた。

私は尋ねる。「綾子はどう思った？」

「なにが？」

「なにがって。改善点はどこだと思った？」

「改善点……ワタナベベーカリーのゴールドデパート店の改善点だよね？　なにも思い付かなかった」

「なにそれ。ちゃんと見た？　改善点がない訳ないんだから。売り上げが減ってる理由が絶対あるはずなのよ。綾子の意見を聞きたくて今日は来て貰ったのよ」

「うーん」困ったような顔をした。「店の改善点は思い付かなかったんだけど――思ったのはさ、展子姉ちゃんがあんなに店長を叱る必要はあったのかってことだね」

私は驚いて反論する。「必要はあったわよ。使えないのよ、上杉って子は。自分で考えるってことができない子でね。だからこういう時はこうして、こう言われたらこうしてと、とにかくすべて指示を出さないといけないの。うんざりよ。他にいい人材がいたら辞めさせたいけれどね、そういう人もいないから。しょうがないから店長をやって貰ってるってだけ」

「あのさ、自覚ないみたいだけど、展子姉ちゃんの叱り方って怖いんだよ」

「叱ってるんだから怖くなるのは当たり前じゃない」

「だけどさぁ、さっき展子姉ちゃんから叱られてた時、あの店長震えてたよ。現状を変えたいんだよね。だとしたらスタッフとの接し方を変えたらどうかと思うんだよね。展子姉ちゃんはさ、なにか一つのことに集中すると思い遣りを忘れちゃうでしょ。視野が狭くなっちゃうのかな。ちゃんと優しい時もあるんだよ。でも忙しい時とか、なにかに気を取られている時とかは優しくないんだよ」

「売り上げが減っているのは私の性格のせいだって言ってるの？」

「そうは言ってない。ダメなスタッフにはちゃんと注意をして、教育しなくちゃいけないと思うよ。展子姉ちゃんがさっき店長に言っていたことは、すべて正しいと思う。内容はね。でもさ、正しさって人を傷つけるんだよ。そういうことをわかっておいた方がいい。展子姉ちゃんは一生懸命頑張ってるよね。凄いなって思う。でも展子姉ちゃんとまったく同じ能力があって、同じ考え方をして、同じ温度で仕事に取り組む人なんていないよ。そのことを頭の片隅に置いておいたらどうかな？　少し優しくなれるんじゃない？」

私はため息を吐いた。「私が聞きたかったのはそういうことじゃないのよ。全然違う。売り上げを伸ばす具体的なアイデアが欲しいの。品揃えとか、価格とか、ディスプレイとか、接客の仕方とか、会計にかかる時間とか、そういうこと」

知りたいのよ、どうしても。どうしてこの二ヵ月で急に売り上げが減ったのかを。ゴールドデパート店だけでなく、本店も東口店も六月からがくんと売り上げが落ちたのは何故なのか。パンの原材料の質を下げたことが原因だとは思えない。原材料を変えたのは二年以上前のことだから。否定的なコメントがネットに溢れているのではないかと調べてみたが、そうしたこともなかった。

先週のことだった。踊り場からゴールドデパートのお客さんの流れを見ていた時、長谷部から声を掛けられた。その第一声は「ワタナベベーカリーさん、どうしましたか？」というものだった。その時の私に対してではなく、売り上げのことを言っているのだとすぐに理解して、言葉に詰まった。黙っている私に長谷部は言った。「心配してるんですよ。固定ファンができて売り上げが安定してくる時期なのに、昨年の数字の維持も難しくなっているようなので、どうしてかと思いまして」と。私が答えに窮していると「最近はコンビニのパンも美味しいですもんね、それでですかね？」と続け、「それはないか。他のテナントさんのパンの売り上げは落ちてないんですから」と自分の意見を自分で否定した。こんな嫌味を言う男とは思わなかった。お願いだから出店してくれと何度も頭を下げた癖に。ちょっと売り上げが悪くなったら、たちまち態度を変えるような男だったと知って、呆れたし腹が立った。長谷部は「上司も心配してましてね」と眉間に皺を寄せてみせた。「このまま滑り台を滑っていくようだと、お互い大変になるだろうと、そう言うんですよ。そういう時はラインを決めるといいそうです。月の売り上げ金額がこのラインに到達しなかったら、決断をするとあらかじめ設定しておくと、踏ん切りが付き易くなると言ってました。ま、私はワタナベベーカリーさんの復活を信じてますがね。起死回生の新商品とかあるんですよね？　なるべく早めに私と上司を安心させてください」とひとくさり語ってから長谷部は立ち去った。このままだと撤退して貰うぞと暗に告げられたうえ、プレッシャーを掛けられた私は、しばらくの間その場を動けなかった。たった二ヵ月の売り上げの低迷で、これほど環境が変わってしまう現実に戸惑った。やがてめらめらと怒りが湧いてきて全身が熱くなった。ゴールドデパートへの出店を検討中、東京では知名度がないので大丈夫だろうかと不安を口にした時、長谷部は全面的にバックアップすると誓った。ワタナベベーカリーさんなら大丈夫だと請け負いもした。そんな言葉を信用してしまった自分は、なんて甘かったのだろうと思った。長谷部はゴールドデパートの社員だ。自分の社内での立場を守るのが第一。うちの調子がいい時は自分の手柄にするが、調子が悪くなったら守ろうとはしない。ワタナベベーカリーなど見限って、あっさり切り捨てるだろう。そういうのを会社員時代にたくさん見て来たのに、いざ自分がされそうになってみるまで忘れていた。胃にきりっと痛みが走った。

経営は苦しくなっている。三店舗を運営するためのコストは高いし、ゴールドデパートに出店する時にした借金の利息の支払いも大変だった。売り上げが順調であればそういったものは吸収できるが、突然訪れた売り上げ不振によって、経営は難しいものになっていた。

ウエイトレスが私たちの前に料理の載った盆を置いた。

綾子が箸袋から割り箸を取り出す。

私はじっと目の前の和牛サーロイン御膳を見下ろした。それから右手で自分の髪を耳にかけた。紙おしぼりの封を開けてゆっくり掌を拭く。しばらくの間そうやって掌を拭き続けた。

綾子が言う。「食べないの？」

「えっ？」はっとした。「あぁ……食べるわ」

サーロインを挟んだサンドイッチはどうだろう。和牛であることやサーロインであることをしっかり謳えば、値段が高くても買ってくれるんじゃないだろうか。お肉を挟んだガッツリ系のサンドイッチなら、女性客だけでなく男性客にも訴求《そきゅう》できるかもしれない。店舗の内外装も、包装材やトングやトレーなども女性を意識して作ったためか、男性客は少なかった。売り上げを戻すにはこれまで積極的に拾ってこなかった男性客を、取り込むべきなのかもしれない。

私はバッグに手を突っ込みスマホを摑んだ。そして和牛サーロイン御膳にスマホを向けて、シャッターを押した。


厨房の作業台を取り囲むようにスタッフたちは立っていて、彼らから少し離れた壁際に太一がいた。

四人のスタッフは皆俯いた。

「一つもなの？」私は目を瞠《みは》った。

太一が書き込もうとしているホワイトボードには、スタッフたちへの連絡事項を記すことになっている。

私は大きな声を上げる。「全員がたった一つのアイデアも出さないってことなの？」

太一が近付いて来る。「なに？　どうした？」

「今日までに新商品のアイデアを考えておいてと言っておいたのよ」私は苛つきながら説明をする。「それなのに誰も考えてこなかったのよ。一つもよ。いつも出してこないから、今度は必ずアイデアを出すようにと言ったのに。それでも考えてこないっていうのは、どういうことなのかしらね。うちにはまともなスタッフが一人もいないのね。わかっていたことだけれど、あなたたちには本当にがっかりだわ」

私は厨房を出て事務室のドアを力任せに開けた。自分のデスクまで進むとドスンと椅子に座った。袖机の一番上の引き出しを勢いよく開ける。なにを出そうとしていたのかわからなくなって、すぐに力いっぱい押し戻した。

役に立たないスタッフばっかりで本当に嫌になる。真剣に考えようとしてないのよ。だから締め切りの日にアイデアが出なくても、平気な顔をしていられるんだわ。ヨシカワでデザイナーをしていた頃、私はいいアイデアが浮かばなくて苦しんでも、締め切りの日に手ぶらで会議に臨んだことなど一度もなかったわ。出来は今一つでもとにかく提出した。それが給料を貰ってる人間として、最低限のマナーだと思ってたわ。それぐらいの根性を見せなさいよね。

太一が事務室に入って来た。

自分のデスクに向かって歩きながら「実はさ」と言い出した。「先週藤本君から辞めたいって相談を受けたんだよね」

「それがなに？」

「なにってさぁ……藤本君を説得して、残って貰えることになったばっかりなんだよ。今月厨房スタッフ三人辞めたんだぞ。問題だよ、これは。パンを作れる人がいなくなっちゃうんだからな。今日入った人がすぐにパンを作れるって訳じゃないんだからさ。こんなに退職者が出るっていうのはマズいって。接客担当だってこの二ヵ月で二人辞めてる。商品のことを聞かれても答えられないスタッフばかりじゃ、お客さんだって不安になるよ。これは困った事態だと展子だって思うだろ？」

「そうね。求人して育てるにはコストも時間も掛かるしね」

「藤本君は厨房の要だからさ、彼がいなくなったら、ワタナベベーカリーはガタガタになってしまうぞ。なんとか説得して、残って貰えるようになったばっかりだっていうことをさ、頭の隅に入れておいてくれよ」

「能力がなくても我慢しろってこと？」

「そういうことじゃなくてさ」太一が自分の首の後ろを激しく掻いた。「藤本君はムードメーカーだろ？　彼が厨房にいると一気に明るくなってさ、楽しく仕事ができるんだよ。他のスタッフたちから慕われてもいるしな。藤本君のそういういいところも含めて評価して欲しいんだよ。新商品のアイデアは出せなくても、藤本君がいてくれるお蔭で助かってることもたくさんあるだろ？　不得意な一つのことでその人を評価しないで欲しいんだ。総合的に評価しないと。不満そうだね。だったら言うが、新商品のアイデアを出すのは誰もができることじゃないし、難しいことだぞ。展子がここ最近発案したものはすべて失敗だったじゃないか。それだけ難しいことなんだよ、ヒットする新商品を出すなんてことはさ。自分だってできてないのに、部下にどうしてできないんだと叱っちゃマズいよ。スタッフたちからしたら冗談じゃないって話だろ。だからどんどん皆辞めていくんだ」

「私がいい社長じゃないから皆が辞めていくんだと言ってるの？　本気でそう思ってるの？　私が悪いの？　焦ってるのよ。売り上げが落ちてるから、なんとかしなくちゃいけないでしょ。

その危機感が皆は薄いのよ。もっと必死になってよ。必死になって欲しいと望んじゃいけないの？　このままじゃ、ワタナベベーカリーは潰れてしまうわ。そんなことダメなのよ。店が潰れてしまったら私はパパに顔向けできないわ。お祖父ちゃんにだってよ。そんなことになったら私は」眩暈《めまい》がして片肘を立てて額を手で押さえた。「ダメなのよ、そんなことは」

「急ぎ過ぎたんだよ。いろんなことを。きっと」

八月に和牛肉を使ったサンドイッチを発売したが、まったく売れなかった。当初千五百円だった価格を千円にしても、ほとんどが売れ残った。原材料費を考えると販売価格を更に下げることはできなかったため、二週間で販売を中止した。他店でメロンパンが動いているようだったので、抹茶クリーム入りやチョコチップ載せなど、様々なバリエーションを作った。ビッグサイズのものも用意して売り出したが、お客さんの反応は今一つだった。九月にはシナモンロールの新作をいくつか店に出した。砂糖と水を煮詰めたフォンダンを上に掛け、さらにアーモンドスライスを散らしたものだった。シナモンの香りと甘味と、アーモンドの歯ごたえの面白さを味わって貰えたら、人気が出るのではないかと踏んだのだが、売り上げを改善するほどの数は出なかった。十月に入るとチョコレート系のパンを十種類新たに売り出した。チョコレート生地で焼いたクロワッサンや、チョコレートベーグルは従来の品より、一・五倍くらいのサイズにした。目玉のショコラショコラショコラと名付けた新商品は、卵とバターでカステラのように軽い食感にしたブリオッシュ生地にチョコレートを混ぜて、中にはチョコレートクリームをたっぷり入れた。上にチョコチップをたくさん載せて焼き、食べると中からチョコレートが溶け出すのがウリだった。チョコレート系の商品を店に並べてから二週間になるが、売れ行きは芳しくない。

どうしたらいいのか全然わからない。自分で思い付いたものは商品化して売り出したが、どれも不発に終わってしまった。どんな新商品を出したらいいのだろう。

「こんな時にはさ」太一が言った。「皆で力を合わせていかないと。全員でさ。中でごたごたしてちゃマズいよ」

「仲良くなって売り上げが復活するなら、いくらだって仲良くするわ。本気でそんなことを思ってるの？　皆で力を合わせたら売り上げが元に戻るって？　関係ないわよ、そんなこと。お客さんにとっては従業員たちの人間関係なんて、興味がないしどうでもいいことなんだから。うちはパン屋なの。パンを売らないと借金を返せないし、スタッフに給料を払えないし、家賃の支払いもできないのよ。売れるパンを作るのよ。それが緊急課題なの。なによりも今優先するべきことなの。私は間違ってることは言ってない。太一はちゃんとうちの危機を理解しているの？　これまでのようになんとかなると思ってない？　なんとかなると思ってるから、うちがこんな時に観光協会や商店会の仕事で、飛び回ってるんじゃないの？　一応副社長なんだからこの街のことなんかじゃなくて、うちのことを一番に考えてよ」

太一のスマホが鳴った。

太一が画面を見て「恵からだ」と言って、スマホを耳に当てる。

私は今一度袖机の引き出しを開けて、今度は胃薬を取り出した。瓶を傾けて手に三錠を移すと口に放った。デスクのペットボトルに手を伸ばし、ミネラルウォーターで薬を喉に流し込んだ。

太一がスマホをジャケットの胸ポケットに戻す。「山本《やまもと》コーチが保護者と話をしたいと言っているそうだ。恵が今日はいつもより早めに迎えに来て欲しいと言ってるから、そうするよ」

そういう連絡を恵は私にはしてこない。いつも太一にする。

恵はなにを感じ取って、私を選ばず太一に連絡するのだろう。

三日前に胃薬を飲んでいるところを恵に見られた。胃が痛いのかと聞かれたので少しと答えると、病院に行った方がいいと言われた。「胃カメラを呑むのが怖いから行かないの」と冗談で済まそうとしたら、真面目な顔で一緒に行ってあげるからと言われた。まるで病院に行きたがらない子どもに向かって、親が言うような言葉を恵から聞いて泣きそうになった。恵には小さい頃からそういう優しいところがある。二歳の頃にはお腹が痛いと言った私に抱き付いてきて、ずっとお腹を擦ってくれた。頭が痛くてソファに横になっていた時には、頭を撫でてくれたこともある。治ってはいなくても「あれ？　恵が撫でてくれたから痛くなくなった」と言うと、恵はほっとした顔をしたものだった。それがいつの間にかなにを聞いても「別に」と言うようになって、生意気盛りになったと感じていた。でも一緒に病院に行ってあげると、まるで保護者のように言われて恵の成長に気付かされた。そして心根が優しいところは変わっていなかったことが嬉しかった。そういうところは太一に似て良かったとも思った。

太一とは自宅で仕事の話はしない約束になっている。だから恵は店の状態も私たちの仕事の分担もわからないはずなのに、相談したり許可を取ったりする時に連絡を取るのは、いつも太一の方だった。

私はパンの専門雑誌を手に取った。人気店の商品が紹介されているページを開いた。

12

車のドアを開けた途端寒さに首を竦めた。助手席のマフラーを首に巻き車を降りる。

駐車場には二十台ぐらいの車が停まっている。

午後六時半を過ぎていて、辺りはすっかり暗くなっていた。

テニススクールに恵を迎えに来るのは二度目だった。普段は太一がしているのだが、昨日から風邪をひいて寝込んでいるため、今日は私が迎えに来た。

駐車場の向こうにあるクラブハウスの白い外壁には灯りが当てられていて、闇の中でそこだけ輝いている。

私はコートのポケットに両手を差し入れて駐車場を突っ切り、クラブハウスのドアを押し開けた。フロントで受話器を耳に当てている女性スタッフに目礼をして通り過ぎた。そのままロビーへ向かう。すぐに大勢の保護者たちがロビーの長椅子に座っているのが見えた。

ロビーの端に立った時、右手から子どもたちの賑やかな声が聞こえて来た。レッスンを終えた子どもたちがロビーに現れたのだ。

私はロビーの中央付近まで進み恵を探す。でも恵を見つけられない。ふと窓越しにテニスコートへ目を向けた。

恵はまだコートにいた。山本基行《もとゆき》コーチとなにか話をしている。他にも二人の男の子がまだコートに残っていた。

なにを話しているのかしら。

少しすると恵が走り出した。コートのベースラインに立つとラケットを構えた。

向かいのコートには山本コーチがいて、その足元には黒い箱があった。そこにはたくさんのテニスボールが入っている。

あれは自動ボール出し機じゃないだろうか。

すぐにその機械からテニスボールが一個飛び出した。ネットを越え恵のいるコートに落ちる。

ワンバウンドしたそのボールを、恵がラケットで打ち返した。

恵が自主練するコートの隣で二人の男の子が、それぞれ同じように自動ボール出し機から飛び出して来るボールを打ち返す練習を始めた。

私はスマホに目を落とし、いくつかのメールに返信をする。

十五分が経った。

恵と男の子たちが練習を止めて、ボール拾いを開始する。

二人の男の子たちは自動ボール出し機にボールを戻すと、それを両手で押しながら窓の前を通り過ぎた。

一人残った恵がコートに向かって走り出した。そしてベースラインに立つとすぐにラケットを構える。

機械からボールが飛んだ。

恵がそれを打ち返した。

恵はまだ練習を続ける気だと知った私は、また腕時計に視線を向ける。

ドアが開き二人の男の子たちがロビーに入って来た。二人とも真っ赤な顔をしていて汗を滴らせている。

それから二人の男の子たちはロッカールームへと姿を消した。

手持ち無沙汰の私は再びスマホに触れて、今度は書類を開く。

それはアンケートの結果をまとめたものだった。業者に依頼して、ワタナベベーカリーに対するイメージやパンへの評価などをコメントして貰った。「不味くはないけど癖になるような味でもない」「フツー」「毎日食べようとは思わない」「盛り過ぎ」「なにもかも大袈裟で飽きる」「ケーキっぽい」「値段が高い」……そうした言葉を拾い読みする。

突然冷気が足元をすっと走り抜けていった。誰かがドアを開けてロビーから外へ出たのだろう。

私は腕を組んで顔を前に向けた。

機械からボールが放たれた。

恵がラケットを引きながら右方向へ走る。そして右手を思いっきり伸ばした。

でも追いつかなくてボールは後ろの金網に当たる。

恵は顔を顰めてすぐにセンターマークに走り戻る。

今度のボールは左の前の方に落ちた。

恵は猛スピードで前方に走る。そしてバックハンドで打ち返したが、それはネットを越えなかった。すぐに恵はセンターマークに向かって走る。

戻り切らないうちに次のボールが右方向に飛んだ。

恵は必死で追いかける。そしてラケットを振った。

フレームに当たったボールは天高く飛び上がる。

恵は思いっきり悔しそうな顔をした。

私はゆっくり腕を解く。

機械から次のボールが飛び出た。ボールは右方向に飛んでいく。

恵はラケットを引きながら走り、予想軌道の位置で止まると構えた。そしてラケットを素早く振った。

ボールは力強いスピードでネットを越えて、相手コートの隅に落ちた。

恵がセンターマークの位置でラケットを両手で握り、次の準備に入る。恵の肩は上下していて口が開いている。その顔は上気していた。

私は組んでいた足を解いて前屈みになった。

機械から出たボールがふわっと浮いた。

恵は猛ダッシュをして前に走る。

ボールはネットを越えてすぐのところに落ちた。

恵はラケットを思いっきり前に伸ばして走り続ける。あと少しでボールに届くと思った時、足がもつれた。右膝をコートに打ち付けてしまう。

思わず私は立ち上がって窓に近付いた。

恵はすぐに起き上がった。そして走ってセンターマークに向かう。くるりとターンして正面に向くと、またラケットを両手で握って身構えた。

私の目に涙が溢れていく。声が出そうになって咄嗟に口元を手で押さえた。

恵が一生懸命練習している……それだけで胸の奥が熱くなっている。先月の試合で準優勝だったのが悔しかったの？　バイオリンの発表会の時は、失敗したら途中で止めてしまったのにね。止めるのではなく、たくさん練習すると決めたあなたが誇らしいわ。いつの間にかちゃんとあなたは成長していて……私は仕事ばっかりだったから、あなたの成長の途中を見逃してしまったのかしら。勿体ないことをしたわね。母親のなによりの喜びのはずだもの。仕事に注ぐ時間は長かったけれど……今のあなたのように一途だったかしら。そこに自分の都合が入っていたのかも。パパは時間が経つと、楽して作ったパンと苦労して作ったパンの差が出ると言っていた――。お客さんに誠実じゃなかったから、毎日食べようとは思わないなんて言われてしまうようになったのかしらね。自分が恥ずかしくてどこかに消えてしまいたい気持ちと、あなたのことを大きな声で自慢したい気持ちとが交じり合ってて、ちょっと混乱してるわ。

「あの、大丈夫ですか？」と声を掛けられて振り返ると山本コーチがいた。

「恵ちゃんのお母さんでしたよね？」と山本コーチが確認してきた。

「はい、そうです。いつもお世話になっております」頭を下げる。「大丈夫かというのは私のことですよね。泣いているからですよね。すみません。娘が一生懸命練習しているのを見ていたら、感動してしまって。親バカで申し訳ありません」

「いやいや。そうでしたか。それならわかります。頑張ってる姿っていうのは圧倒的な力を持ってますからね。恵ちゃんは頑張ってますよ。先月の試合の優勝決定戦で負けた後、すぐに僕のところに来たんです。僕は準優勝おめでとうと言ったんですが、恵ちゃんは練習したら勝てるようになりますかと聞いてきたんですよ。勝ちたいのと聞いたら頷いたんです。だから練習したら勝てる確率は高くなるよと答えました。それからはあんな調子です。身体を壊すからもう今日は終わりだと僕が止めるまで、ずっと練習してます。恵ちゃんはガッツありますよ」

「有り難うございます」また溢れて来た涙を指で拭った。

大人たちがぞろぞろとロビーを出て行き、山本コーチもそれに続く。すぐに恵の隣のコートで女性コーチのレッスンが始まった。十分程経って機械からのボールの放出が止まった。山本コーチが恵に何事か話し掛け、二人でボール拾いを始めた。

そうしてボールを満載した自動ボール出し機を恵が押す。窓の前を恵が通る。

私は窓の向こうの恵を追うようにして右方向へ歩いた。ドアを開けて外に出る。たちまち寒気に包まれて全身が震えた。

「恵」と私は声を掛けた。

なにか言葉を掛けたいのだけれど、相応しい言葉が思い付かないでいると恵が聞いてきた。

「ママ泣いてるの？　どうして？」

「どうしてかしらね」

恵の顔は汗だくで首にもたくさんの汗が滴り落ちていた。

恵は小屋の扉を開けて、そこに自動ボール出し機を入れた。

その背中に向かって私は言った。「恵が一生懸命練習しているのを見ていたら涙が出てきたの。感動したからね、きっと」

小屋は外も中も緑色のペンキで塗られている。自動ボール出し機の横には、大量のテニスボールが入った籠がいくつも並んでいる。

小屋の扉を閉めて振り返った恵は、少しはにかんだような表情をしていた。腕で額の汗を拭うと、それは満足そうなものに変わった。

私は恵の頭に手を伸ばして撫でる。途端に恵は嫌そうな顔をしたが私には嬉しそうにも見えた。


「結構あるね」と綾子が言った。

「そうなの」私は頷く。「処分できずに一年が経ってしまったの。いい機会だから二人に見て貰おうと思って。欲しい物があったら持って行って。二人がいらないものはこの際捨てることにするわ」

華子と綾子が段ボール箱とプラスチックケースの前に跪《ひざまず》いた。そして蓋を開けて中を覗く。

パパが使っていた和室には、押入れから引っ張り出した遺品の入ったケースがずらっと並んでいた。

当初は部屋に入ると辛くなるので、パパが使っていた部屋をそのままにしていた。二ヵ月ほど経って整理しようとしたのだが、なにを基準に取捨選択したらいいのかわからなくて、結局段ボール箱とプラスチックケースに詰めて、押入れに収めただけだった。一周忌法要の今日は三人が揃うので、形見分けをしてそこで残った物は処分することにしようと考えたのだった。

「見て」華子が声を上げた。「パパが若い」

華子が広げているアルバムを綾子が覗く。「本当だ。パパが若いのがなんだか不思議。ねぇ、これって角刈りっていう髪型じゃない？　パパは昔角刈りだったんだね」

私は二人に注意する。「アルバムなんて見始めちゃったら整理が終わらないわよ。法要は午後二時にスタートなんだからね。その前にある程度やっちゃってよ。ほら、ちょっとぉ」

私を無視して華子が一枚の写真を指差した。「ママも若いねぇ。ママの髪型も凄くない？当時ってこんなに髪を膨らませて大きく見せるのが、流行ってたんだっけ？」

綾子が言う。「それも凄いけど、ママがミニスカートをはいているのも凄くない？」

「そうだね」と華子が同意してページを捲った。

私は一つ息を吐いた。「アルバムならちゃんと残しておくから、いつでも見られるわよ。それに写真はデータにして二人にあげるわ。すぐには無理だけれどそのうちに渡します。聞いてないわね。まったく」

私は手近のケースの蓋を開けた。

A3ぐらいの紙製の箱が二つ入っていて、どちらも黒い紐で十字に縛ってあった。

これはなんだろう。初めて見る気がするので、パパ自身がケースに入れて押入れに収納していた物ではないかと思う。

紐の結び目を解いて蓋を開けた。

中には子どもが描いた絵が入っていた。花と鳥と木がクレヨンで描かれている。そして裏には「わたなべのりこ」と下手な字で書いてあり、右隅には大きな花丸が付いていた。

「ほら、見てよ」華子が大きな声で言う。「展子姉ちゃんと綾子はおニューの服を着てる。でも私のは展子姉ちゃんのお下がりよ。いっつもこうだったんだから。可哀想でしょ、次女って。いっつも損するのよ。なにがはいはいよ。綾子が私の味方をしてくれなくてどうするの」

「これ覚えてる」綾子が明るい調子で言った。「遊園地に行った時のだ。これ、お化け屋敷を出た直後の写真だよ。私たち三人だけでお化け屋敷に入ったのよ。華子姉ちゃんがすぐに泣き出してビービー煩《うるさ》かったの。展子姉ちゃーんって泣き叫んでさ。それで展子姉ちゃんが華子姉ちゃんの手を引いて、ギャーギャー大騒ぎしながらゴールして。出てきたらパパとママがいたの。それで私はパパが構えるカメラに向かってピースしたんだ。ほら、私だけ大笑いしてる。

でも後ろに写ってる華子姉ちゃんと展子姉ちゃんの顔を見て。地獄から帰ったって顔してる」

「全然覚えてない」と華子が言い、私も「綾子の創作じゃないの？」とかわした。

するとと綾子が「嘘吐きー」と口を尖らせる。「絶対二人とも覚えてるでしょ。覚えてるのに覚えてないって言ってるー。もう一枚同じ時の写真があるから、こっちも見てよ。ほら、展子姉ちゃんと華子姉ちゃんがしっかり手を繋いでるでしょ。展子姉ちゃんがほっとした顔をして、華子姉ちゃんが泣き腫らしたって顔してる。私の話と合うでしょ。なにそれー。都合の悪い思い出はなかったことにしちゃうっていうのは、反則だからね」

私は苦笑いしてもう一つの箱に手を伸ばす。

そちらにも私の小学生時代の絵が何枚も入っていた。色鉛筆で色彩されたものや、水彩絵の具で描かれた絵だった。画用紙の四隅は少し反り返っていた。

「これは展子姉ちゃんが必要なものみたいよ」綾子がノートの束を畳に滑らせてきた。

一番上のノートを手に取り表紙を捲った。

左ページの最上段には昭和三十七年三月一日と書かれ、天気、気温、室温、湿度が続いている。その下には使用した小麦粉の銘柄と分量、水の温度、量、塩の銘柄といった材料だけでなく、発酵時間などの作り方についての記述があった。右ページには「薄い」「ぱさつく」「硬い」といった、味や食感についてと思われる文字が書かれている。ページを捲ると日付けが進んでいて、前回の時より水の量を一 cc増やして試作した時のことが記されている。

それは温度を一度単位で変えたり、様々なイーストとの組み合わせを試したりといった試行錯誤の記録だった。ノートの表紙に書かれた日付けによれば、そうした試作は十年間続いたようだった。パパのレシピ帳なら何年も前に譲り受けていたので、これはその前段階の覚え書きだと思われた。

私が貰っていたのは完成したレシピだったから……そこに辿り着くまでのパパの苦労をちゃんと想像できていなかった。こんなに長い期間何度も試して何度も失敗していたのね。こんなふうに努力を積み重ねてやっと摑んだレシピだった――。

私は両手を伸ばして摑めるだけのノートを持ち上げると、膝に載せた。その重さを感じながら一番上のノートに手を置く。そしてそっと表紙を撫でた。

信用金庫に借金の相談に行ったのは先週だった。一人で決めて一人で出向いたので太一は知らない。アポイントを取るための電話を掛けるまでに数日掛かった。ワタナベベーカリーがお金に困っているのかと思われるのが、恥ずかしかったのだ。なんとか意を決して電話でアポイントを取った。同世代に見える男性職員の顔を直視できなくて、持参した売り上げなどの数字を記した書類ばかり見て説明をした。説明を終えてそっと顔を上げると、職員の顔にはなんの感情も浮かんでいなくて少しほっとした。同時にこの期に及んでも驚かれたり、同情されたりしたくないと思っている自分にうんざりした。そして自分の顔が赤くなっているのではないかと、そんな心配もしていた。職員は言った。「担保は自宅と本店の土地と建物だけですか？」と。「だけ」という言葉が胸に突き刺さって来た。信用金庫にとっては「だけ」かもしれないが、私にとってはそれがすべてだった。大切な大切な自宅と本店だ。それを担保にしようとしていることに今更ながら思い至り、身体が震えた。職員は検討後に正式な回答はするが、恐らく貸せるだろうと口にした金額は、希望額の八割程度だった。満額ではないにせよお金を貸して貰えるのは有り難い。そう思いながらも借金を返せなかったらどうしようとの不安が芽生えて、それはみるみる大きくなった。パパから貰った自宅と本店を担保にしてお金を借りれば、しばらくの間は少し楽になる。でもそれで一気に事態が好転するとも思えない自分がいた。業績不振の理由が判明していないので、どうしたら挽回できるかがわかっていないからだ。いや、そうじゃなくて、本当は理由も解決策もわかっているのに、わかっていないフリをしているだけなのではないか……そんなことを思った。まだ信用金庫からは正式な回答は来ていない。

「これなんだろう」と言う綾子の声が聞こえてきた。

私はパパのノートを畳に戻してペンを握った。付箋に残しておく物と書いて一番上のノートに貼る。再びペンを握り大切な物と付箋に書き足した。

形見分け作業は一時間ほど続いた。

私のスマホに電話が入った。太一からだった。

太一との電話を終えて私は言った。「もうそろそろお寺に向かってくれって言ってるわ。残りは法要が終わってからにしましょう」

私たちは部屋を出てリビングへ移動する。

私がソファの上のバッグを摑んだ時、綾子が「華子姉ちゃんのストッキング伝線してる」と指摘した。

私は自分の寝室へ行き、黒いストッキングの買い置きを探した。華子に渡すと、はき替えてくると言ってトイレに行った。

「私だったらここではき替えるけどな」綾子がソファに腰掛ける。「わざわざトイレに行ってはき替えるっていうのが、華子姉ちゃんなんだよね。ねぇ、展子姉ちゃん、見てよ。きっとまた恵ちゃんと宙へのプレゼントよ、この袋の中身。なんかリボンが見えるもの。嬉しいし有難いんだけどさ、華子姉ちゃんはちょっとやり過ぎよね。プレゼントくれ過ぎ。姪っ子と甥っ子を甘やかし過ぎだって、展子姉ちゃんから言ってくれない？」

「そういうところも華子なんでしょ。いいじゃない。甘いおばさんがいる恵と宙君は幸せ者だわ」

目を真ん丸にする。「なにそれ。なにかあったの？」

「なんで？」

「なんでって……だって……」

華子が戻って来た。「お待たせ」

私は立ち上がった。「それじゃ、行こうか」


「盛りを過ぎた桜というのも乙なものね」と言ってかずえさんが微笑んだ。

「そうですね」と私は答えて周囲の桜を見上げた。

公園を取り囲むように桜が二十本ほど植わっていて、それらの枝ではすでに葉が元気良く顔を出している。花もまだ枝に残ってはいるが、その多くは落ちてしまっていて、公園の地面はピンク色に染まっていた。太一は公園の中央付近で車椅子の男性と話をしている。

昨日行ったパパの一周忌法要のお礼と支払いをするため太一とお寺に行くと、ばったりかずえさんに会った。かずえさんはパパの墓参りに来てくれていた。入所している施設の人たちと花見をすることになり、外出しがてらお寺を訪れたと語った。かずえさんがワタナベベーカリーを引退したのは三年前になる。

かずえさんが言った。「太一さんは時々施設にパンを持って遊びに来てくれるのよ。それでね、施設の皆から人気なの」

「全然知りませんでした」

三年ですっかりかずえさんは老けた。すっかりお婆さんになっていて……それがどうして私を寂しい気持ちにさせるのだろう。私だって三年分老けているのだからお互い様なのに。誰だって年を取ることから逃れられないってわかっているのに、身近な人の老いはちょっと胸にずしんとくる。

「素敵な旦那様よね」とかずえさんが口にした。

「素敵……でしょうか？　昨日の法要は彼が仕切ったんですが、注文するお弁当の数を間違えて一つ足りなかったんですよ。自分の分のお弁当を買ってくると言ってコンビニに行ったきり、なかなか戻って来ないので探しに出たら、住職のご自宅で奥さんの手作りカレーライスを、ちゃっかりご馳走になってたんです。猫を膝に乗せて食事をしててすっかり馴染んでるんですよ、そこの家に。なにやってんだか、ですよね」

笑い声を上げる。「太一さんらしいわね。太一さんは皆から愛される人だから。それに今ではこの街で太一さんを知らない人はいないと言えるぐらいの、有名人になったわよね」

私は隣のかずえさんから太一へ目を移した。

太一は黒いセーター姿のスタッフらしき男性と話をしている。

言われてみれば太一と街を歩いていると、たくさんの人から挨拶をされた。太一も挨拶を返すその人を、私は知らないことが多かった。かずえさんが言うように、太一はこの街でそこそこ知られているのかもしれない。太一がこの街に馴染み、根を張っていたのはいつからだったのだろう。

かずえさんが自身の膝に掛けているストールを少し引っ張り上げる。「太一さんになんとかなりますよと言われると、ほっとするんじゃないかしら、皆。私の夫は太一さんとは違うタイプだったの。私が愚痴ったりすると、だったらこうしたらいいじゃないかと、解決策を出してくるのよ。そういうことじゃないのにといつも思ってたわ。解決できないことってあるわよね、世の中にはたくさん。それを無理して解決しようと考えていただかなくていいんですよ。こっちはただ愚痴を言いたいだけなんだから。そういう時の対応の理想はね、愚痴を聞いてくれて大変だったねとか、なんとかなるさと言ってくれることだと思うの。だから太一さんはいつも満点なのよ」優しく微笑んだ後で真顔になった。「太一さんの浮気を知った時にはとても驚いたわ。勿論展子ちゃんが一番驚いたとは思うけれど、私もとても驚いたの。それでね、心配していたの。展子ちゃんが太一さんを許さないいんじゃないかと思って。展子ちゃんは正しいかどうかを重要に思うタイプだから。でも展子ちゃんが太一さんを許したと知ってね、あぁ、展子ちゃんも成長したんだなぁと、しみじみとしたのよ。人って過ちを犯すものでしょ、残念ながら」

「…………」

「展子ちゃんはしっかり者で頑張り屋さんだから、太一さんをちょっと頼りなく思うこともあるかもしれないけれど、そういう性格の違う二人だからこそ一緒にいるべきだと、私なんかは思ってるもんだからね」

「…………」

「礼子さんのお葬式の時のことを今でもはっきり覚えてるわ。展子ちゃんは泣かなかったのよ。隠れて泣いていたのかもしれないけれど、私たちの前では涙を見せなかったわ。お葬式の間中、展子ちゃんはずっと二人の妹の手をしっかり握っていたの。まだ小さかったのに、自分はお姉ちゃんだからって思ってたの？　その頃からすでにしっかり者だったのよね。そうやって哀しいのを必死で耐えている姿が、参列者たちの涙を誘っていたわ。覚えている？」

私はゆっくり首を左右に振った。

かずえさんが続ける。「展子ちゃんはずっと頑張って来たのよね。私ね、展子ちゃんは偉いと思うわ」

返事に困った私は自分の足元に視線を落とした。

砂利の上に桜の花びらが無数に散っている。その花びらが一斉に左方向へ動き出した。風によって巻き上げられた花びらが、くるりと回転しながら左へ進む。

風はその一瞬だけでぴたっと止んだ。穏やかな陽気で、眠気を誘うような暖かさがその辺りに満ちていた。

「今思い出したわ」とかずえさんが口を開いた。「太一さんが展子ちゃんに許して貰えて、実家から戻って来た時のこと。厨房で太一さん、洋介さんに頭を下げたのよ。展子からもう一度チャンスを貰えましたと太一さんが言ったらね、洋介さんはそりゃあ良かったと言って、それはそれは喜んでたわ。展子には太一君が必要だ。展子は頑張り過ぎるところがあるから、ブレーキを掛けてやってくれ。それができるのは太一君だと言ったの。そうしたら太一さんは感激しちゃったみたいでね、泣いたのよ。精いっぱいブレーキを踏みますと宣言してたわ。泣かない展子ちゃんと、泣いちゃう太一さん。正反対の二人ね。でもね、似た者同士の夫婦より正反対の夫婦の方が長く続くものよ」

その時、大きな笑い声が聞こえて来た。

声がした方へ顔を向けると、太一が車椅子の男性とハイタッチをしていた。その二人と少し離れたところにいる車椅子の女性に目が留まる。

その高齢の女性が両手をゆっくり上げた。桜の花びらを受け取ろうとするかのように掌を上にする。しばらくの間そうしてからゆっくり手を下ろした。それから自分の胸の前で合掌した。

祈っているようにも見えるその姿を私は見つめ続けた。

視界に大勢の人が入って来て我に返った。右から左へ大勢の人が歩いている。

私は自分の右手が摑んでいるカップを見下ろし、コーヒーを飲んでいたことを思い出す。反射的にコーヒーを口に運んだ。

あっという間に人の姿は消えて、自動券売機の前に四、五人がいるだけになった。ターミナル駅の北口改札の横には、セルフ式のコーヒー店がありテーブルと椅子が置かれている。その一つに私は座っていた。

東京で用事を済ませた後はいつもなら一刻でも早く戻ろうと、北口改札を急ぎ足で通過するのだけれど、今日は真っ直ぐ帰る気持ちにならずコーヒーを買った。

ふと隣のテーブルへ目を向けた。

まだ四月だというのに、半袖のポロシャツを着た男性がスマホを弄《いじ》っている。

私の方は長袖のワンピースと長袖ジャケットの喪服のセットアップだった。

喪服を着るのはこの一週間で二度目だった。

再び大勢の人たちが現れた。先を争うように改札を抜けて左方向へと進む。

その足音が四方八方から迫って来る。鐘の音のように余韻があるうちに次の音と重なって、厳粛な音楽のようにも聞こえた。

見上げた天井はとても高かった。上部には円形の明かり取りが並んでいて、そこから差し込んだ陽が白い床に当たり、反射して辺りを明るくしている。

「展子」と声がして顔を向けると久美が立っていた。

久美が隣に座った。「心配で来ちゃった」

「忙しいのにごめんね。仕事大丈夫なの？」

「全然平気。私は職場で戦力外だから」と静かな調子で言って、「万里子ちゃんのこと残念だったね」と続けた。

私は頷いた。

「私たちと同い年なんだよね？」久美が確認してくる。「四十四歳でなんて早過ぎるよね」

「本当に早過ぎる。告別式で万里子の子どもたちを見かけたんだけれど……まだ十二歳と十歳なの。万里子にそっくりな顔をしてる二人でね、私が母親を失った時のことを思い出してしまって……二人がこれから何度も寂しい思いをすると、私には身に染みてわかっているから……胸が張り裂けそうだった」

万里子と最後に話したのは三ヵ月前だった。再々発したと連絡を貰い入院先の病院に見舞いに行った。それまでの時と同じように励ますつもりでいたのだけれど、病室の万里子は別人のように小さくなっていて、私は言葉が出てこなくて慌てた。そんな私を気遣って万里子は自ら「別人のようでしょ」と言った。それにも答えられず私は持って来た花の説明をして、それを買った花屋の男性店員のことを必死で喋った。喋りながら泣いていた。泣いちゃダメだと心の中で自分に言い聞かせても、涙は止まらなかった。嗚咽《おえつ》まで出てくるようになって、私は自分の顔を両手で覆った。すると万里子が私の背中を撫でてくれた。私が落ち着くと万里子は専門学校時代の思い出話を始めた。二人が記憶している思い出の細かな違いをむきになって指摘し合ったり、笑ったり、懐かしがったりした。そうした時間を過ごした後で万里子はぽつりと言った。「私はついてない」と。私ははっとした。私はずっと自分をついてないと思っていた。でもついてないと嘆いていいのは、私ではなく万里子だと思った。それから万里子は「子どもの成長を見続けられる展子が羨ましい」と続けた。私は万里子の無念さを思い胸を痛めた。「それにお店をいくつも経営して成功しているのが凄い」と万里子が私を褒めたので、「実は上手くいっていないの」と正直に話した。「どうして？」と万里子に聞かれて、「私は間違ったみたいなの」と答えた。「だったら遣り直せばいい」と万里子は言った。「展子には遣り直す時間があるんだから」と言われて、私は「そうだね」と頷いた。

コーヒーを買いに行っていた久美が、私の隣席に戻って来た。

自動券売機の前には中学生らしき五、六十人ほどの集団がいる。引率教師のように見える大人が人数を数えている。

私は口を開いた。「私ね、小さい時からずっと自分はついてないって思ってたの」

「そうなの？」

「そう。本気で思ってたの。そういう星の下に生まれてしまったんだって。自分の思い通りにいかなかった時、不運のせいにすれば楽だったからだと思う。でも違うよね。私は恵まれてる方だった。私には遣り直せる時間があるしね」

「遣り直したいの？」

「うん」私は頷く。「遣り直さなきゃいけないと思う」

「展子がなにを遣り直すのかわからないけれど、人生を遣り直した先輩として私からひと言言わせて貰うとね」

「なに？」

「いつだって遣り直せるんだよ。それにね、一歩目は大変だけれど、二歩目からは思ったより楽しめるもんよ。だから遣り直しを楽しんで」

「……楽しめるかな？」

「楽しめる。大丈夫」強い口調で言った。

私は久美にあてていた目を正面に向けた。

柔らかな陽射しを浴びながら大勢の人が行き交っていた。


人身事故の影響で電車の到着が遅れているとアナウンスがあった。

太一がベンチを指差し歩き出す。

私は後を追った。太一の隣に腰掛けてバッグを膝に載せた。

「飲み物買ってこようか？」と太一が言った。

「ううん。私はいらない」

午前九時の三宅駅のホームは閑散としている。

通勤通学の人たちはすでに去った後であり、観光客の到着にも早過ぎるこの時間帯の駅は、ひと息吐いているかのようだった。

太一が自動販売機で買った缶コーヒーのプルタブを開けた。

ひと口飲んで太一が言った。「上杉さん、今月いっぱいで辞めたいってさ」

「そう」

「ひとまず副店長の市原《いちはら》さんを店長に昇格でいいよな？」

「独りぼっちにさせてしまったのは私ね」

「ん？」

「私はどうしてできないって腹を立てて、追い詰めて独りぼっちにさせてしまうのよね。孤独がどれほどしんどいものか、私はよくわかってるはずなのに」

「どうした？　なんか今日の展子いつもと違うぞ」

私は黙って駅舎の壁にびっしり並ぶ旅館の宣伝看板を見つめる。

「あのさ」太一がおずおずとした様子で言ってきた。「色々考えたんだがゴールドデパートから撤退しないか？」

「…………」

「凄く残念なことだよ、撤退は。だがこのまま続けても赤字が増えていくばかりだ。もうもたないよ。展子は一生懸命やった。他のスタッフもさ。皆それぞれ精いっぱいやったが思うようにいかなかった。そういうことってあるよな」

「……そうね。ゴールドデパートからは撤退しましょう」

「えっ？　今……なんて言った？」

「ゴールドデパートから撤退しようという太一の意見に賛成したの。どうしてそんな驚いた顔をするのよ」

「いやぁだってさぁ……驚くよ、そりゃあ。びっくり仰天だよ」探るように私を見てくる。

万里子の告別式から二日が経っていた。

太一と二人でゴールドデパートへ向かう予定が入っていた今日、車中で撤退のことを私から切り出すつもりでいた。でも先に太一から話が出たので、彼の考えに同意するというような流れになっている。

私は言った。「東口店も閉めよう」

「へっ？」

「へって、なによ」

「東口店も？」

「東口店を閉めて本店だけにして、昔のように店の奥に小さな厨房を置くの」

「…………」

「ただ昔のように店と厨房を壁で隔てるんじゃなくて、ガラス戸で仕切るようにして、売り場から厨房が見えるようにしたい。作っているのをお客さんに見せるの。一生懸命な姿を見ると感動するものでしょ、だから。それに、うちみたいな小さなパン屋はライブ感が大事なんだと思う。オーブンから焼き上がったパンを出すところを見せれば、ここで作っているのだとお客さんが実感できると思うの。棚に個別に袋詰めされたパンが並んでいるだけなら、スーパーやコンビニと一緒で、どこかで作られて運ばれて来たパンになってしまうでしょ。それじゃダメなんだと思う。パンとの距離が遠すぎて」

上り電車はあと十分ほどで到着するとアナウンスが入った。

太一が音をさせて背もたれに上半身を預けた。そうして向かいのホームへ視線を向ける。

少しの間を置いてから太一が口を開いた。「よく決心したな」

「うん」ちょっと涙声になってしまう。

「東口店もとは考えてなかったが……展子の言う通り本店だけにした方がいいな。そうすればこれ以上借金をしなくて済むもんな。総売り上げ額は大幅に減るが、コツコツと借金を返していけばいいさ。それができるよ、今なら。きっとさ」

私は黙って頷いた。

「本当にいいんだな?」と太一が確認してきた。

「うちのパンは毎日食卓に上るパンだったのよね。特別なパンを求められてはいなかったのに……間違っちゃった。単価を上げるためにデニッシュの種類を増やすのではなくて、毎日食べても飽きないパンを作り続けるべきだった。いい材料を使ってね。粉もレシピもパパが編み出したものに戻すわ。手間がかかるから大量には作れなくなるけれど。離れてしまったお客さんたちに戻って来て欲しいわね」

「そうだな」

「間違ってごめん」

「なんだよ。謝るなよ。人は間違うもんなんだからさ。間違ったことで、本当に大事なものがわかったりもするんだよ。遣り直せるさ、きっと」

「浮気のことを言ってるの？」私は尋ねた。

「そ……そういうこと言うなよ。一般論だよ。いや、反省してないとか、そういうことじゃないからな。店のこれからの話だろ、今してるのは」

慌てる太一を目にして少し顔が綻《ほころ》んでしまう。「なんとかなるかな？」と尋ねてみる。

「なんとかなるさ」と太一が答えた。

上り電車が隣の駅を発車したとアナウンスが入った。

私は電光掲示板を見上げる。それから太一に視線を戻した。

ほっとしている横顔に向けて私は声を掛ける。「そのコーヒー、ひと口貰っていい？」

「これか？　買って来ようか？」

「いいの。それが飲みたいの」

缶コーヒーを受け取った私は言った。「有り難う」

太一によれば昔この旅館には麻雀ルームがあったのだという。利用客が少なくなったため部屋は閉めたが、その際使っていた正方形のテーブルと椅子四脚が、社長室に運ばれたそうだよと教えてくれた。

背もたれ部分が極端に低い椅子には、真っ赤なビロードが張られている。テーブルのグリーンのフェルトには、擦り切れた箇所がいくつもあった。

社長室のドアが開いて国見が現れた。「いやぁ、お待たせしちゃって悪いね」

「いえ」太一が笑顔を国見に向ける。「お忙しいのにお邪魔しちゃってすみません」

「いやいや」国見が私の対面に座った。「たくさんのお客さんで忙しくってってことじゃないんだよ、残念ながら。病気でスタッフが二人休んじゃったもんで、朝からバタバタしてただけでさ。太一君と約束してたからちょうどいいや、いつものようにお喋りでもして、疲れを癒そうと思ってたんだが、今日は社長さんも一緒なんだね。ということは真面目な話なのかな？」

「はい」太一が頷く。「今日は真面目な話なんです。実は今うちの東口店で働いている、二人のスタッフの履歴書を持って来たんです。二人とも厨房のスタッフです。こちらで雇っていただけないでしょうか？　旅館の厨房スタッフが辞めたいと言ってきて困っていると、朋一郎さんこの前言ってましたよね。うちの二人はどうでしょう？　二人とも真面目に働く青年です。うちではパンを作ってましたが食全般に興味があるようで、教えて貰えれば和食でも洋食でも、なんでも挑戦したいと言っています。検討していただけないでしょうか？」

「そっちはどうするの？　真面目に働く二人の青年に辞められちゃったら大変だろうに」

「あぁ、そっか。そうなりますよね。話す順番を間違えました。失礼しました。東口店を閉めることにしたんです。それで東口店のスタッフを解雇します。希望者には次の働き口を探すのを、僕らも手伝うと申し出まして、それで彼らの履歴書を持ってこちらにやって来ました」

「そうなの？」目を丸くする。「東京のデパートは？」

「ゴールドデパートからも撤退します。本店だけの営業に戻ります」

「それって……ワタナベベーカリーさんは大変だったのかい？　てっきり絶好調かと思っていたんだが。なんだよ、太一君はそういうことをなんにも言わないから。いっつも恵ちゃんと奥さんの自慢話ばっかりでさぁ」

国見が私に視線を向けて来た。

私は黙って見つめ返す。そして国見の瞳に徐々に憐れみの色が浮かんでいくのを見守った。

国見は視線を外して、それをグリーンのフェルトに当てる。それから腕を組み「商売っていうのは難しいな」と呟いた。

国見は眼鏡を掛けて持参した二人の履歴書に目を通した。

しばらくして国見が眼鏡をテーブルに置き「欲しいのは欲しいんだが一人なんだよ。どっちがお薦め？」と尋ねてきた。

私はその場で初めて口を開く。「藤本は後輩の面倒をよく見る子で頑張り屋です。沢田《さわだ》は元気が良くてへこたれない子です。どちらも戦力になるはずです。二人ともいい青年なんです。私からこっちと一人を薦めることはできません。どうか二人と面接してやっていただけませんせんか？　お忙しいとは思いますが、二人に面接のチャンスを与えてください。お願いします」頭を下げた。

少しだけ優しい目元になった国見が言った。「わかりましたよ。二人と面接しましょう」

「有り難うございます」再び私は頭を下げた。

太一が鞄からスマホを取り出した。

東口店に電話をして、その場で国見と藤本と沢田の面接日時が決められた。それから国見が突然お茶の一杯も出していなくて失礼したと謝罪して、コーヒーの用意を始めた。

国見がペーパーフィルターにコーヒーの粉を入れながら喋り出した。「マツオカホテルさん、八月三十一日で一時閉館するってさ。丸ごと買い取った会社が少しだけ改装して、別の名前を付けてリスタートするそうだ。これまでの宿泊料金より三千円安くするらしいという噂があるんだが、どうなのかな。そんな安くして採算が取れるとは思えないんだが」

太一が考えを口にした。「夕食と朝食をバイキング式にするのかもしれませんね。それだけでも随分とコストの削減ができると、聞いたことがありますよ。旅行代理店で働いていた頃に聞いたので、随分昔の話ですが」

「いや、そうかもしれないな」国見がコーヒーメーカーに水を注ぐ。「朝食だけじゃなくて夕食もか……それで三千円……あり得るな。そういう話いつも助かってるよ。太一君の昔取った杵柄にはさ。それにしても思い切ったよな、あそこの三代目は。五十歳で引退してこれからどうすんのと聞いたら、これからゆっくり考えるってさ。どうも順番が違っている気がするが、まぁ、あいつらしいよな。そうそう、それでさ、今年の夏祭りの寄付金を断られちゃったんだよ。いなくなる身だから街の活性化とか集客とか、そういうのはもう関係ないんだと。そうだ。ワタナベベーカリーさん、夏祭りの屋台を出す気ある？」

私は驚いて確認する。「うちが出てもいいんですか？」

「出てもいいって……勿論だよ。というか、是非とも出てよ」国見が言った。

「有り難いです、それは。夏祭りで屋台を出したらデパートと東口店はなくなったけれど、本店では営業を続けていることを、皆さんに知らせられますから。そういうチャンスを頂けるのは有り難いです、とても。ただこれからは私一人でパンを作りますので、大量には作れません。数が限られますがそれでもいいですか？」

「いいよ。全然いいよ」コーヒーメーカーのスイッチを入れると、国見は赤い椅子に戻る。

「社長さん、変わったね」

「…………」

「変わったことを色々言う人もいるだろう。だがそういうのは無視してりゃいいと思うよ。それでさ、頑張ればいいよ」

「……はい」

私は変わった……多分国見の言う通りだと思う。国見の声援は有り難い。でも国見のような人は少ない。失敗した私に対してざまぁみろと思い、喜ぶ人ならたくさんいるはず。私は身近な人たちとの関係を大切にしてこなかったから。嫌な言葉を投げられたとしても仕方がない。

受け入れないと。いつだって遣り直せると久美は言った。皆間違ったり失敗したりしてるんだよ、だから落ち込み過ぎないでと励まされた。そうだよね、私には遣り直せる時間がある。それに恵がいて、私の隣で一緒に頭を下げてくれる太一がいる。解雇をスタッフに告げた時も、ゴールドデパートに撤退すると話した時も隣にいてくれた。大騒ぎにならずに済んだのは、太一が周囲の人たちとちゃんといい関係を築いていたからなのよね。こうして国見が私と会ってくれるのも太一のお蔭。やっぱり私は……とても恵まれている——。

ゴボゴボといっていたコーヒーメーカーの音が、シューシューというものに変わった。

国見が席を立った。

球状の生地に触れた。両手で軽く押さえながら感触を確かめる。生地を左に少し回転させてから、また両手で押さえるようにして確認する。また少し左に回転させ更にまた左に回した。いつもより膨らみが強過ぎる。大きな気泡ができているのかもしれない。

午後二時だった。

夕方の来店客のピークに合わせて、丸パンの準備をしていた。

掌底部分を生地の中央にあてぐっと押す。そのまま生地の上部へと掌底部分を滑らせる。一旦手を中央に戻してから次に生地の下部へと滑らせ、また中央に戻し左へ、そして右へと滑らせた。それから生地を裏返し、端を裏側へ折り込むように引き伸ばした。そうして球状に整えてから両手の指先で生地を軽く押さえる。一つ頷いてから生地をボウルに入れた。作業台を濡れ布巾で拭いてからオーブンの前に移動する。上から順にガラス扉越しに庫内を覗いていく。

「いらっしゃいませ」と言う太一の声が店の方から聞こえて来た。

先月改装を終えた店は、ガラス製の仕切り板で厨房と売り場が分かれている。売り場から厨房の一部は見えるが、裏の出入り口や事務室は死角になるようにしてあった。

私は作業台に戻り鍋を摑んだ。冷蔵庫から材料を取り出し電子秤に載せて量っていく。牛乳、卵、三温糖、コーンスターチ、無塩バターを鍋に入れて五徳に載せた。強火にして大き目のヘラでゆっくり掻き回す。

出てくる汗の量が一気に増えてTシャツが背中に張り付く。頭に巻いたバンダナも汗を吸って重くなった。

クリームパンに使うカスタードを作る時は、一瞬たりとも鍋から離れることはできない。すぐに焦げてしまうし掻き回しが足りないと、舌触りが滑らかにならないからだ。

十分間掻き回し続けた。

そろそろいいみたい。照りも充分だし、ヘラが随分スムーズに動くようになったし。

私は火から鍋を下ろして、それを濡れ布巾の上に載せた。一つ息を吐き出してから水筒に手を伸ばした。ごくごくと麦茶を一気飲みする。それから塩飴を口に入れた。オーブンの前に移動して一つずつ庫内を覗いていく。すべてをチェックした後で、もう一度最上段の庫内の様子を確認した。壁の温湿度計の数値と、モニター画面に表示された残り時間を調べてから軍手をはめ、タイミングを計る。そうしてしばらくの間パンを見つめ続けた。今だと思った瞬間に、最上段のオーブンのスイッチを切った。扉を開けて天板を手前に引き出す。そのまま天板を持ち上げて作業台に載せた。軍手を外してレーズンパンの出来具合を確認しながら、トレーに一つずつ移していく。それが終わると二つのトレーを両手で持ち上げた。売り場との仕切りドアの前で身体を反転させて、背中を使って押し開けた。売り場の中央の平台に空間を見つけ、そこに二つ並べてトレーを置く。引き出しを開けてレーズンパンの値札を探す。すぐに発見しトレーの前に置いた。

「暑いから大変ね」と声を掛けられて、私は顔を上げた。

女性客が厨房を指差す。「中は暑いんでしょ?」

「はい。冷房が入ってはいるんですが、火を使いますしオーブンもあるのであまり効かなくて」

「ニンニクがいいって昨日テレビで言ってたわよ。夏バテしないようにニンニクをたくさん食べて頑張って」

「はい。有り難うございます」

厨房に学校帰りの恵がやって来たのは午後三時半だった。

恵は玉子サンドを選び、売り場からは死角になっている厨房の隅の椅子に座って食べ始めた。

テニススクールのある日は、恵は学校から店に来て厨房でオヤツを食べる。事務室の方が涼しくて快適だろうと思うのだが、恵はいつも厨房の隅で食べた。

私は横長の生地を手前から向こうへくるくると回しながら尋ねる。「塾はどうするの？」

「いいよ」

「いいよっていうのはなに？」生地の両端をくっつけて天板に載せた。「行ってもいいよの、いいよ？」

「行かなくていいよの、いいよ」

「どうして？」

「テニスで忙しいもん」

「テニスを止めろとは言ってないわよ。テニスはテニス。勉強は勉強。来年は中三よ。高校受験があるのよ、わかってる？　今から塾に行っておいた方がいいんじゃないの？」私は考えを口にした。

「………」

「夏期講習の申し込みね、今週までなんだって。パパがパンフレットを貰って来たの、そこのボードに貼ってあるから読んでみて」

恵がコルクボードに手を伸ばした。パンフレットを広げたもののすぐに元に戻してしまう。

「ちゃんと考えようとしてないわね」私は言った。

「だってさぁ……いいの？　行っても」

「いいのって……勿論よ」

「お金あるの？」

「お金って？　塾に行くお金？　あるわよ。大丈夫よ、それぐらい。やだ。そんなことを心配してたの？　借金はあるけれどこの店の売り上げで返済していくし、恵の教育費だって用意できるわ。店の数は減ったとはいっても、お金がまったくないということではないのよ。そうなる前に決断したから。もしかして誰かからなにか言われたの？」

「そうじゃない」視線を逸らした。

私……また失敗しちゃったのね。ダメだわね、こんなママは。こんなに小さな街でワタナベベーカリーにまつわる噂話が、恵の耳に入らないわけなかったのに、そんなことにも気付かなくてごめんね。心配してたのよね、恵は。もっと前にちゃんと話しておくべきだったわね。ママね、こうしてパンを作りながら恵と話をするの大好きなの。大した話じゃなくていいの。たとえ学校のことやテニススクールのことを尋ねて、恵から別にとしか答えて貰えなくてもね。そういえば最近は別にって言わなくなったわね。ママね、学校帰りに厨房でお祖父ちゃんと話をするのも好きだったのよ。店は一つになってしまってそれは哀しいことなんだけれど、こうして恵と話をする時間が持てるようになったことは嬉しいの。本当よ。

「恵はお金の心配なんてしなくていいのよ」私は話し掛ける。「ママね、一生懸命パンを作るから。パパも一生懸命パンを売るしね。一生懸命やればなんとかなるわよ」

「なんとかなるって……なんかパパみたい」

思わず笑ってしまう。「本当ね、パパみたいなこと言ってるわね」

裏口のドアから綾子が現れた。黒いTシャツに黒いマキシスカートを着て、つばの大きな黒い麦わら帽子を被っている。

綾子にはパートとして残って貰っていて、太一が店を空ける時には一人で売り場を担当した。

バンダナとエプロンを着けた綾子が事務室から出て来ると「外は暑いよー。でもここも暑いね」と言いながら厨房を通り抜け売り場に進んだ。

私は尋ねた。「諒《りょう》君と一平《いっぺい》君はムラタ塾の夏期講習に行くって？」

「行くみたい」

「だったら一緒に行けるわね。でも初日にテストすると書いてあったから、その成績次第でクラスは分かれてしまうかもしれないけれど」

「だいたい同じ」

「同じって？　成績が？」

「そう」

「そうなの」私はまた生地をくるくると巻く。「恵は女の子の友達はいないの？」

「んー。女子は面倒臭い。男子の方が簡単でいい」

両端をくっつけた生地を天板に載せる。「諒君と一平君のどっちかが恵の彼氏なの？」

「違うよ」とても大きな声で否定した。「二人とも友達」

「そうなの。パパが心配して私に聞いてくるのよ。あの二人のどっちかと付き合ってるのかなって。だから恵に聞いてみればいいじゃないって、ママは言ったのね。そうしたらそうだと言われたらショックで寝込む。答えを聞きたくないから質問もしないんだって、そう言ってたわ。

だったらそうやってずっとヤキモキしているのって聞いたら、そうだ、ずっとヤキモキし続けるんだって。おかしいわよね、パパは。でも父親のそういう気持ちちょっとわかるの。恵はパパのそういう気持ちわかる?」

「……どうかな」

太一が厨房に入って来た。

「お帰り」と太一は恵に声を掛けると、真っ直ぐ棚に向かう。

棚の最上段には形がいびつになってしまい、店には出せなかったメロンパンが置いてあった。

「メロンパン、メロンパン」と太一は歌うように言ってそれを摑んだ。それから冷蔵庫を開けて牛乳を取り出した。

恵の隣に立ち「いただきます」と言って、太一が食べ始める。

恵が太一を見上げた。「パパは食べ過ぎなんじゃない?」

「そんなことないよ」太一がきっぱりと否定した。「これはオヤツだぞ。オヤツは必要なものだ。オヤツがなくなったら人生が真っ暗になる」

「でもパパ太ったよね?」恵が指摘する。

「気のせいだ」太一が答えた。

「絶対太ったよ。毎日オヤツを食べて夕飯だってたくさん食べるからだよ」

「テニススクールに行くと腹が減るんだ」

「パパはテニスしないじゃない」

「気持ちは恵と一緒だから。恵がコートを走るだろ。見ているパパも走っているような気持ちになるんだ。恵がラケットを振るだろ。パパも振ってる。気持ちでな。だから練習が終わればへとへとだし腹は減っている。だから夕飯が旨い。恵、なにをしてる？」

「パパのお腹を摘まんでる」

太一が笑いながら「くすぐったいよ」と言った。

「ママ、凄いよ。パパのお腹。触ってみて」

私は生地を天板に載せると太一に近付いた。そして人差し指で太一のお腹をつつく。

メタボな腹はぽにょぽにょしている。

私は言った。「いい具合に膨らんでるわ。上手にできた二次発酵の生地みたいね」

「なんだよ。二人して」と太一が文句を言う。

恵が笑い声を上げた。

そして私も笑顔になった。


再スタートを切って一年になります。

有り難いことに、売り上げは以前の数字に戻りました。本店一店舗分の売り上げ額にってことですけれど。

一旦離れてしまったお客さんたちが、戻って来てくださったんです。本当に有り難いです。オーディションは毎日続いています。これからも続きます。

今日は選ばれるだろうかと毎日心配していますよ。そういうものですから世の中は。そうしたことに不満を持ってもしょうがないんです。そんなことにとらわれるのではなく、ひたむきにパン作りに集中しようと思っています。

毎日午前二時に起きて店に行ってパンを作ります。一生懸命。

カランコロンと店のドアに付けた鈴の音が聞こえると、あぁ良かった、今日もお客さんが来てくれたとほっとします。

厨房で時々手を止めて、ガラス製の仕切り板越しに売り場へ目を向けることがあります。お客さんがいると手を合わせたくなります。来てくれて有り難うという気持ちになって。

あの……今更こんなことを言うのもなんなんですが、本当に私の話なんかでよかったんでしょうか？　皆さんのお役に立つとは思えないんですが。

そうですか？　だったらいいんですが。

いいえ、こういうインタビューというのは、成功した人がするものじゃないかと思ったものですから。

店舗を一旦は増やしましたが失敗して借金を返している身の私が、リスナーの皆さんに長々とお話をして……反面教師として聞いていただければと思います。

ええ。そうですね。確かにそうです。

自分の幸せに気付かされました。恵まれていることにも。

三店舗を経営して売り上げが絶好調だった頃より、今の方が笑顔でいられる時間が増えました。

楽になった気もします。

生きるのがです。生きるのが少しだけ。肩から力が抜けた気がします。

リスナーにメッセージですか？　わぁ、どうしましょう。

うーん。そうですねぇ。

えっと、今こうしてマイクの前にいるのは、友人から話してくれと言われたからなんです。

その友人は今ブースの向こうで手を振っています。この番組のスタッフなんです。

友人から言われました。いつでも遣り直せるって。

間違ったと思ったら遣り直せばいいのだと言われて、一歩を踏み出すことができました。そう言ってくれたことに感謝しています。

選んで選ばれて、合格して不合格になって……それが人生なんですよね。

リスナーの中には自分は理解されていないと不満を持っていたり、独りぼっちだと感じていたりする人がいるのではないかと思います。私はそうでした。でもそういう他の人との違和感って、皆それぞれ持っているみたいです。その大きさや頻度は人それぞれ違うようですが。だから自分だけだと思わないでください。

いいえ、こちらこそ。

話をすることで自分の気持ちに気付けましたし、整理もできました。貴重な経験になりました。有り難うございました。

はい。

先のことはわかりませんが、選ばれなかったことも楽しめるような、そんな人になりたいと思っています。

本書は書き下ろしです。原稿枚数532枚（400字詰め）。

〈著者紹介〉
桂 望実　1965年東京都生まれ。大妻女子大学卒業。会社員、フリーライターを経て、2003年、『死日記』でエクスナレッジ社「作家への道!」優秀賞を受賞しデビュー。映像化された『県庁の星』『恋愛検定』『嫌な女』のほか、『ボーイズ・ビー』『ハタラクオトメ』『頼むから、ほっといてくれ』『総選挙ホテル』『諦めない女』『僕は金《きん》になる』など著書多数。
著者公式HP　http://nozomi-katsura.jp/

オーディションから逃げられない
2019年2月5日　第1刷発行

著　者　桂 望実
発行者　見城 徹

GENTOSHA

発行所　株式会社 幻冬舎
〒151-0051 東京都渋谷区千駄ヶ谷4-9-7

電話:03(5411)6211(編集)
03(5411)6222(営業)
振替:00120-8-767643
印刷・製本所:中央精版印刷株式会社

検印廃止

ISBN978-4-344-03421-1 C0093
幻冬舎ホームページアドレス　http://www.gentosha.co.jp/

この本に関するご意見・ご感想をメールでお寄せいただく場合は、
comment@gentosha.co.jpまで。